KB202273

자유와 웃음의 공연예술 |

카바레

카바레

| 자유와 웃음의 공연예술

초판 1쇄 발행 2007년 10월 22일

지은이_ 정민영
펴낸이_ 배정민
펴낸곳_ 유로서적

편집_ 심재진
디자인_ Design Identity 천현주

등록 _ 2002년 8월 24일 제 10-2439호
주소 _ 서울시 마포구 합정동 387-18 현화빌딩 2층
TEL _ (02)3142-1411
FAX _ (02)3142-5962
E-mail _ bookeuro@bookeuro.com

ISBN 978-89-91324-27-5

카바레

자유와 웃음의 공연예술 |

바
레

BOOKEURO
유로
PUBLISHING

□ 책머리에

공연예술 장르로서 카바레Kabarett는 한국에 존재하지 않는 분야이
다. 한국에서 카바레하면 퇴폐적이며 질 낮은 유흥업소를 떠올리지만, 카
바레는 19세기 프랑스의 살롱문화에서 기원하여 한 세기 이상의 역사를
갖고 있는 공연예술이다. 어느 면에서 카바레는 연극이나 오페라 같은 전
통적 공연예술 보다 일반인들에게 더욱 친숙하고 누구나 쉽게 접할 수 있
는 문화현장이라 할 수 있다. 어느 공연예술 장르보다도 카바레는 동시대
의 삶과 밀접하다. 같은 시대를 살아가는 사람들의 일상에서부터 정신적
가치관, 사회구조, 정치현상 등 다양한 삶의 모습을 카바레는 솔직하게,
꾸밈없이 드러낸다. 여기에 풍자와 유머를 통한 웃음은 필수 요소로서 교
훈과 오락의 기능을 동시에 담당한다. 동시대 삶과의 밀접성, 그리고 교훈
과 오락의 동시성은 우선 카바레가 대중성을 확보할 수 있는 토대가 되었
고, 카바레를 일상의 문화현장으로 만드는 역할을 했다. 그러나 전통예술
과 거리를 둔 카바레는 하부 문화의 한 분야로 취급되었고 학문적 관심을

받지 못한 채 예술사에 있어서도 논외의 대상이 되어온 것이 사실이다.

이 책은 독일어권의 카바레를 다룬다. 프랑스에서 넘어온 카바레는 독일과 오스트리아, 스위스 등 독일어권에서 정치와 사회, 일상의 시민문화를 독특한 풍자로 풀어내는 비판매체이자 수준 높은 오락이 함께하는 예술로 발전했다. 그러나 독일어권에서 카바레가 학문적으로 심도 있게 논의되기 시작한 것은 최근 20여 년 내의 일이고* 한국에서의 독일어권 카바레 연구는 전무하다. 그 동안 카바레가 독일어권에서 어떠한 형태로든 일상의 삶에 큰 영향력을 주고 있는 공연예술 장르였음에도 학문의 대상이 되지 못했던 이유는 카바레가 일시적인 정치 풍자일 뿐이며 카바레 텍스트는 영구적 가치가 없는 즉흥적 텍스트이고 예술적 가치가 부재하는 저널리즘의 형식이라는 일반적 판단이었다.** 그러나 카바레는 독일어권에서 실재하는 삶과 직접 의

*독일에서는 1961년 리하르트 히펜 Richard Hippen이 개인적으로 마인츠에 독일 카바레자료보관소Das deutsche Kabarettarchiv를 만들었으나 국가의 지원을 받기 시작한 것은 1999년이 되어서였다. 오스트리아의 경우, 오스트리아 카바레자료 보관소Das österreichische Kabarettarchiv는 1999년에서야 개인적으로 만들어졌고 2000년부터 그라츠 시의 재정지원을 받았다 (Vgl. http://www.kabarettarchiv.de/ Entwicklung.html, http://www.kabarettarchiv.at/Ordner/institution.htm).

사소통하는 공연예술로서 새롭게 인식
되고 있으며 그 예술사적 위치가 다시
조명되고 있다. 이 책은 독일어권 카바
레가 대부분 소극장 위주로 운영되는
한국의 공연예술계에 예술성과 대중성
을 동시에 확보할 수 있으며, 소재의 활

* * Vgl. Alan Lareau: Nummernpro-
gramm, Ensemblekabarett, Kabarettrevue.
Zur Dramaturgie der "Bunten Platte". In:
Johanne McNally, Peter Sprengel(Hrsg.):
Hundert Jahre Kabarett, Würzburg 2003,
S. 12.

용과 다양한 공연양식에, 그리고 배우들의 철저한 자기 인식에 생산적인
자극을 줄 수 있다는 판단 하에 독일어권 카바레를 분석하여 구체적으로
소개하고 카바레를 한국 공연예술계에 새롭게 인식시키려는 목적으로 쓰
여졌다. 사실 이 책은 한국학술진흥재단의 지원으로 2004년 9월부터
2006년 8월까지 2년간 수행된 연구 프로젝트 "독일어권 공연예술 연구.
장르별 공연양식 분석 및 작품 콘텐츠 DB 구축"의 일환으로 이루어진 카
바레 연구의 결과물이다. 한국학술진흥재단의 지원이 없었더라면 이 연구
는 불가능했을 것이다. 또한 연구과정에서 자료수집과 자료분석에 두 사
람의 크나큰 도움을 받았다. 독일 마인츠에 있는 독일카바레자료보관소
Deutsches Kabarettarchiv의 학술연구원 마티아스 틸Mathias Thiel

씨와 오스트리아의 작은 마을 슈트라덴에 있는 오스트리아카바레자료보 관소Östereichisches Kabar ettarchiv 소장 이리스 핑크Iris Fink 박사 가 그들이다. 이 두 사람은 너무도 방대한 자료 중에서 반드시 필요한 자 료와 카바레 역사에서 중요한 카바레극단과 카바레티스트들을 선별해 주 고 학문적 조언을 아끼지 않아 필자의 연구에 큰 짐을 덜어주었다. 아울 러 연구과정에서 필자의 글을 읽고 여러 모로 힘이 되어준 충북대의 오제 명 선생님, 원광대의 이승진, 이상복 선생님의 도움도 컸다. 이 자리를 빌 어 이 모든 분들께 감사의 마음을 전하며 카바레가 우리의 공연예술계에 생산적으로 수용되어 우리 무대가 한층 자유롭고 즐거워지기를 기원한다. 끝으로 각 카바레 극단과 카바레티스트 소개에 사용한 주요 참고문헌은 <Klaus Budzinski: *Das Kabarett. Zeitkritik - gesprochen, gesungen, gespielt - von der Jahrhundertwende bis heute*, Düsseldorf 1985>와 <Iris Fink: *Von Travnicek bis Hinterholz 8. Kabarett in Österreich ab 1945 - von A bis Zugabe*, Graz 2000>임을 밝힌다.

2007년 8월
정민영

CONTENTS

CONTENTS◻

□ CONTENTS

1

작은 예술, 큰 영향
-카바레

작은 예술, 큰 영향 - 카바레 1

■■■ 카바레는 유럽에서 약 120년의 역사를 가진 독특한 공연 양식이다. 일반적으로 작은 예술 형식 Kleinkunstform으로 이해되는 카바레라는 명칭의 근원은 우선 부채꼴 모양으로 음식이 담긴 둥근 접시를 뜻하는 프랑스어 Cabaret이다.

Cabaret 본래의 의미인 접시
(독일 마인츠 카바레자료보관소 소장)

Cabaret은 이후 그와 같은 음식 접시가 음료와 함께 제공되는 포도주집이나 음식점을 의미하게 되었다. 이미 중세 때부터 여행 중인 가수, 배우, 곡예사, 마술사들이 공짜로 음식을 얻어먹거나 약간의 여비를 벌 요량으로 손님들 앞에서 노래하고 연기하며 술집이나 음식점에 머무르는 일이 있었다. 이는 19세기에 들어와 작은 카페에서 샹송을 통해 손님들에게 오락을 제공하는 동시에 최근의 사건소식을 전하는 즉흥 공연의 형태로 발달했으며, 나아가 샹송은 당국의 여러 조치를 패러디하고 조롱하며 항의하는 내용을 담기도 하였다.[1] 이로써 음식을 먹으며 공연을 즐길 수 있는 새로운 공간이 만들어지게 되었다. 이 같은 유래에서 출발한 카바레는 일반적으로 작은 무대에서 이루어지는 쉽고 가벼운 오락극의 형태로서 정치적, 사회적 상황을 노래와 패러디, 그리고 풍자를 통해 비꼬고 비판하는 공연 양식으로 이해된다. 카바레는 춤과 곡예가 주를 이루는 버라이어티 쇼로부터 그 다양한 혼합 형식을 물려받았다.[2] 그러나 카바레는 여기에 그치지 않고 시대 현상과 인물을 일반의 삶 속에서 비판하고 논의하는 표현 예술로 발전했으며, 그 표현은 때로 문학적, 시적이고 때로 연극적이고, 때로 춤과 노래를 통한 다양한 형식으로 이루어짐으로써 공연 예술의 독특한 한 분야로 자리 잡게 되었다.

사회비판적이고 정치적인 샹송과 에로틱한 요소를 가미한 노래, 사회풍자시, 감각적이고 가벼운 패러디 형태의 발라드, 만담, 판토마임, 중국의 작품을 본보기로 한 그림자극, 모노드라마 등이 이용되는, 문학적이면서도 배우의 몸짓으로 이루어지는 일련의 전형적인 표현 형식은 카바레의 공연 양식이 갖는 독특한 특징이다. 이 같은 다양한 형식이 어우러지는 공연은 모두 짧은 형식으로서 환상적이고 얽매이지 않는 자유주의를 반영

1) Vgl. David Chisholm: Die Anfänge des literarischen Kabaretts in Berlin. In: Sigrid Bauschinger(Hrsg.): *Literarisches und politisches Kabarett von 1901 bis 1999*, Tübingen 2000, S. 21.

2) Vgl. Klaus Budzinski: *Das Kabarett (Hermes Handlexikon)*, Düsseldorf 1985, S. 119.

한다. 카바레 공연에 있어서 본질적인 것은 예술인 주점에서 이루어지는 사교형식의 발달, 그리고 낭만주의 이후 예술인 모임이 발달하면서 예술인 스스로가 등장해서 공연을 했다는 점이다.[3] 따라서 이러한 전통은 현대에 와서도 스스로 작품을 쓰고 연기하는 독자적인 예술가 카바레티스트 Kabarettist들에게 이어지고 있다. 카바레는 구조적으로 연극에서 빌려온 장

3) Vgl. *Reallexikon der deutschen Literatur-geschichte*, 2. Aufl., Bd. 1, Berlin 1958, S. 798.

4) 이에 대해서는 Vgl. Klaus Budzinski: *Das Kabarett*, a.a.O., S. 120 f.

면, 단막극, 대화, 모놀로그의 여러 가지 형식들을 문학에서 가져온 시, 산문, 에세이의 형식, 그리고 음악의 범주인 가요, 샹송, 시사 풍자노래 등과 한데 묶어 하나의 공연을 이룬다. 이와 같은 요소들이 풍자를 기반으로 한 문학 카바레, 정치-문학 카바레, 정치-풍자 카바레의 다양한 유형으로 표현되고 있다. 여기에 패러디, 잘 알려진 시나 노래를 풍자적으로 우습게 개작하는 트라베스티 Travestie, 언어유희, 그리고 판토마임과 같은 시각적 효과들이 조화를 이룬다. 이 같은 카바레는 전통적인 유형으로 다음과 같이 나누어 볼 수 있다.[4] 그러나 현대 카바레에서 이 유형은 절대적인 것이 아니다.

1) 기교 카바레 Artistisches Kabarett

일반적으로 문학적, 풍자적 의도가 없이 대부분 관객들이 춤도 출 수 있는 나이트클럽 등에서 이루어지는 작은 무대이다. 사이사이에 기교적이고 감각적이거나 외설스러운 노래가 제공된다. 이는 순수한 오락을 위한

카바레라 할 수 있다.

2) 문학 카바레Literarisches Kabarett

독일어권에서는 프랑스의 예술인 주점을 모범으로 하여 19세기와 20
세기의 전환기 이후 작은 주점 무대와 카바레극장이 형성되었다. 문학 카
바레는 대부분 대목장 가인들의 노래, 예술가곡, 샹송, 춤, 음악극, 단막
극, 문학작품과 희곡작품에 대한 패러디, 그리고 때로 인형극으로 이루어
지는 느슨한 혼합형식의 무대를 제공한다. 때로 작가들이 함께 무대에 서
기도 했고 사회자의 잡담과 수다가 함께 했다. 초기에는 시대비판의 요소
가 강했다. 특히 <열한 명의 사형집행인Die Elf Scharfrichter>(뮌헨,
1901)은 서정시, 발라드, 풍자, 연극 장면의 패러디, 진지한 내용을 담은
간단한 연극, 인형극과 그림자극 등의 형식으로 동시대의 살롱문화와 속
물근성, 시민들이 선호하던 오락극, 국가의 권위주의 등을 비판했다. 그러
나 연극 검열로 인해 이 시기의 카바레들은 점차 문학적이고 예술적인 경
향성을 잃고 위트를 중심으로 한 오락성을 띠게 되었다. 1차 세계대전이
끝나면서 문학 카바레는 대부분의 지역에서 사라졌으나 1912년, 오스트
리아 빈에 창설된 <짐플리시씨무스Simplicissimus("짐플Simpl")>는 그
전통을 여전히 유지하며 현재도 활발한 공연을 하고 있다. 이 유형의 카
바레를 공연했던 중요한 카바레 극단으로는 위에 언급한 극단 이외에 다
음과 같은 극단들을 들 수가 있다. (괄호 안은 창단지 및 창단년도)

<다채로운 극장 Buntes Theater> (베를린, 1901)

<울림과 연기Schall und Rauch> (베를린, 1901)

<짐플리시씨무스Simplicissimus> (뮌헨, 1903)

<카바레 밤의 불빛Cabaret Nachtlicht> (빈, 1906)

<카바레 박쥐Cabaret Fledermaus> (빈, 1907)

3) 정치-문학 카바레Politisch-literarisches Kabarett

1차 세계대전의 충격으로 많은 카바레티스트들은 문학적이고 시대비
판에 충실했던 독일 카바레의 근원을 인식했다. 1차 세계대전은 역사와
진보에 대한 휴머니즘적 믿음을 앗아가버렸다. 특히 발터 메링Walter
Mehring은 1919년, 막스 라인하르트Max Reinhardt가 재창단한 카바
레 <울림과 연기>(최초 창단: 1901년)
를 위해 작품을 쓰면서 예술적 비판기
관으로서 카바레의 철저한 정치화를 추
구했다.[5] 그는 또한 독일 내에서 이루어
지던 유태인에 대한 정치적 논의에 가
장 적극적으로 참여하면서 자유주의 이
념의 가치를 극단적으로 추구했다. 이

> 5) Vgl. Hans-Peter Bayerdörfer: In eigener Sache? - Jüdische Stimmen im deutschen und österreichischen Kabarett der Zwischenkriegszeit: Fritz Grünbaum-Fritz Löhner-Walter Mehring. In: Johanne McNally, Peter Sprengel(Hrsg.): a.a.O., S. 75.

와 함께 예전의 문학 카바레는 또한 막스 라인하르트의 영향으로 전쟁에
서 귀향한 세대에 속하는 작가들의 정치 연단으로 바뀌게 되었다. 정치
풍자를 중심으로 하는 카바레는 여전히 일부에 불과하기는 했으나 <거친
무대Wilde Bühne>(베를린, 1921), <시험관Retorte>(라이프치히, 1921)
과 같은 카바레들이 빠른 속도로 만들어졌다. 독일의 인플레이션이 끝난

후 걱정거리를 피하고 오락을 추구하는 관객의 취향으로 인해 정치-문학 카바레는 외면 받았다. 1920년대 후반부에 노래, 춤, 풍자 등을 화려하게 엮는 레뷰 카바레가 지배한 이후, 1920년대 말, 젊은 극작가들과 배우, 저널리스트, 화가들은 예술가들의 작은 무대에 다시 생명을 불어넣었고 이 무대에 특히 두드러진 풍자의 특징을 부여하였다. 정치-문학 카바레는 2차 세계 대전을 거치면서 개별적으로 40년대까지도 맥을 유지했다. 여기에 속하는 중요한 카바레 극장은 다음과 같다.

<작은 자유Kleine Freiheit> (뮌헨, 1951)
<무대 가장자리Die Rampe> (라이프치히, 1945)
<ABC> (빈, 1934)
<후추분쇄기Die Pfeffermühle> (뮌헨, 취리히, 1933)

4) 정치-풍자 카바레Politisch-satirisches Kabarett

시대를 비판하는데 앞장섰던 카바레는 2차 세계대전 이후, 카바레가 국가사회주의의 청산과 사회주의의 미래에 대해 풍자적인 입장을 취하게 되었을 때 구체적인 새로운 국면을 맞이한다. 60년대 중반, 카바레의 정치 풍자는 현상비판에서 체제비판으로 더욱 날카로워졌다. <이성 극장 Rationaltheater> (뮌헨, 1965), <제국카바레Reichskabarett>(서베를린, 1965)가 대표적인 카바레로 평가된다. 대중매체의 발달로 카바레 또한 라디오와 텔레비전을 통해 자리를 잡게 되었고 젊은 관객들은 과도한 체제비판을 하는 카바레가 큰 효력을 지니지 못한다는 점을 인식했다. 이

시기에 카바레의 정치적 기능과 효과에 대한 성찰이 이루어졌으며, 이제
관객들은 자본주의 시스템에 저항하는 정치적 투쟁의 도구로서 카바레가
그 역할을 하기를 원했다. 전쟁 이후, 중요한 정치-풍자 카바레를 공연한
카바레 극단은 다음과 같다.

<삼류극장Die Schmiere>(프랑크푸르트, 1950)

<다리미판Bügelbrett>(하이델베르크, 1959)

<들쥐Wühlmäuse>(베를린, 1960)

2

예술인 주점에서
풍자예술의 무대로

예술인 주점에서 풍자예술의 무대로 2

기원

카바레의 기원은 1881년 11월 18일, 프
랑스 몽마르트에 로돌프 살리Rodolphe
Salis(1851-1897)가 세운 주점 <검은 고양
이Chat noir>이다. 이 주점은 예술인들이
모이는 주점이었다. 여기에서 예술가들은
서로 교류하면서 자신들이 창작한 작품을
마음껏 소개하였다. 소박한 클럽의 형태로
시작된 <검은 고양이>는 사실 살리의 친구
인 예술가들의 모임으로 폐쇄적인 성격이었

〈검은 고양이〉 석판화 포스터(1896)

으나 이 폐쇄성이 오히려 다른 사람들의 호기심을 자극했고 주점을 알리

1) 리사 아피냐네시, 강수정 옮김: 카바레. 새로운 예술공간의 탄생, 에코리브르, 2007, 21쪽 이하 참조.

2) Vgl. *Reallexikon der deutschen Literaturgeschichte*, a.a.O., S. 798.

는 계기가 되었다.[1] 살리는 예술에 관심을 갖고 <검은 고양이>를 찾고자 하는 사람들에게 술을 팔며 주점을 개방했다. 점차 예술가가 아닌 일반인들도 들어오게 되었고, 손님층의 확대와 더불어 '예술인 주점'은 문학적 카바레가 되었다.

이 같은 새로운 예술적 분위기가 형성된 동인으로는 대중적이고 진부하기만 한 버라이어티 형식의 공연에 대한 반감, 보헤미안의 자유분방함에서 영향 받은 즉흥성과 선동성에 대한 애호, 그리고 자연주의와 협소한 모든 시민근성에 대한 반발 등을 들 수 있다. 여기에서 카바레는 일반적인 공

<검은 고양이> 전경

공의 삶에서 나타나는 현상들에 대해 그 시대의 관심을 반영하며 반어적, 무제한적인 비판 형식을 갖추게 되었다.[2] <검은 고양이>의 프로그램에는 카바레가 지향하는 방향을 단적으로 보여주는 다음과 같은 말이 실려 있었다.

우리는 정치적으로 나타나는 여러 가지 특성들을 조롱할 것이며 인간들을 깨우쳐 줄 것이다. 그들에게 자신들의 어리석음을 꾸짖을 것이며, 불만이 많은 사람들에게는 그 나빠진 기분을 제거해주고, 속물들에게는 삶의 양지가 어떤 것인지 보여 줄 것이며, 우울증 환자들에게는 자신들

에게 씌어진 거짓 가면을 제거해 줄 것이다. 그리고 우리는 그 문학적

즐거움의 재료를 얻기 위해, 한밤

중에 지붕 위의 고양이들이 그렇

듯 귀를 기울이며 이리저리 몰래.

돌아다닐 것이다.[3]

3) 위의 책, 같은 쪽에서 재인용.

독일의 카바레

프랑스에서 <검은 고양이>와 같은 예술인 주점이 생겨나던 비슷한 시기에 독일에서도 노래와 곡예 등 버라이어티쇼 형식의 공연이 이루어지는 바리에테Varieté가 생겨났다. 이 같은 극장은 가볍고 저속한 음악이 연주되고 쇼가 공연되는 대중 주점이라는 의미를 가진 팅엘탕엘Tingeltangel이라 불렸다. 프랑스의 예술인 주점, 카바레와는 달리 이곳을 찾는 계층은 수공업자와 노동자 등 소시민과 프롤레타리아였으며, 이곳에서는 주로 마술쇼, 동물쇼, 복화술쇼, 에로틱한 샹송, 가벼운 시사 풍자 공연이 이루어졌다. 1890년대에 들어 베를린과 뮌헨의 예술가들은 이 같은 주점 문화를 토대로 한 독일 카바레의 이념에 대해 진지한 논의를 하기 시작했다. 오토 율리우스 비어바움Otto Julius Bierbaum과 에른스트 폰 볼초겐Ernst von Wolzogen은 독일 카바레 극장을 만들고자 하였고, 프랑스식 카바레의 전범을 따르기보다는 이미 독일의 소시민 문화에 자리 잡아 넓은 관객층을 확보하고 있었던 바리에테와 팅엘탕엘의 전통을 받아들여 이를 보다 높은 예술적 수준으로 끌어 올리고자 하였다.[4]

4) Vgl. David Chisholm: Die Anfänge des literarischen Kabarett in Berlin, a.a.O., S. 22.

5) Vgl. Alan Lareau: Nummerprogramm, Ensemblekabarett, Kabarettrevue, a.a.O., S. 15.

오토 율리우스 비어바움은 자신의 소설 『슈틸페. 개구리 관점에서 이루어진 소설 *Stilpe. Roman aus der Frosch-perspektive*』(1897)에서 주인공 빌리발트 슈틸페Willibald Stilpe가 베를린에 예술적인 팅엘탕엘 극장을 세우는 내용으로 당시 저속한 음악 공연으로 간주되던 팅엘탕엘에 문학적이고 예술적인 가치를 부여했다. 또한 그는 1900년에 프랑크 베데킨트Frank Wedekind, 에른스트 폰 볼초겐 등과 함께 소규모 카바레 무대를 위한 노래 모음집인 『독일 샹송*Deutsche Chansons*』을 편집해 커다란 성공을 거둔 이후 본격적으로 카바레가 하나의 공연예술로 자리 잡게 되었다. 이들은 독일 바리에테에서 출발한 카바레 무대가 하나의 연극무대로서 고전적인 도덕적 기관이 아니라 보다 많은 대중이 즐길 수 있는 미학적 기관이 되길 원했다. 바리에테는 변화와 다양함, 그리고 상이한 의미의 병존, 속도, 실험을 내재하고 있는 무대로서 항상 새롭고 살아있는 의미를 요구하는 관객에 방향을 맞춘 새로운 근대정신의 상징으로 간주되었다.[5] 또한 독일에서는 이미 19세기에 민중들이 자신의 억눌린 불만과 감정을 유머와 풍자를 통해 풀어내고, 정권이나 권위 등 모든 억압체계에 저항하는 정치적 무기로 유머와 풍자의 다의성을 사용하였고, 이러한 전통이 이어지고 있었다.[6] 여기에 문학적, 예술적 가치를 부여한 새로운 독일 카바레는 하나의 도전적 예술운동이었다.

1901년 1월 18일, 볼초겐은 베를린 알렉산더광장에 독일 최초의 카바레 <다채로운 극장Buntes Theater>를 개관한다. 그는 이 카바레에 '초(超) 카바레Überbrettl' 라는 명칭을 붙였다. 이는 니체의 사상을 받아들임과 동시에 기존의 주점 무대식 카바레Brettl 보다 위에 서야하는 새로운 카바레를 의미하는 것이었다.[7] 다시 말해 이 명칭은 기존 주점무대 공연의 극복으로서 유흥업소의 철저한 오락공연을 문학, 예술적 수준으로 끌어올려 다양한 입맛을 가진 관객들에게 다양한 형식을 갖춘 작은 예술을 제공하려는 볼초겐의 의도가 담겨 있었던 것이다. 이 극장은 시대비판적인 풍자시Couplet, 문학작품의 패러디, 판토마임, 단막극, 인형극, 그림자극, 유머

6) Vgl. Mary Lee Twonsend: Humor und Öffentlichkeit im Deutschland des 19. Jahrhunderts. In: Jan Bremmer, Herman Roodenburg(Hrsg.): *Kulturgeschichte des Humors. Von der Antike bis heute*, Darmstadt 1999, S. 149.

7) 볼초겐은 비어바움의 소설 『슈틸페』에 나오는 다음과 같은 문장에서 자극받았다. "우리는 주점 무대에 초인을 낳을 것이다 Wir werden den Übermenschen auf dem Brettl gebären." (Hier zitiert nach: Klaus Budzinski: 99 Jahre deutsche Kabarett - und was nun? In: *Literarisches und politisches Kabarett von 1901 bis 1999*, hrsg. v. Sigrid Bauschinger, a.a.O., S. 15.

8) Vgl. Klaus Budzinski: Das Kabarett, a.a.O., S. 252 ff.

가 담긴 낭독, 에로틱한 샹송, 막간의 춤 공연 등을 다양하게 제공하였다.[8] 볼초겐이 요구한 것은 무엇보다도 낡은 가치의 변화와 권위에 대한 경멸이었다. 뒤이어 1901년 1월 23일, 막스 라인하르트가 이끄는 <울림과 연기>가 베를린에 등장한다. 볼초겐의 <다채로운 극장(초 카바레)>과 비교하여 이 카바레는 전통적 사고방식과 시대에 뒤떨어진 도덕관을 비판하는 데 있어서 훨씬 성공적이었다. 특히 문학작품을 패러디하는 작업에 있어서 이 카바레는 독특한 역량을 보였다. 예를 들어 하우프트만Gerhart

Hauptmann의 『직조공Weber』을 패러디하여 옷 잘 입고, 닭고기와 고급 포도주를 즐기는, 사회비판과 혁명적 특성과는 거리가 먼 직조공을 만들어내 당시 소시민의 속물근성을 비판함으로써 <울림과 연기>는 문학 카바레의 토대를 확립하였다.[9]

9) Vgl. David Chisholm: Die Anfänge des literarischen Kabarett in Berlin, a.a.O., S. 29 f.

10) Vgl. Alan Lareau: Nummerprogramm, Ensemblekabarett, Kabarettrevue, a.a.O., S. 15 f.

<다채로운 극장> 보다 약 3개월 뒤, 뮌헨에서 만들어진 <열 한명의 사형집행인>은 속물에 저항하는 시대비판의 투사 역할을 함과 동시에 문학과 오락을 결합시키는 노력으로 초기 독일 카바레 확립에 기여하였다.[10]

문학적 성향이 강했던 초기의 독일 카바레는 1차 세계대전 직전 표현주의 문학과 예술운동이 대두하면서 새로운 예술적 동인을 얻는다. 카바레는 새로운 형태의 열정Pathos과 극단성으로 당시 시민문화가 가지고 있었던 공허한 비장감과 무감각증을 제거하는 역할을 담당해야 했다. 이 시기의 카바레는 열정이라는 개념을 보편적인 쾌활함과 격렬한 웃음으로 이해했다. 1차 세계대전이 불러온 극단적인 민족주의는 독일에서 검열제도를 더욱 강화시켰고 이 같은 상황에서 풍자와 패러디를 생명으로 하는 카바레는 첫 번째 위기를 맞았다. 막스 라인하르트와 함께 공부하고 뮌헨의 소극장에서 연극 작업을 하고 있었던 후고 발Hugo Ball은 1915년 5월, 여배우 에미 헤닝스Emmy Hennings와 스위스 취리히로 이주하여 그곳에서 1916년 2월 5일, <카바레 볼테르Cabaret Voltaire>를 창단한다. 이 카바레는 반전 예술의 선두 주자가 되었고 다다운동Dada-

Bewegung의 국제적 중심 무대가 되었다.[11] 전쟁 이후, 1920년대 독일 카바레는 관객층이 확대되면서 시대의 관심에 따른 정치적, 사회적 풍자에 방향을

11) Vgl. David Chisholm: Die Anfänge des literarischen Kabarett in Berlin, a.a.O., S. 34 f.

둔 새로운 형식을 받아들인다. 쿠르트 투홀스키Kurt Tucholsky, 발터 메링, 에리히 케스트너Erich Kästner 등은 환멸과 냉소, 조소에 인간의 따뜻한 감정과 이성, 그리고 세상에 대한 연민을 혼합시키면서도 거짓 가면을 벗겨 핵심을 찌르는 공격적인 카바레 양식을 발전시켰다. 1920년대 중반부터 독일 카바레는 즉흥성에서 벗어나 완성된 텍스트를 기초로 한 드라마적 레뷰Dramatische Revue의 형식을 갖는 경향을 보인다. 공연

무대는 사실적인 무대로 규모가 커졌고 여러 짧은 작품을 하나의 주제로 묶어 공연을 구성하는 형태로서 다양함이 서로 공존하는 무대로 발전했다. 무엇보다도 이 시기에 독일 카바레 역사에 있어서 빼놓을 수 없는 걸출한 카바레티스트가 등장했는데 그가 칼 발렌틴Karl Valentin이다. 그는 전통적인 광대 모티브와 '언어 무정부주의'라고까지 불리는 독특한 언어예술, 그리고 브레히트의 생소화 기법을 선취하고 있는 연기를 통해 불투명한 사회구조와 전도된 세계상을 그려 냈다. 발렌틴은 광대의 시각으로 개인과 사

1939년 카바레 〈기사선술집Ritter Spelunke〉의 「기사 운켄슈타인 Ritter Unkenstein」 공연 모습 (칼 발렌틴 주연). 술을 마시며 편안한 자세로 자유롭게 관극하는 객석의 모습이 이채롭다.

회 사이에 존재하는 모순 관계를 밑에서부터 철저하게 드러내 비판하고 희극적인 과장과 의미전도의 언어기법을 통해 고착된 사고유형을 파괴하고 해체한다. 특히 그의 작업은 동시대의 인간과 사회를 떠나지 않는 철저한 민속성에 기초하고 있어 민중희극Volkskomödie의 발전에 큰 기여를 한 것으로 평가받는다.[12]

그러나 이 같이 다양한 형태로 전성기를 맞이하던 독일의 카바레는 국가사회주의로 인해 위기를 맞을 수밖에 없었다. 많은 카바레인들이 망명을 해야 했으며 남아있었던 카바레 <지하납골당 Die Katakombe>, <4인의 보도원Vier Nachrichter>은 곧바로 공연금지를 당했다. 독일의 카바레는 망명의 형태로, 유랑카바레로 명맥을 이어가야 했다. 많은 카바레티스트들이 나치의 강제수용소에서 죽음을 맞았으나 카바레는 죽지 않았다. 나치에 대항하여 망명한 예술가들의 투쟁에서 카바레는 그들이 선호한 예술형식이었다. 카바레는 당시의 현실적인 여러 문제와 사건들을 바로 주제화하여 표현할 수 있는 형식이었고, 따라서 나치의 본질을 알릴 수 있는 정치 참여적 기능이 큰 예술이었다.[13] 특히 1933년 1월, 뮌헨에서 에리카 만Erika Mann과 클라우스 만Klaus Mann 남매의 주도로 창단되었던 카바레 <후추분쇄기>는 히틀러에 대한 투쟁을 목적으로 스위스 취리히로 망명한다. 1933년 10월 1일, 취리히에서 활동을 다시 시작한 <후추분쇄기>는 정치

12) Vgl. David Robb: Clowneske Kabarett-Ästhetik am Beispiel Karl Valentins und Wenzel & Menschings. In: Johanne McNally, Peter Sprengel(Hrsg.): a.a.O., S. 128 ff. und http://www.chuck-fotografik.de/valentin-karlstadt/frame_set_start.htm

13) Vgl. Reinhard Hippen(Hrsg.): *Satire gegen Hitler. Kabarett im Exil*, Zürich 1986, S. 10f.

적 의도를 교묘하게 감춘 민속동화 각색 작업을 통해 히틀러와 국가사회
주의를 용인한 독일의 우둔함과 야만성을 공격했다. 또한 이 카바레는
<다채로운 극장>과 <열한 명의 사형집
행인>이 토대를 놓았던 문학 카바레의
전통을 받아들이고 직접적인 공격이 아
닌 간접적인 공격의 형태인 풍자 원칙
을 철저하게 고수하는 표현 방식으로
어려운 망명 환경을 극복해 나갔다.[14]

14) Irmela von der Lühe: Kabarett gegen Hitler - Kabarett im Exil. Erika Manns Pfeffermuhle 1933-1937. In: Sigrid Bau-schinger(Hrsg.): a.a.O., S. 132 ff.

15) Vgl. ebd., S. 134f.

1934년 바젤에서 공연된 동화 각색 카바레에서 에리카 만은 '행복하게
도' 자신의 일, 재산, 시민권, 고향을 빼앗긴 망명자 '행복한 한스Hans
im Glück'를 만들어내고 그녀 자신은 비행사 모자에 말채찍을 차고 검
은 색 나치스 친위대 장화를 신은 멋진 '거짓말 나라의 왕자Prinz von
Lügeland'로 등장하여 한 번 거짓말은 믿지 않지만 매일 하는 거짓말은
믿게 된다는 풍자적 노래를 부른다.[15]

1945년 이후, 많은 새로운 카바레들이 생겨나면서 끊어진 전통을 새로
일으켜 세우려는 시도가 이어졌고, 예전의 레파토리를 다시 다양하게 다
루는 무대가 만들어졌다. 뮌헨의 <가설무대Die Schaubude>와 <작은
자유Kleine Freiheit>, 베를린의 <울렌슈피겔Ulenspiegel>, <호저Die
Stachelschweine>, 슈투트가르트의 <쥐덫Mausefalle>, 프랑크푸르트
암 마인의 <삼류극장Die Schmiere> 등의 카바레는 즉흥성, 희극성, 폭
로, 아이러니, 그리고 인간의 도덕이 조화를 이루면서 핵심을 공격하는 짧
은 형식으로 카바레 공연양식의 전통을 이었다. 특히 <호저>가 서베를린

을 대표하는 카바레로서 전통을 이었다면, 동베를린을 대표하는 카바레는 <엉겅퀴Die Diestel>라 할 수 있다. 1953년 10월에 동베를린 시의회의 지원으로 창단된 <엉겅퀴>는 국가로부터 재정지원을 받는 국립극장과 같은 행정체제를 갖추고 동독시민이 가지고 있었던 일상의 어려움에서 주제를 이끌어냈으며 다른 한편으로 암시적이고 간접적이긴 했지만 당 고위층에 대해 비판도 가하는 카바레 본연의 임무를 수행했다.[16] 그러나 이미 1960년대 이후 초창기 카바레 운동이 가지고 있었던 강한 정치-사회 비판의 '작은 예술Kleinkunst'[17] 이념, 그리고 그것에 토대를 둔 즉흥성과 유연성, 개방성은 점차 퇴색하고 있었다. 독일 사회 일반에서 드러나는 것이기도 하지만, 1970년대 중반이후, 그리고 특히 1980년대 말부터 카바레에서도 정치에 대한 짜증이 영향을 미치게 되었고 정치에 대한 믿음을 상실한 소비문화 세대는 카바레가 전통적으로 유지하고 있었던 풍자적, 문학적 추진력에 등을 돌리기 시작했다.[18] 그러나 카바레는 의식있는 여러 카바레티스트들에 의해 그 전통을 이어갔다. 1970년대 중반 솔로 카바레로 발표된 게오르그 크라이슬러의 『카바레는 죽지 않았다Das Kabarett ist nicht tot』는 당시 카바레티스트들의 의식이 어떠했는지 잘 보여준다.

　　요즘 카바레의 죽음에 관해 말이 많습니다

16) Vgl. Georg Zivier u. a.: *Kabarett mit K: 70 Jahre große Kleinkunst*, 3. Aufl., Berlin 1989, S. 83.

17) 이 명칭은 카바레를 지칭하는 또 다른 명칭으로 사용되기도 한다.

18) Vgl. Klaus Budzinski: 99 Jahre deutsche Kabarett - und was nun? a.a.O., S. 19.

일등석 환호소리에 대한 향수에 빠져있지요
누군가는 말하지요, 텔레비전이 망가뜨렸다고, 분명합니다
다른 이가 말하지요, 사람들이 너무 까다롭다고, 그건 위험한 생각입니다
그래도 우리끼리 말이지만
여러분은 제 말을 믿으실 수 있습니다
모든 게 다 거짓이지요, 모든 게 다 거짓이지요
카바레는 죽지 않았습니다, 여전히 살아있어요
이토록 카바레가 많은 적이 없었지요
없어지기는 커녕
공연 마다
고마우신 정부로부터
지원금도 받지요

보시다시피, 저 또한 카바레티스트랍니다
저는 이것 저것 카바레로 비판하지요
어린 아이들도 카바레를 봐야
우리 국민의 대표자들께서 얼마나 민주적이신지 알게 되니까요
요컨대, 전 깊이 생각해 보았답니다
선동이 하는 일은 죽을 수 없다고
카바레는 죽지 않았습니다, 동독에서도 마찬가지지요
카바레티스트는 오늘날 꽤 안정된 자리지요
우익도 아니고, 좌익도 아니고, 현대적이지요
이미 히틀러에게서 볼 수 있었듯이, 중개자지요

이렇게 말할 수도 있겠지요, 카바레티스트, 그는
민주주의자라면 결코 화낼 수 없는 사람이라고

카바레티스트로서 저는 처음에 이상주의자였답니다
그리고 지고한 목표를 향해 노력했지요
하지만 신문들은 한마디로 쓰지 않았어요
그리고 관객들은 돌아오지 않았지요
우리가 언제, 어디서 공연하는지 몰랐으니까요
돈 없이 뭘 하겠습니까?
기껏해야 세상에 대고 욕이나 하지요
그래도 세상은 민감하게 반응하지 않아요
그러면 맥없이 말합니다:
이제, 싸움을 중단하는 게 아냐
그저 조금 양보하는 것 뿐이지
처음에는 먹고 살려고
양보하지요
나중에는 이익이 되는 사람들에게
양보합니다
대부분 양보라는 게 그 이상이 아니란 걸
어느 날 알게 되기까지 말입니다
어렵게 살기 보단 쉽게 사는
사람들의 생각을 모두 갖게 되니까요
관객들은 웃고 싶어 합니다

좋은 물건들을 사들입니다
그리고 갑자기, 우리 카바레가 죽었다고
주장하는 멍청이가 나타납니다
카바레는 죽지도 않았고 위험에 빠지지도 않았어요
모든 게 다 거짓이지요, 모든 게 다 거짓이지요, 모든 게 다 거짓이지요

국가가 살아있는 한 카바레는 죽지 않아요
군인이 살아있는 한 카바레는 죽지 않아요
전 포탄을 가진 군인들에 관한 제 위트로
세계 개혁자인 당신들로부터
제 자신을 지킬 겁니다
기필코
카바레는 테러리스트 앞에서 물러서지 않습니다
저는 성실한 카바레티스트를 위한 자유를 요구합니다
여기 계신 여러분들은 생각이 풍부하시지요, 하지만 그건
입장료도 낼 수 없는 서민들에겐 아무런 도움도 되지 않아요
전 이스라엘에 전혀 반대하지 않습니다, 그건 지금 현대적인 게 아니니까
전 포르노에 찬성입니다, 사람들이 즐기니까
낙태와 관련해서는, 그건 좀 걱정거린데
그건 기껏해야 진지한 카바레공연에나 유용할 겁니다
전 언제나 여성들 편입니다, 여성해방 편입니다
한탄하지 않고, 언제나 유머를 가지고 말입니다
여기에선 싸구려 대중지가 비웃음을 삽니다

19) Franz Josef Strauß(1915-1988): 오랜기간 연방장관을 지냈으며 바이에른 주정부 수상 및 기독교사회연맹(csu) 당수를 역임했다. 수십년간 카바레의 단골 비판대상이었다.

20) Georg Kreisler: Das Kabarett ist nicht tot, in: Volker Kühn(Hrsg.): *Hierzulande. Kabarett in dieser Zeit ab 1970*, Berlin 1994, S. 72f.

전 가차없이 공격 합니다

하지만 대통령은 제외입니다

그리고 관객들은 아주 행복해져서 집으로 돌아갑니다

모두가 절 칭찬합니다. 프란츠 요제프 슈트라우스[19]까지도

카바레는 오래도록 제 기능을 다할 겁니다

텔레비전에서도 카바레를 평가하기는 어려울 겁니다

현대 카바레티스트는 이 한 가지만은 분명히 인식하고 있으니까요:

호감을 잃지 마라, 그러면 너는 민주적이다

카바레는 결코 죽지 않았습니다

저 또한 용기 있는 카바레티스트로 남을 것입니다

그리고 애국자로[20]

이 같은 진지한 의식 속에서 본질을 지켜왔던 카바레는 다른 한편으로 시대의 요구를 외면만 할 수는 없었다. 현재의 독일 카바레는 전통적으로 다루어왔던 시사 정치적 문제보다도 인간의 삶 자체와 일상의 작은 문제를 소재로 삼는 방향으로 변화하고 있으며 공연 방식도 쇼와 애니메이션의 활용 등 다양한 볼거리를 제공하고, 여러 배우가 등장하는 전통적인 앙상블 공연 이외에 솔로 카바레의 형식이 두드러지는 경향을 보이고 있다. 이는 1990년대 TV를 통해 확장되기 시작한 소위 코미디Comedy의 영향과도 관련이 있다. 빠른 템포에 넌센스, 의도적인 말장난 등 철저하게

즉흥적이고 일회적인 오락에 방향을 둔 코미디의 등장은 카바레와 코미디의 구분에 대한 논쟁을 낳게 했다. 예술가인 카바레티스트들은 의미 있는 웃음을 주는 카바레와 의미 없는 웃음 자체인 코미디로 두 분야를 구분했고 이론가들은 두 분야의 차이를 보여주는 가장 중요한 요소로 시대비판을 꼽았다. 그러나 고급문화와 하위문화, 고급예술과 대중예술의 경계가 사라지고 모든 계층이 향유할 수 있는 문화민주화의 경향이 강해지는 현상 속에서 카바레 이론가인 폴커 수르만Volker Surmann은 현대 독일어권 카바레에 코미디의 형식과 내용이 상당부분 이입되어 있음을 인정하고 "카바레는 코미디 더하기 시대비판이다

Kabarett ist Comedy plus Zeitkritik"[21] 라고 정의한다. 이는 현대 독일어권 카바레의 경향을 단적으로 보여주는 말이라 하겠다.

21) Volker Surmann: *Neue Tendenzen im deutschen Kabarett der 90er Jahre*, Bielefeld 1999, S. 25.

오스트리아의 카바레

오스트리아 카바레는 볼초겐의 <다채로운 극장>을 본보기로 삼아 시작되었다. 1901년 11월 16일, 작가이자 연극비평가인 펠릭스 잘텐Felix Salten은 <사랑하는 아우구스틴을 위한 젊은 빈 극장Jung-Wiener Theater zum lieben Augustin>을 창단했다. 그는 시와 음악, 춤의 현대적 결합을 위한 새로운 형식을 시도하였으나 주목을 받지 못했다.[22]

22) Vgl. Hans Veigl: Karl Kraus, die Wiener Moderne und das Wiener Kabarett nach der Jahrhundertwende. In: Johanne McNally, Peter Sprengel(Hrsg.): a.a.O., S. 41.

23) Vgl. http://www.kabarettarchiv.at/Ordner/Geschichte.htm und Klaus Budzinski: Das Kabarett, a.a.O., S. 45.

결국 그의 시도는 실패로 돌아갔다. 오스트리아에서는 1906년, 빈에 세워진 카바레 <밤의 불빛Nachtlicht>을 본격적인 최초의 카바레로 간주한다. 이 카바레는 뮌헨의 <열한 명의 사형집행인>이 문을 닫은 후, 그 멤버였던 마크 앙리Marc Henry, 한네스 루흐Hannes Ruch 등이 빈으로 들어와 창단한 카바레였다. <밤의 불빛>은 <열한 명의 사형집행인>이 공연했던 레파토리를 혼합한 작품을 공연하였다. 그러나 이 카바레도 1년이 조금 지난 시점에 문을 닫았다. 마크 앙리는 1907년 초에 다시 빈에 <카바레 박쥐Cabaret Fledermaus>를 창단했다. 이 카바레는 문학 카바레로서 프랑스의 민요를 무대화하기도 하였고 단막극 형태의 공연을 하기도 하였으나 1913년 문을 닫았다.[23] 그러나 1912년, 빈에 창설된 <짐플리시씨무스Simplicissimus>는 칼 파르카스Karl Farkas와 같은 걸출한 카바레티스트의 활약을 통해 오스트리아의 대표적 카바레로 자리 잡았다. 카바레 <짐플리시씨무스>는 뤼벡 출신으로 빈에서 연극배우로 활동하던 에곤 도른Egon Dorn에 의해 1912년 10월 25일, "맥주카바레 짐플리씨시무스Bierkabarett

〈짐플〉 1912년 창설 초기 모습

Simplicissimus"란 이름으로 문을 열었으며 간단하게 "짐플Simpl"로 불린다. 이 카바레는 독일어권 카바레 중 가장 전통을 자랑하는 카바레로서 현재도 활발한 공연을 보여주고 있으며 극장 자체도 창설 당시의 장소인 볼차일레Wollzeile 36번지에 그대로 위치하고 있다. <짐플>은 전통적으로 정치성과 거리를 둔 오락 카바레 공연을 보여주고 있다. 그러나 강한 풍자와 문학성을 여전히 유지함으로써 문학 카바레의 전통을 지키고 있다는 점이 이 카바레의 특징이다. <짐플>은 칼 파르카스가 사회자 Conférencier의 역할을 맡아 등장함으로써 독특한 특색을 갖추게 되었다. 파르카스는 1971년 사망할 때까지 이 카바레의 예술 감독을 지냈으며 주연 배우로도 활동했다. 그는 1924년 프리츠 그륀바움Fritz Grün-baum과 함께 카바레 공연에 두 명이 함께 극을 진행하는 2인 공연 형식과 레뷰 형식을 도입함으로써 카바레의 새로운 공연 양식을 발전시켰다. 파르카스의 주도로 <짐플>은 오스트리아에서 가장 각광받는 카바레로 성장했다. 1974년에 <짐플>을 넘겨받은 마르틴 플로스만Martin Flossmann은 오락과 즐거움을 위한 카바레라는 파르카스의 카바레 원칙을 충실하게 지켰다. 특히 그는 '카바레 레뷰Kabarettistische Revue'라는 장르를 발전시켰고, 이 전통은 1993년부터 예술 감독을 맡은 미하엘 니아바라니 Michael Niavarani 체제에서도 계속 유지되고 있다. <짐플>은 후고 비너Hugo Wiener, 에른스트 스탄코프스키Ernst Stankovski와 같은 유명한 카바레티스트들을 수 없이 배출했다. 특히 춤과 노래, 풍자를 혼합한 화려한 버라이어티 쇼 형태의 레뷰 양식을 카바레 공연에 접목한 새로운 공연 양식은 <짐플>의 공로로 인정받고 있다.[24]

24) Vgl. http://www.simpl.at/geschichte. php

25) Vgl. Reinhard Hippen(Hrsg.): Satire gegen Hitler. Kabarett im Exil, a.a.O., S. 54.

초기 오스트리아 카바레는 익살스럽고 가벼운 유머가 특징이며 정치적 성향은 약했다. 정치 카바레는 1930년대에 비로소 <사랑하는 아우구스틴Lieber Augustin>, <구즈베리Die Stachel-beeren>, <ABC>와 같은 카바레를 통해 빈에서 자리 잡았다. 특히 1931년 스텔라 카드몬Stella Kadmon에 의해 문학 카바레로 창단된 <사랑하는 아우구스틴>은 초기에 문학작품 패러디와 패러디를 기반으로 하는 춤, 즉흥극으로 공연하였으나 1933년부터 정치 상황에 초점을 둔 공연으로 그 공연양식을 바꾸고 투홀스키, 에리히 케스트너 등의 깊이 있는 텍스트를 공연함으로써 좋은 평가를 받았다. 오스트리아에서는 30년대부터 카바레를 유흥주점의 단순한 쇼와 구분하기 위해 '작은 예술Kleinkunst'이라는 용어를 의식적으로 사용하였다.

나치 시기에 오스트리아 카바레는 독일과 마찬가지로 어려움을 겪었다. 수많은 카바레티스트들이 체포되거나 망명을 떠났다. 1920년대, 그리고 1930년대 초에 독일의 베를린과 뮌헨 등지에서 활동하던 오스트리아 출신의 공연예술인들의 상당수는 나치가 집권하자 빈으로 되돌아왔다. 그러나 오스트리아가 히틀러 독일과 합병될 새로운 정치적 현실 앞에서 이들이 오스트리아에 남아 히틀러에 저항하기란 힘든 일이었다. 빈으로 돌아온 오스트리아 카바레티스트들에게 오스트리아는 파시즘을 피할 수 있는 마지막 장소가 되지 못했다.[25] 이들은 런던(푸른 다뉴브 클럽Blue

Danube Club, 1938), 뉴욕(비엔나 연극단Viennese Theatre Group, 1938), 로스 엔젤레스(자유 무대Freie Bühne, 1939) 등지에서 활동을 계속하였다. 여러 나라로 흩어진 이들의 무기는 풍자였다. 2차 세계대전 이후 오스트리아 카바레는 오락 카바레와 정치 카바레가 서로 긴장 관계를 유지하는 가운데 지속되었다. 1952년에 헬무트 크발팅어Helmut Qualtinger, 게르하르트 브론너Gerhard Bronner, 게오르그 크라이슬러 Georg Kreisler, 페터 벨레Peter Wehle, 칼 메르츠Carl Merz는 「머리 앞 카바레Brettl vor'm Kopf」란 제목의 프로그람으로 새로운 시도를 한다. 카바레티스트, 작가, 작곡가, 연주가들이 동시에 앙상블로 무대에 서서 공연하는 것이다. 이 같은 형식의 카바레는 큰 성공을 거두었고 현대 카바레 공연 양식에 새로운 자극이 되었다. 뒤이어 50년대 말에는 카바레가 텔레비전을 통해 방영됨으로써 새로운 카바레 관객층이 형성되었다.[26] 또한 오스트리아 카바레는 1960년대에 들어 문학의 여러 형식을 도입하는 가운데 풍자를 이용해 오스트리아

26) Vgl. http://www.kabarettarchiv.at/ Ordner/Geschichte.htm

현대사를 신랄하게 비판하는 카바레로 발전했다. 60년대의 카바레 극단 중 1959년에 그라츠에서 창단된 카바레 <주사위Der Würfel>는 초현실적인 요소와 현대사의 부조리한 면을 풍자의 형태로 풀어 60년대 오스트리아 카바레의 새로운 차원을 연 극단으로 평가받는다. 오스트리아 카바레는 1970년대에 세대 교체 시기를 맞는다. 특히 시사적이고 그 때의 정치적 사건들에 방향을 맞춘 고전적인 카바레는 록음악, 레뷰 등 새로운 형식을 도입한 화려한 공연으로 대체되고 확대되었다. 다른 한편으로는

단순한 시사 정치적인 문제에서 벗어나 정책에 대한 기본적인 비판과 일상에서 볼 수 있는 우스꽝스럽고 특이한 일들을 소재로 사회를 비판하는 새로운 정치 및 시대비판 카바레가 활성화되었다. 이 시기, 오스트리아 카바레의 특수한 경향은 솔로카바레Solokabarett로 방향이 바뀌었다는 데 있다. 1980년대 초, 오스트리아 카바레는 많은 카바레가 새로 생겨나면서 붐을 맞는다. 젊은 카바레티스트들은 전통적으로 내려오는 카바레 구성의 틀을 파괴하고 전통적인 정치적 위트와 시사적 사건과 관련한 소재를 거부하였다. 이들이 카바레를 통해 중점적으로 다루고자 하는 것은 추상적인 정치 관련 주제보다도 '인간'이다. 이는 현대 오스트리아 카바레의 큰 특징이라 할 수 있다. 한편 오스트리아 카바레는 1990년대 이후 독일 카바레의 영향을 받고 있다.

3

카바레의 구성과
기능

카바레의 구성과 기능 3

■■■　무대 공연 예술로서 카바레는 카바레만의 독특한 공연 구성 방
식과 표현 방식, 소재의 범주를 갖는다. 현대 카바레는 여러 예술 장르의
혼합으로 공연 형식은 다양화되고 있으나 웃음과 비판을 통한 관객과의
직접적인 소통이라는 기본틀을 중심으로 전통적인 구성 방식과 표현 수단
을 유지하고 있다. 또한 시의성을 생명으로 하여, 실생활과 직접 연결되는
예술로서 카바레는 다변화하는 현대 사회에 실질적인 영향을 미칠 수 있
는 기능을 가진 특별한 장르로 존재한다.

공연의 구성 방식

카바레는 동시대의 문제를 다룬다. 즉 카바레는 '지금과 여기', 다시

말해 현재의 예술이라 할 수 있다. 카바레티스트는 현재의 문제를 가지고 관객에게 직접 의견을 개진하며 관객과 직접적인 소통을 만들어낸다. 카바레는 자세한 정보를 제공해 주거나 도입부를 삽입하는 것과 같은 연극적 전개를 포기하고 바로 관객에게 말을 건다. 카바레가 소재로 이용하는 것은 이미 전달된 정보이며 잘 알려진 정보이다. 공연에서 다루어지는 문제는 이미 관객이 인식하고 나름의 판단을 하고 있을 정도로 분명하게 알려져 있다는 것이 전제된다. 따라서 관객들이 이해하기 어려운 주제는 공연의 대상이 될 수 없다. 카바레티스트와 관객은 직접적인 소통을 통해 서로 직접 반응하고, 그 상호작용의 정도에 따라 카바레 공연의 성패가 결정된다. 이 같은 현대 카바레의 특성은 독자의 인식에 바로 접촉하기 위한 큰 표제나 머리기사의 제목과 같은 현대 저널리즘의 영향을 받은 것이다.[1] 직접 소통, 빠른 인식과 이해를 토대로 한 카바레 공연은 그 때문에 장소와 시간의 통일을 중요한 구성 원칙으로 삼는다. 또한 카바레는 화려한 사실적인 무대나 상징적인 무대를 필요로 하지 않는다. 무대 장치나 조명을 비롯한 기술적 장치들은 필수적인 것만 설치되며, 때로 아무런 무대장치 없이 단순한 조명만 사용되기도 한다. 카바레는 '환상'을 필요로 하는 예술이 아니기 때문이다. 객석과 무대를 구분하는 '제 4의 벽'은 카바레에서 필요하지 않다. 이는 카바레가 예술인 주점에서 출발하여 관객과 가까운 무대를 전제로 하고 있다는 사실에서 연유한다. 이미 언급했듯 카바레티스트의 연기는 항상 객석을 향하고, 이 같은 형식에서 연기자와 관

---

1) Vgl. Jürgen Henningsen: *Theorie des Kabaretts*, Düsseldorf 1967, S. 17.

객의 대화가 형성되어 연기자는 관객의 대답을 이끌어내는 역할을, 그리고 관객은 연기자의 대화 파트너로서 반응하는 상호작용이 일어난다.[2] 카바레티스

2) Vgl. Benedikt Vogel: *Fiktionskulisse. Politik und Geschichte des Kabaretts*, Diss., Paderborn 1993, S. 99.

트와 관객의 상호작용은 카바레 공연의 핵심이라 할 수 있다.

이 같은 카바레의 한 회 공연 전체는 프로그램Programm이라 하며 프로그램은 대개 10여개 이상의 독립된 짧은 장면Nummer들의 조합으로 구성된다. 따라서 카바레 공연은 에피소드의 성격을 갖는다. 짧은 장면들은 일반적으로 포괄적 주제를 암시하는 공연 제목 하에 느슨하게 병렬적으로 조립된다. 짧은 장면 각각은 채 일분이 되지 않을 수도 있으며 길어도 짧은 단막극의 길이를 넘지 않는다. 이 같은 구성적 특징으로 카바레는 연극이나 오페라의 구성과 차이가 있으며 서커스나 버라이어티 쇼와 같은 구성에 가깝다.

카바레 공연 양식은 카바레티스트 혼자 공연 전체를 책임지는 솔로 카바레, 만담 형식과 유사한 2인 카바레Doppelconférence, 여러 카바레티스트들이 함께 장면을 만드는 앙상블카바레로 분류할 수 있다. 현대 카바레에서 2인 카바레는 거의 공연되지 않고 있으며 솔로 카바레가 카바레의 전통적 특성을 유지하고 있다. 앙상블 카바레는 비교적 연극의 양식을 많이 도입한 형식이며 되도록 여러 볼거리를 제공하는 쇼 형식의 레뷰Revue 카바레로 변화하고 있다.

카바레의 기본 요소

3) 보다 상세한 내용은 다음 문헌을 참조하라. Verena Küchler: *Die zehnte Muse. Zeitgemäßes Kabarett. Form, Funktion und Wirkung einer Kommunikationsart*, Diss., Wien 1995, S. 22ff. 이 논문은 카바레의 이론이 정립되지 못한 상황에서 기본적인 이론의 틀을 마련해 준 논문으로 독일어권 카바레에 대한 기초정보를 제공하고 있다. '의사소통'을 논거의 토대로 삼고 있는 것이 이 논문의 특징이라 할 수 있다. 다른 한편으로 이 논문을 통해 우리는 독일어권에서 카바레가 오랫동안 학문적 연구의 대상이 되지 못했으며 그 이론에 대한 기초 연구가 1990년대 중반에 와서야 본격화되었다는 사실을 알 수 있다.

현대 카바레의 가장 중요한 기본적 구성 요소는 비판을 통한 공격이며, 이 공격은 다양한 예술적 표현을 통해 이루어진다. 전체적인 큰 틀을 볼 때 카바레는 다음과 같은 3가지 기본 요소로 구성된다.[3]

| 심리적 요소 : 공격성(증오, 분노)

카바레의 생명은 공격이다. 공격이 없다면 카바레는 단순한 재미, 오락만을 위한 일종의 쇼에 불과하다. 카바레의 공격 대상은 현실적이고 사실적인 것, 즉 시의성을 가진 문제이다. 카바레티스트는 자신의 내면에 분노를 일으키는 상황이나 인물에 저항하며 사회적, 정치적 결함과 부당함을 공격한다. 카바레티스트에 의해 이루어지는 묘사 자체는 어느 면에서 허구적이거나 과장된 것일 수 있으나 그 묘사의 대상, 즉 공격 대상 자체는 사실이다. 카바레티스트의 공격에 나타나는 공격대상의 변형은 그 대상이 가진 사실을 새로운 시각에서 관찰할 수 있는 기회를 제공한다. 이 같은 특성으로 카바레는 강한 비판 기능을 가진 사회-정치 참여 예술이라 할 수 있다.

| 사회적 요소

카바레티스트는 프로그램이 진행되는 동안 사회에 통용되는 기준이나 가치에 대해 자신의 입장을 분명하게 표명하고 그에 대한 관객의 동의를 이끌어내려 노력한다. 이 과정에서 카바레티스트의 공격은 대개 변화가 요구되는 기준과 가치 관념을 향한다. 그러나 공격이 무조건 정당한 것은 아니므로 카바레티스트는 어떤 규범적 배경을 토대로 하여 그 정당성을 인정받아야 한다. 사회적으로 어떠한 기준이 유효한가의 문제는 카바레티스트와 관객의 인식에 달려있다. 공격은 세상을 개선시키고 변화시키며 세상의 의식을 다른 방향으로 돌리려는 선의의 목적을 위한 것이다. 그렇기 때문에 사회적 변혁기는 카바레에 있어서 비판과 극복을 위한 풍부한 소재를 제공해 주는 생산적 시기가 될 수 있었다. 이 같은 관점에서 카바레는 사회를 바라보는 새로운 시각을 갖도록 교육하며 동시에 웃음을 통해 잘못된 사회구조의 억압에서 잠시나마 벗어날 수 있는 오락의 즐거움을 제공하는 사회적 요소를 지니고 있다고 할 것이다.

| 미학적 요소

기본적으로 카바레는 공연 예술이다. 공격이 카바레의 본질이라 하더라도 카바레티스트는 자신의 공격을 예술로 승화시켜야 한다. 따라서 카바레의 공격은 그 대상에게 직접 상처를 주는 비방과 달리 간접적이어야 한다. 공격의 간접성은 필수적이라 할 수 있는데 공격대상에 직접 손을 댄다는 것은 원칙적으로 불가능하며 공격대상은 권력이나 법률 또는 도덕에 의해 보호받는 경우가 있기 때문이다. 이를 위해 풍자Satire, 패러디 Parodie, 트라베스티Travestie, 언어유희Wortspiel 등과 같은 여러 가지 표현 수단이 이용된다. 여기에 중심이 되는 것은 언어이며, 특히 두 시간 여를 카바레티스트의 언어 자체로 관객을 몰입시키는 솔로 카바레는 고도 의 언어 예술이라 해도 과언이 아니다.

무대와 관련하여, 솔로 카바레는 최소한의 기본 조명만 사용하고 무대 장치는 거의 사용하지 않는다. 작품에 따라 아예 무대 장치가 없는 경우 도 있다. 연극적 표현 방식에 근접하고 있는 앙상블 카바레의 경우 무대 장치가 요구된다. 그러나 환상을 불러일으키거나 사실주의적인 세밀한 무 대가 아니라 공연의 주제 전달에 필요한 기본적인 장치만을 사용한다. 카 바레의 무대는 미학적 표현을 위해 큰 자본을 요구하지 않는다. 최소한의 장치로 최대한의 미학적 표현 효과를 목표로 하는 것이 카바레 무대이다. 단순함을 통한 강한 의미 전달은 카바레 무대가 갖는 미학적 특징이라 할 수 있다.

카바레의 표현 방식

| 양식 수단Stilmittel

카바레는 무엇보다도 희극적 본질을 가지고 있는 양식상의 수단을 이 용한다. 풍자, 유머, 아이러니, 냉소적 태도, 조롱은 카바레가 지닌 가장 중요한 미학적 요소이다.[4] 이 중 특히 중요한 풍자, 유머, 아이러니에 관해 간단히 언급한다.

4) Vgl. ebd., S. 30ff.

5) Vgl. *Reallexikon der deutschen Literaturgeschichte*, 2. Aufl., Bd. 3, S. 601ff.

1) 풍자Satire

풍자는 시대를 비판하는 카바레의 기본 전제라 할 수 있다. 풍자는 존재하고 있는 결함이나 폐해를 단순히 주어진 것으로 인정하지 않는데서 출발한다. 풍자는 특정한 도덕관이나 가치관을 토대로 그 대상과 싸우며 그것을 조소에 맡긴다. 풍자는 공격성이 강하지만 상처를 주는 직접적 공격이 아니다. 따라서 풍자는 간접적 공격으로서 직접적인 상처를 주는 비방과 구별된다.[5] 카바레티스트는 풍자의 대상에 대한 관객 공동의 웃음 내지 조소를 만들어내며 이를 통해 그 대상을 비판적으로 바라보게 만든다. 공동의 웃음과 조소는 공동의 도덕기준 및 가치기준을 토대로 한 카바레작가와 관객의 연결점을 확인시켜 주며 이를 중심으로 한 사회적 집단을 만들어낸다.

2) 유머Humor

대상을 부정하고 공격하는 풍자와 반대로 유머는 대상의 본질적인 것을 인정하고 '세상의 악'을 주어진 것으로 받아들인다. 때문에 유머는 체념 가운데 찾는 명랑함이라 할 수 있으며 그 대상에 대하여 단호한 입장으로 대항하지 않고, 그 대상의 가치를 판단하기에 앞서 그것을 이해하고

자 하는 기본 태도에서 출발한다. 유머는 위험하지 않고 해를 주지 않으며 단순히 희극적인 것이 갖고 있는 속된 성질을 넘어서는 고차원적인 주관성을 갖고 있다. 자신이나 타인의 약점에 대해 미소짓게 하고 유쾌하게 받아들이는 우월적 정신자세[6]가 유머의 기본자세이며 이 같은 자세는 카바레의 기본자세이기도 하다. 이 양식적 수단은 주로 문학 카바레에서 사용되었다.

6) 류종영: 웃음의 미학, 유로서적, 2005, 39쪽 이하 참조.

3) 아이러니Ironie

카바레에서 사용되는 아이러니는 언어적 수단의 다의성뿐만 아니라 전달자인 카바레티스트와 수신자인 관객 사이에 언제든 가능한 상호이해를 토대로 하고 있다. 아이러니는 발화된 내용과는 다른 어떤 것을 의미하는 관계로서 이를 풀어내기 위한 관객의 적극적인 지적 노력을 요구한다. 카바레티스트는 이 수단을 통해 관객과의 의사소통 과정에서 관객의 적극적인 참여를 끌어낸다.

| 전달 수단Transportmittel

카바레는 위에 언급한 양식의 요소들을 관객에게 웃음과 함께 전달해야 한다. 이를 위한 중요한 수단으로 다음과 같은 것들이 있다.

1) 위트 Witz

위트는 우선 웃음을 유발하기 위한 것으로 일차적 기능은 오락의 기능
이며 우스꽝스러움의 지적인 형식[7]이
다. 따라서 위트의 웃음은 무의미한 웃
음이 아니며 사회적, 문화적 성찰을 담
고 있다. 때문에 인간의 삶과 직접 맞닿
아 있는 카바레에서 위트는 가장 중요

7) 위트의 독일어 Witz는 어원학적으로 "알
다", "오성", "지식", "현명함" 등의 의미를 담
고 있는 말이다. 류종영: 위트로 읽는 위트,
유로서적, 2007, 37쪽 참조.

한 전달 수단이다. 중요한 것은 듣는 사람의 인식 행위를 통해 말하는 사
람의 주장이 전달된다는 점이며 듣는 사람의 웃음은 말하는 사람의 주장
이 얼마나 이해되었는가, 말하는 사람의 비판에 듣는 사람이 얼마나 참여
하고 있는가를 알려주는 신호가 된다는 점이다. 카바레에서 위트를 통한
웃음은 집단의 동일한 가치개념 및 판단기준의 확인으로 작용하여 위트는
정치적 집단화의 기능을 갖는다.

2) 패러디 Parodie

이미 존재하며 받아들여지고 있는 것을 조롱하고 일그러뜨리며 과장된
형태로 모방하는 것으로 외적 형식은 그대로 유지되면서 내용이 변화한
다. 이 내용과 형식의 모순을 통해 희극성이 발생한다. 이 방법은 특히 정
치인을 소재로 한 카바레에 많이 이용된다. 패러디는 그 대상 자체와 함
께 그 대상과 연결된 여러 가지 사회적, 정치적 관계를 잘 알고 있는 관객
을 전제로 한다.[8] 대상에 대한 습득된 지식이 관객에게 없다면 패러디는

8) Vgl. Michael Fleischer: *Eine Theorie des Kabaretts*, Bochum 1989, S. 82.

9) Vgl. Jürgen Henningsen: a.a.O., S. 37f.

10) Vgl. Karl Farkas: Frauen unter sich... In: Hans Veigl(Hrsg.): *Karl Farkas ins eigene Nest*, Wien 1991, S. 140-149.

아무런 효과가 없다. 패러디는 기존의 것들에 대해 다시 관찰하고 성찰할 수 있는 기회를 마련해 주며 기존 질서체계를 변화시키려는 용기에서 비롯된다.

3) 트라베스티 Travestie

잘 알려진 것을 우스꽝스럽게 개작하는 것으로 패러디와는 반대로 내용을 유지하면서 형식을 변화시키는 것이다. 단순한 예로 여장을 한 남자 또는 남장을 한 여자를 들 수 있다. 성역할에 관해 이미 습득된 지식 관계는 남성과 여성이라는 상반된 사고 영역 간의 충돌을 만들어냄으로써 놀라움, 낯설음, 웃음을 발생시킨다.[9] 1920년대 이후 2인 카바레를 통해 오스트리아 카바레 발전의 초석을 놓았던 칼 파르카스 Karl Farkas와 에른스트 발트부른 Ernst Waldbrunn의 카바레 『여자들끼리... (베르거 부인과 쇠베를 부인) *Frauen unter sich... (Frau Berger und Frau Schöberl)*』(1966)은 좋은 예가 된다. 여장을 하고 등장한 파르카스와 발트부른은 길거리에서 우연히 만난 두 중년 부인의 수다를 통해 중년 여성의 전형성과 그 전형을 만들어내는 사회를 비판함과 동시에 주체적 여성의 역할을 요구한다.[10] 또 다른 예로 트라베스티의 효과는 술장사를 하는 사람이 금주를 주장한다거나 어린 아이가 인생경험이 풍부한 노인과 같은 말을 늘어놓을 때와 같은 상황에서 발생한다. 또한 스포츠 중계가 파우스트의 독백과 같은 형식으로 낭송되듯 이루어진다면 이는 언어 트라베스티라 할 수 있다. 이처럼 트라베스티는 서로 융

합할 수 없는 서로 다른 사고의 영역을 충돌시킴으로써 웃음과 비판의 효과를 동시에 가져오는 카바레의 방식이다.

4) 희화화Karikatur

희화화는 그 대상이 가지고 있는 어떤 특징을 과도하게 일그러뜨리는 것이다. 이를 통해 불균형과 기형화가 발생한다. 이 방식에 있어서도 패러디나 트라베스티 처럼 관객이 희화의 대상에 대한 지식을 이미 습득하고 있어야 함이 전제되고 관객이 대상에 대해 알고 있는 한 부분이 과장되어 다른 부분과 융합되지 못함으로써 웃음과 함께 비판의 방향이 분명하게 드러난다. 희화화는 카바레가 사용하는 공격 방법으로서 패러디보다는 더 명확하고 거친 방법이나 트라베스티 보다는 효과 면에서 미약하다.[11]

11) Vgl. Jürgen Henningsen: a.a.O., S. 44.

12) Vgl. Michael Fleischer: a.a.O., S. 84.

5) 가면 벗기기Entlarvung

가면 벗기기는 겉으로 드러나 있는 개인의 품위와 권위를 벗겨내고 그 안에 존재하는 인간적 결함을 드러내준다. 이 방법을 통해 관객은 인간 존재의 근원을 생각하게 되고 인간관계에 관해 다시 숙고하게 된다.[12] 이와 함께 개인은 특별한 존재가 아니라 인간일 뿐이라는 사실에 주목하게 되며 정신적 행위가 육체적 요구에 좌우되고 있음도 인식하게 되는 것이다. 가면 벗기기는 특히 카바레티스트가 문제제기를 하고 관객은 그 문제에 대해 사고해야 하는 카바레티스트와 관객간의 적극적인 사고 교환 관계를 형성하도록 만든다는 점에서 카바레의 중요한 표현 방식이라 할 수 있다. 로리오Loriot의 『사무실에서의 사랑 *Liebe im Büro*』은 흔히 일어날 수 있는 직장 상사와 여직원과의 성적 관계를 소재로 다룬다. 성적인 것은 카바레가 즐겨 사용하는 소재이다.[13] 사장은 사무실에서 여비서에게 구애하고 여비서는 겉으로 머뭇거리면서도 사장의 구애가 싫지 않다. 두 사람이 사무실 바닥에서 사랑을 나누려는 순간 사장은 책상 밑에서 우연히 읽지 못했던 주문서를 발견한다. 회사의 손해가 감지된 순간 사장에게 일을 제대로 처리하지 못한 여비서는 더 이상 사랑의 대상이 아니다.

13) 성적인 표현은 웃음을 이끌어낸다. 웃음은 성이 노출될 때 인간이 느끼는 내적 전율을 감추는 보호작용을 하게 되며 성과 관련하여 발생할 수 있는 모순의 영역으로 들어가는 경계를 인식하도록 만든다. 성과 웃음 사이에는 이 같은 인간학적 관계가 존재한다. 임우영 외 편역: 미학연습, 동문선, 2004, 168쪽 이하 참조.

여비서: 여기... 카페트 위에서요?

사장: (여비서를 천천히 자기 쪽으로 끌어 내린다. 기어 가 그녀 위로 몸을 굽힌다)

여비서: (눈을 감고) ...정말 미치겠어요, 멜처 씨...

사장: (입술을 여비서의 입술에 가까이 가져간다. 그러면서 시선은 책상 밑의 무엇인가로 향한다) ...도대체 저게 뭐야?

여비서: 뭐가요?

사장: (책상 밑에서 종이를 집어 들고 읽는다) ... 이건 만하임에서 온 편지잖아... (더듬거리며 안경을 찾는다. 안경을 쓴다) ...앞을 트고 팔은 짧게 해

서 400벌... 이 편지를 우린 두 주나 기다리고 있었어... 그런데 이
게 도대체 왜 여기 있는 거야? ....왜 내 책상 밑에!

여비서: 하지만 전...

사장: 우린 업계를 주도하는 직물회사로서 이런 식으로 일을 처리하지
는 않아!

여비서: 칼-하인츠...

사장: 감히 내 이름을 그렇게 부르
지 말아![14]

14) Loriot: Liebe im Büro. In: ders: *Loriot's Dramatische Werke*, Zürich 1981, 39f.

결국 사장은 회사 내의 지위와 권력을 이용해 여비서를 성욕의 대상으
로 삼으려 했음이 드러나고 처음에 품위 있게 구애하던 사장의 가면은 벗
겨진다. 관객은 이 마지막 장면에서 권력자의 본모습을 다시 생각하게 되
며 여비서의 모습을 통해서는 권력의 그늘을 스스로 찾아 들어가는 인간
의 습성을 다시 발견한다.

6) 샹송Chanson

원래 프랑스어로 노래를 의미하는 샹송은 프랑스의 전쟁가요
Kriegslieder에서 시작하여 프랑스 혁명의 투쟁가Kampfgesänge를 거
쳐 정치적 조롱 가요Die politische Spottlieder로 발전했다. 공공 매체
가 없던 시절, 샹송은 민중의 이야기를 담아 전달하는 보도 수단의 기능
을 지니고 있었고 당대의 사회적, 정치적 상황에 대해 의견을 표출할 수
있는 비판의 통로가 되었다. 샹송은 민주주의의 도구이자 풍자를 통한 저

15) 리사 아피냐네시, 강수정 옮김 : 카바레. 새로운 예술공간의 탄생, 앞의 책, 8-9쪽 참조.

16) Vgl. Reinhard Hippen: *Das Kabarett-Chanson. Typen-Themen-Temperamente*, Zürich 1986, S. 10.

17) 1900년에 오토 율리우스 비어바움Otto Julius Bierbaum이 편찬한 『독일 샹송 *Deutsche Chansons*』은 독일의 최초 카바레 극단 <다채로운 극장Buntes Theater (=超카바레Überbrettl)>부터 이용되었다.

18) Vgl. Michael Fleischer: a.a.O., S. 79.

항의 무기 역할을 했던 것이다.[15] 독어권 카바레에서 샹송은 풍자와 아이러니, 조롱을 전달하기 위해 이용되는 시대비판 가요Zeitkritisches Lied를 의미한다.[16] 노래는 카바레의 시작부터 존재한 가장 오래된 요소 중의 하나이다.[17] 노래는 카바레티스트의 주장을 담고 있어서 내용면에서 전체 프로그램과 연결되어 있고, 프로그램과 함께 하나의 단위를 형성하는 필수 구성 요소에 속한다.[18] 여성 카바레티스트가 흔치 않은 상황에서 샹송가수겸 카바레 작가로서 1970년대 오스트리아 카바레에 독특한 위치를 차지했던 로레 크라이너Lore Krainer의 카바레 샹송「일본인들이 있다Die Japaner san do」의 일부를 보자.

1981년 일본의 경제 침투는 유럽인들에게 서서히 섬뜩해지기 시작했습니다.

우리 경제는 언제나 인정받았습니다,
[...]
그런데 우리는 황색 위험을 알게 되었지요 -
그건 중국이라고 모두 생각했습니다.

그 위험은 평화로왔지만,

유감스럽게도 편안하진 않았습니다.

그것에 무엇인가 대처하기도 전에

그들은 마치 태풍처럼 우리를 덮쳤지요...

미쓰비시, 나가미치, 미쓰비시, 그리고 마츠시다로 -

기분나쁘죠!

일본인들이 있습니다,

기모노가 우리를 칩니다.

뭘 치고 들어왔는지 세이코를 한 번 들여다보세요.

일본인들이 있습니다

소니, 샤프, 산요.

아카이, 히다치, 그리고 도시바도 우릴 굴복시킵니다.

우리의 젊은이들은 스즈끼, 가와사키, 아니면 혼다를 타고 다닙니다,

그래서 그들의 아버지들은 이제 완전히 빈털터리가 되었죠.

[...]

이국적 낭만은 이미 오래 전에 사라졌지요.

일본인은 위대합니다.

[...]

서구의 매니저들은 방황할 따름이고요.

미놀타, 이케가미, 니콘, 캐논, 야시카로

우리의 멍청한 얼굴만 찍어댈 수 있을 뿐!

일본인들 훌륭합니다!

화난다고 말만 하면 뭐하나요![19]

19) Lore Krainer: *Im Guglhupf 16 Jahre Zeit im Ton. Eine Satire*, Wien 1994, S. 68f.

20) Vgl. Reinhard Hippen: Das Kabarett, a.a.O., S. 110.

21) Vgl. Verena Küchler: a.a.O., S. 35.

로레 크라이너는 일본의 경제력에 굴복하고 아무런 방책도 내놓지 못하는 자국 및 유럽의 상황을 비판하고 이 문제를 극복해야 할 것을 주장하고 있다. 이 같은 사회 비판적 샹송이 독일 카바레 본격적으로 등장한 시기는 1919년과 1923년 사이, 독일의 정치, 사회적 발전 과정이 혼란을 겪던 때였다.[20]

다른 한편으로 드라마투르기의 측면에서 보자면 샹송은 작은 장면 Nummer 사이를 연결해 주는 막간극의 기능을 하며 장면 사이에 분위기의 변환을 돕고 주로 말로 구성되는 카바레 프로그램을 멜로디와 노래를 통해 부드럽게 풀어주면서 여러 가지 감정과 공격을 전달하는 기능을 갖는다.

7) 해학혼성곡 Quodlibet

해학 혼성곡은 유명하고 인기 있는 민요나 유행가의 멜로디를 연결하여 메들리 형식으로 만들어진다. 원래의 노랫말 중 주요 부분은 그대로 유지하는 가운데 풍자적 내용의 새로운 텍스트가 중간에 삽입된다. 익숙한 멜로디와 개사의 대립으로 희극성이 발생하는 해학혼성곡은 카바레에서 매우 자주 사용되며 선호되는 방법이다. 해학혼성곡은 공격성이 약해 정치 카바레에서는 그다지 많이 쓰이지 않으며 레뷰형식의 오락적 카바레에 주로 이용된다.[21]

카바레의 기능

| 정보 기능

카바레의 정보 기능은 모르고 있는 것(새로운 정보)을 알려주는 기능이 아니라 이미 알고 있는 것 중에서 모르는 것을 줄여 주는 기능이다. 다시 말하면 이미 알고 있는 것을 새로운 차원에서, 그리고 새로운 관계, 새로운 관점에서 볼 수 있도록 해 준다.[22] 카바레의 소재로 이미 알고 있는 것은 전제되어 있다. 따라서 카바레는 이미 습득된 지식과의 놀이라 할 수 있다.[23] 물론 이론적으로 장면 앞에 필수적인 배경지식을 위한 정보가 제공될 수는 있으나 이는 예외적인 경우에 속한다. 1960년대 베트남 전쟁을 소재로 한 카바레에서 베트남 전쟁에 대한 정보가 주어지는 경우가 있었으나 이 같은 형식은 카바레의 형식에 포함시키지 않는 것이 정설이다.[24] 카바레 공연 중에 관객이 알지 못하는 새로운 정보를 전달하는 일은 거의 없다. 관객의 즉각적인 반응을 중시하는 카바레에서 이 같은 형식은 공연 자체를 지루하게 만들고 다루고 있는 중심 주제를 빠르게 전달하려는 카바레티스트의 의도에도 적합하지 않기 때문이다.

카바레티스트는 관객이 알고 있는 것을 알고 있어야 한다. 카바레티스

22) Vgl. ebd., S. 56.

23) Vgl. Jürgen Henningsen: a.a.O., S. 24f.

24) Vgl. Kerstin Pschibl: *Das Inter-aktionssystem des Kabaretts. Versuch einer Soziologie des Kabaretts*, Diss., Regensburg 1999, S. 320.

트는 관객이 이미 알고 있는 정보를 새로운 관계 속에 세우거나 상이한 정보들을 서로 연결시키기도 한다. 이 정보들은 물론 남녀간 잠자리의 문제, 장인, 장모 또는 시부모와의 관계처럼 원초적이고 기본적인 것들로 시공간을 넘어 누구나 보편적으로 인식하고 있는 문제일 수도 있으나 기본적으로 카바레가 다루는 정보는 최근의 사회적, 정치적 문제들이다. 특히 이 같은 시사적 문제들은 세대, 지역, 그리고 시간의 경과에 따라 달리 이해될 수 있기 때문에 카바레티스트에겐 그 정보에 관한 지식 관계를 다양한 각도에서 표현할 수 있는 고도의 해석 능력이 요구된다. 관객은 카바레 공연을 통해 정보에 관한 다양한 판단의 가능성을 인식하게 되고 새로운 관점을 얻을 수 있다.

| 사회적 기능

카바레티스트가 전하는 내용은 특정한 사회적 기준과 가치를 인식하게 만들고, 그것을 방어하기도 하며, 사회 내의 권위를 공격하여 그것이 가진 주도적 상을 파괴한다. 이를 통해 기존의 사회적 기준이 변화할 수 있는 기회가 만들어지기도 하며 반대로 그 기준이 강화되기도 한다. 카바레티스트는 존재하고 있는 사회적, 정치적 상황에 대해 철저한 분석을 토대로 자신의 의견을 개진한다. 관객은 이를 통해 새로운 관점에서 상황을 판단하게 되고 자신의 입장을 결정한다. 카바레는 사회적으로 판단의 방향 설정에 영향을 미치는 것이다. 이 과정에서 대부분 비슷한 도덕관, 가치관, 요구를 지니고 있는 관객 구성원들은 소통의 상호작용과 카바레티스트의 의견에 대한 동의를 통해 '다른 사람들과 다른 우리' 라고 하는 소속감을 갖게 되며 나아가 사회적인 하나의 집단을 형성하게 된다. 이는 카바레가 사회적으로 일종의 감시기관 및 견제기관으로 기능할 수 있음을 의미한다.[25]

25) Vgl. Verena Kuchler: a.a.O., S. 66f.

26) Vgl. Petra Amouzadeh: *Pädagogische Aspekte des Kabaretts*, Gießen 1998, S. 78.

이와 함께 중요한 사회적 기능으로서 카바레는 관객의 기분을 전환시켜 주는 오락적 기능을 갖는다. 이 기능은 카바레의 중심 기능이기도 하다. 관객은 입장료를 지불하며 그 대가로 즐기기를 원한다. 카바레는 관객의 긴장해소 요구에 철저하게 부응한다. 카바레티스트는 자신이 어떤 정보의 관점을 전달하면서 문제를 지적하고 비판한다 하더라도 그 진지한 인식의 힘을 즐거움을 통해 전달해야만 한다. 관객은 카바레티스트의 주장에 전적으로 동의하지 않는다하더라도 웃고자 한다. 이는 관객이 카바레 극장을 찾는 첫 번째 이유이다. 또한 웃음의 카타르시스 기능과 치료효과는 자주 언급되어 왔다. 카바레에서의 웃음은 정치적, 사회적 현실과 일상의 관습에서 오는 억눌림으로부터 자유롭게 해주어 불안을 제거할 수 있도록 도움을 주며, 다른 한편으로 자기 자신의 상황을 되돌아보게 만드는 자기 자신에 대한 웃음을 가능하게 하여 일종의 자기성찰을 통한 자기 극복을 이룰 수 있도록 만든다.[26] 때문에 카바레티스트가 전달하는 정보와 그에 대한 의견은 웃음을 만들어낼 수 있도록 잘 포장되어야 한다. 다른 한 편으로 웃음을 통한 즐거움, 긴장해소와 함께 카바레티스트가 전하는 내용을 인식하는 행위는 기호를 풀어내는 지적 행위로서 이는 관객에게 사고의 놀이를 통한 즐거움을 의미한다.

정치는 카바레의 가장 중요한 중심 소재이다. 정치는 인간의 삶과 가장 밀접하고, 다양한 의견이 가장 많이 개진될 수 있는 분야로서 카바레는 전통적으로 정치를 다루어 왔다. 카바레는 여론을 만들어 내고자 하나, 같은 사안에 대해 주관적으로 채색하고자 한다. 어떤 사안에 대해 반대한다 하더라도 그것은 전체의 의견이 아니라 카바레티스트, 또는 작가의 생각이다. 때문에 카바레에서 개진되는 의견은 제한적이다. 그러나 카바레에서 드러나는 입장은 제한적이어야 한다. 다시 말해 의견 표명, 주장의 방향이 분명해야 한다. 그래야 정치적 논의의 장이 될 수 있기 때문이다. 여기에서 중요한 점은 카바레티스트의 주관적 입장에서 특정한 정치가 및 정당이 비판된다는 점이며, 그 비판은 누구나 이해할 수 있는 수준에서 이루어진다는 점이다. 정치적 비판의 기능은 카바레의 가장 중요한 기능이며 이 같은 공격 기능이 없다면 카바레는 존재할 수 없다. 결국 카바레는 통제와 억압이 없는, 무제한의 표현의 자유가 전제되어야 한다.[27] 이를 통해 카바레는 그 사회적 기능과 연결하여 정치적 감시 기관 및 견제기관으로서 특정 주장에 동의하는 집단을 형성하는 가운데 그 기능을 수행할 수 있다. 브루노 요나스Bruno Jonas는 『아무 일도 않고*Auf Nummer sicher*』(1984)에서 바르샤바 동맹에 대항하여 독일에 중거리 미사일을 배치하려는 미국과 독일정부를 분명하게 비판하면서 그 무기 증강 정책에 적극적으로 대항할 것을 요구한다.

27) Vgl. Verena Küchle, a.a.O., S. 59ff.

우리는 연방군이 필요합니다. 그렇기 때문에 우리는 나토(NATO)에 가입해 있는 것이고, 그렇기 때문에 우리는 미국이 우리를 보호하고 있다는 사실에 기뻐합니다. [...] 당연히 여러분들은 다른 의견이실 수가 있습니다. 물론 여러분들은 중거리 미사일 배치를 반대하실 수 있습니다. 또한 여러분들은 인간띠 잇기를 하실 수도 있습니다, 그게 필요하다고 생각하시면 말이죠. [...] 국가는 자기 방침만을 공표해 버렸습니다. 그렇게 해서 문제는 정리되어 버렸습니다. 이제 본론으로 들어갑시다. 안전을 구실삼아 완벽한 민족 살해가 계획되고 있습니다. 방어 전략가들의 머릿속에는 냉소적인 공포의 환상이 퍼지고 있습니다. 이와 반대로 마지막 해결책은 나치의 멍청한 짓거리입니다. 아직 끝나지 않은 일에 불만인 위협적 파시스트들이 생겨나고 있습니다. 오직 위협만으로는 충분치 않습니다. 일방적 위협이란 미국의 새로운 이론을 뜻합니다. [...] 절대적 안전을 위한 이 같은 노력은 논리적으로 적의 살해를 요구합니다. 다른 사람이 죽으면 비로소 그는 덤비지 못하는 거죠. 절대 안전이라는 것은 다른 사람을 어떻게 죽일지 생각하는 것을 의미합니다. [...] 우리의 평화 정치가들은 민족말살을 믿을 만하게 위협하기 위해 민족말살을 준비하고 있습니다. [...] 선진국들이 이 같은 범죄의 비용을 대고 있습니다. 우리 안전의 희생자들인 우리는 이해를 요구받고 있습니다. 그리고 성숙한 이 민족의 다수가 이해해 주고 있습니다. 우리는 몰락을 막을 의도로 몰락을 야기하고 있습니다. 달리 말하자면, 우리는 아무 일도 않습니다.[28]

28) Bruno Jonas: Auf Nummer sicher. In: Volker Kühn(Hrsg.): *Kleinkunststücke in 5 Bden, Bd. 5, Hierzulande. Kabarett in dieser Zeit ab 1970*, Berlin 1994, S. 100.

4

카바레티스트와
관객

카바레티스트와 관객 4

카바레티스트의 연기 방식

카바레티스트는 "계몽적인 사회비판가 Aufklärerischer Gesellschafts-kritiker"[1]로서 문화적 맥락과 관련된 일상의 여러 원칙에 대한 새로운 관점을

1) Kertin Pschibl: Das Interaktionssystem des Kabaretts, a.a.O., S. 312.

2) Vgl. Michael Fleischer: a.a.O., S. 114.

강화하고 이미 존재하는 정치-사회적 기본입장에 대한 생각에 새로운 시각을 부여한다. 이 모든 것은 관객이 가지고 있는 일상 경험과 사회정치적 기본 태도를 염두에 두고 이루어진다. 이는 관객과의 직접적인 의사소통이라는 상호 행위를 전제로 하고 있으며, 따라서 카바레티스트의 움직임은 연극과 영화 배우의 연기와 분명 다르다. 카바레티스트의 연기는 관객을 향한 연기가 원칙이다.[2] 따라서 카바레티스트의 시선은 대부분 관객

을 향한다. 카바레티스트의 대화 상대는 관객이기 때문에 카바레티스트는 공연 내내 관객과의 접촉을 시도하고 그 접촉을 유지하며 객석의 분위기를 주도한다. 카바레티스트의 움직임과 동작은 제한되어 있다. 카바레티스트의 연기가 텍스트를 앞서거나 능가해서는 안되기 때문이다. 특히 솔로 카바레의 경우 카바레티스트는 거의 특별한 연기 없이 관객 앞에 서거나 앉아서 프로그램 전체를 진행하기도 한다. 따라서 카바레티스트의 움직임은 엄밀한 의미에서 연기라기보다는 몸짓 또는 제스츄어의 의미에 해당한다. 그러나 특별한 카바레 몸짓은 존재하지 않는다. 몸짓 또한 프로그램의 진행 과정에서 자연스럽게 일정 부분만 사용될 뿐이다. 그러나 카바레티스트의 제한된 몸짓은 연극에서 보다 더욱 강한 의미를 표현할 수 있다. 카바레의 무대는 연극 무대보다 훨씬 작고 관객은 무대와 더욱 가까이 자리하고 있기 때문에 카바레티스트의 작은 몸짓도 섬세하게 전달된다. 다른 한편으로 카바레티스트는 이 같은 극장 구조를 이용하여 몸짓을 어떤 독립된 기호로, 예를 들면 과장된 몸짓을 이용한 제스츄어 패러디로 사용하기도 한다. 그러나 이 과장된 몸짓 또한 연극적 연기가 되어서는 안된다.

레뷰 형식의 카바레를 제외하고 대부분의 카바레 공연에서 카바레티스트는 특별한 의상을 입지 않는다. 관객과 같은 자연스런 평상복은 관객과 무대 사이의 경계를 허무는데 도움이 된다. 무엇보다 카바레티스트는 의상으로 특정한 인물의 성격을 표현하지 않는다. 프로그램은 다양한 독립적 에피소드의 형태로 구성되기 때문에 카바레티스트는 다양한 역할 바꾸기를 해야 하는 과정에서 특별한 의상은 방해가 될 수밖에 없다. 결국 이 모든 방식은 연극적 환상을 파괴하기 위함이다. 이는 거리두기와 생소화를 통해 현실을 구체적으로 관찰하고 변화의 가능성을 모색한 브레히트의 서사극과 맥락을 같이 한다. 브레히트는 연기자가 자기가 보여주는 인물에 동화되지 않고, 그렇게 함으로써 그 인물에 대해 특정한 입장을 취할 수 있으며 그 인물에 대한 자신의 견해를 표명할 수 있다고 주장한다. 따라서 연기자는 관객에게도 그 인물에 대한 비판을 요구할 수 있게 된다.[3] 브레히트가 요구하는 이 같은 연기기법은 카바레티스트의 연기방식에 그대로 적용된다고 볼 수 있다. 관객과의 직접적인 접촉, 예

3) 이에 대해서는 다음을 참조하라. Bertolt Brecht: Kurze Beschreibung einer neuen Technik der Schauspielkunst, die einen Verfremdungseffekt hervorbringt, in: ders: Werke. Grosse kommentierte Berliner und Frankfurter Ausgabe in 30 Bänden, Bd. 22-2, Frankfurt am Main 1993, S. 641-659. 및 송윤엽 외 역: 브레히트의 연극이론, 연극과인간, 2005, 154-174쪽.

술가와 관객의 경계 파괴, 무대 위의 사건이 실제로 벌어지고 있다는 착각을 불러일으키는 제 4의 벽 파괴는 카바레에 무대와 객석이라는 분리된 두 가지 공간이 아닌 대화를 위한 하나의 공간만 존재한다는 것을 의미한다.

반응하는 관객

어느 공연 예술에서 보다 관객은 카바레에서 중요한 역할을 담당한다. 카바레는 공연 동안 카바레티스트와 관객의 상호행위를 통해 이루어진다. 카바레의 관객은 공연에 적극적으로 참여한다. 적극적 관객은 반응하는

관객을 의미한다. 물론 카바레에서 관객의 적극적 참여는 의사소통 차원에서 이루어지는 것이지 연기 행위 자체의 참여를 의미하지 않는다. 공연을 위해 카바레티스트에게 필수적인 것은 무엇보다도 객석으로부터 웃음과 박수의 형식으로 돌아오는 피드백 Feedback이다.[4] 카바레티스트는 관객에게 반응하고 공연이 진행되는 동안 관객이 자신의 말을 이해하고 있는지 파악하며 관객의 반응을 유도한다. 이

4) Vgl. Michael Fleischer: a.a.O., S. 122.
5) Vgl. Kertin Pschbl: Das Interaktions-system des Kabaretts, a.a.O., S. 324f.

같은 상호 반응 행위가 없다면 카바레는 이루어지지 못한다. 관객의 반응은 카바레의 중요한 구성 요소라 할 수 있다. 또한 카바레의 관객은 카바레티스트가 전달하는 기호와 코드를 읽어내고 풀어낼 줄 알며, 그러한 정신적 행위를 즐거움으로 이해할 수 있는 지적인 관객이며 자기 자신에 대해서도 웃을 수 있는 자의식 있는 관객이다. 카바레의 관객은 기본적으로 거리두기 능력과 성찰능력을 소유한 교육받은 시민계층으로 카바레의 공연 양식을 잘 알고 있다. 때문에 카바레티스트는 앞에 앉아 있는 관객도 자유롭게 비판할 수 있다. 고위 정치인이나 유명인사가 자신을 소재로 한 카바레를 관람하며 일반 관객과 함께 웃는 모습을 종종 볼 수 있다. 이는 이들이 카바레의 관객으로서 카바레티스트의 공격이 해가 없는 유머라는 카바레의 규칙을 잘 알고 있기 때문이다. 자신을 모욕하도록 허용하는 것은 카바레의 공연 규칙 중 하나이다.[5] 관객은 이를 따르며 함께 작업하는 파트너로서 공연에 참여한다. 카바레의 관객은 예술 수용자임과 동시에 카바레를 함께 만드는 공동 작업자이고 나아가 공동 연출자이기도 하다.

5
역사에 남은
카바레극단들

다채로운 극장Buntes Theater
(= 초(超) 카바레Überbrettl)

독일 최초의 카바레

최초 소재지 : Alexanderstrasse 40, Berlin

창설년도 : 1901

유형 : 프랑스의 문학예술 카바레Literarisch-kunstlerisches
Kabarett의 독일적 변형

　1890년대에 들어 베를린과 뮌헨의 예술가들은 주점 문화를 토대로 한 독일 카바레의 이념에 대해 진지한 논의를 하기 시작했다. 오토 율리우스 비어바움Otto Julius Bierbaum과 에른스트 폰 볼초겐Ernst von

오토 율리우스 비어바움

Wolzogen은 독일 카바레 극장을 만들고자 하였고, 프랑스식 카바레의 전범을 따르기 보다는 이미 독일의 소시민 문화에 자리 잡아 넓은 관객층을 확보하고 있었던 바리에테(Varieté: 노래와 곡예 등 버라이어티 쇼 형식의 공연)와 팅엘탕엘(Tingeltangel: 바리에테와 같은 오락쇼 및 그 공연장인 대중주점을 의미함)의 전통을 받아들여 이를 보다 높은 예술적 수준으로 끌어 올리고자 하였다. 오토 율리우스 비어바움은 자신의 소설 『슈틸페, 개구리 관점에서 이루어진 소설*Stilpe. Roman aus der Froschperspektive*』(1897)에서 주인공 빌리발트 슈틸페 Willibald Stilpe가 베를린에 예술적인 팅엘탕엘 극장을 세우는 내용으로 당시 저속한 음악 공연으로 간주되던 팅엘탕엘에 문학적이고 예술적인 가치를 부여했다. 또한 그는 1900년에 프랑크 베데킨트Frank Wedekind, 에른스트 폰 볼초겐 등과 함께 소규모 카바레 무대를 위한 노래 모음집인 <독일 샹송Deutsche Chansons>을 편집해 커다란 성공을 거둔 이후 본격적으로 카바레가 하나의 공연예술로 자리 잡게 되었다. 이들은 독일 바리에테에서 출발한 카바레 무대가 하나의 연극무대로서 고전적인 도덕적 기관이 아니라 보다 많은 대중이 즐길 수 있는 미학적 기관이 되길 원했다.

1901년 1월 18일, 볼초겐은 베를린 알렉산더광장에 650석 규모로 독일 최초의 카바레 <다채로운 극장Buntes Theater>를 개관한다. 그는 이 카바레에 '초(超) 카바레Überbrettl'라는 명칭을 붙였다. 이는 니체의 사상을 받아들임과 동시에 기존의 주점 무대식 카바레(Brettl) 보다 위에 서야하는 새로운 카바레를 의미하는 것이었다. 볼초겐은 비어바움의 소설 『슈틸페』에 나오는 "우리는 주점 무대에 초인을 낳을 것이다Wir werden den Übermenschen auf dem Brettl gebären"라는 문장에서 자극 받았다. 다시 말해 이 명칭은 기존 주점무대 공연의 극복으로서 유흥업소의 철저한 오락공연을 문학, 예술적 수준으로 끌어 올려 다양한 입맛을 가진 관객들에게 다양한 형식을 갖춘 작은 예술을 제공하려는 볼초겐의 의도가 담겨 있었던 것이다. 볼초겐이 요구한 것은 무엇보다도 낡은 가치의 변화와 권위에 대한 경멸이었다.

극단의 성공으로 볼초겐은 극단을 이끌고 독일 전역을 순회 공연하는 동안 쾨페니커 슈트라세Kopenicker Strasse 67/68번지에 800석 규모의 자체 극장을 지었다. 1901년 11월 28일부터 이 극장에서 새로운 프로그램을 시작한 <다채로운 극장>은 철저한 정치 풍자 내지 사회 비판 대신 보다 대중적이고 인간에 대한 조심스런 비판이 담긴 풍자시Couplet, 문학작품의 패러디, 판토마임, 단막극, 인형극, 그림자극, 유머가 담긴 낭독, 에로틱한 샹송, 막간의 춤 공연 등을 다양하게 제공하였다.

에른스트 폰 볼초겐 (1900)

열 한명의 사형집행인 Die Elf Scharfrichter

최초 소재지 : Türkenstraße 28, München
창설년도 : 1901
유형 : 정치-문학 카바레 (Politisch-literarisches Kabarett)

조각가 빌헬름 휴스겐(Wilhelm Hüsgen)이 제작한
열한 명의 사형집행인 마스크

1900년 봄에 독일 제국 의회에는 예술가들을 퇴폐적인 잠재적 범죄자로 보고 예술의 자유를 제한하는, 소위 "하인체 법안Lex Heinze"이라 하는 법률안이 제출되어 있었다. 젊은 예술가와 작가들은 이에 저항하여 뮌헨에서 카바레 극단을 결성하게 되는데 이것이 <열 한명의 사형집행인>이다. 여기에 주도적인 역할을 했던 인물은 작가이자 연출가였던 오토 팔켄베르크 Otto Falckenberg, 비평가이자 서정시인이었던 레오 그라이너 Leo Greiner, 그리고 뮌헨에서 카바레 활동을 하던 프랑스인 마크 앙리 Marc Henry 였다. 이들은 뮌헨의 튜르켄슈트라세 Türkenstraße 28번지에 위치한 한 음식점 뒤편에 작은 무대를 만들었다. 이곳은 종종 학생들의 결투 장소로 쓰이던 공간이었다.

1901년 4월 13일, 11명의 남자와 1명의 여자(마크 앙리의 여자친구였으며 배우이자 가수였던 마르야 델바르Marya Delvard)로 구성된 극단 <열한 명의 사형집행인>은 관객들 앞에서 그들의 첫 번째 "사형집행"을 시행했다. 마크 앙리의 인사가 끝나고 붉은 핏빛의 긴 수도복에 어깨에는 사형 도끼를 둘러맨 나머지 열 명

에른스트 슈테른(Ernst Stern)의 사형집행인 캐리커처.
가운데가 샹송 가수 마르야 델바르.

의 카바레티스트들이 등장하여 프로그람을 시작했다. 이들은 오토 율리우스 비어바움의 샹송 모음집 <독일 샹송>에 들어있던 노래와 레오 그라이너가 쓴 텍스트를 위주로 당시의 예술에 부정적인 정책을 풍자하여 비판하는 무대로 1부를 꾸몄으며, 2부에는 큰 키에 마른 체구의 마르야 델바르가 등장하여 노래 불러 관객들을 매료시켰다.

Th. 하이네(Th. Heine) 작, 〈열한 명의 사형집행인〉 프로그램 표지 : 마르야 델바르

이들은 자신들을 그 시대의 재판관으로 생각했으며 부르주아 관객들에게 단순한 오락물이 아닌 예술을 전달하고자 하였다. 이들은 일주일에 세 번, 주로 수준 높은 문학 형식의 풍자적인 가요와 샹송으로 구성된 공연을 하였으며 이를 통해 독일 초기의 카바레는 음악적으로 높은 수준을 유지할 수 있었다. <열한 명의 사형집행인> 무대에서

들을 수 있었던 노래는 주로 삶의 고통과 죽음에 대한 동경을 주제로 한 상송과 민요였고 여기에 낭만성을 이입시켜 예술적 가치를 높였다. 이들의 활동으로 민요는 독일 카바레에서 중요한 역할을 하게 되었고 노래를 중심으로 한 카바레의 새로운 형식이 발달하게 되었다. 당시 베를린의 <다채로운 극장(초카바레)>이 유흥주점의 오락 공연을 예술적 위치로 끌어 올리고 있었으나 <열한 명의 사형집행인>은 카바레의 예술성에 있어서 이보다 한 걸음 더 나아간 공연을 보여 준 것으로 평가된다. <열한 명의 사형집행인>의 객석은 대략 100여석으로 매 공연 매진을 이룰 정도로 성공적이었으나 수익을 내는 경영을 하기에는 역부족이어서 1906년 극단을 해체할 수밖에 없었다. 극단 해체 후 마크 앙리와 마르야 델바르는 빈으로 자리를 옮겨 카바레 <밤의 불빛Cabaret Na-chtlicht>을 창단하였다.

열한 명의 사형집행인

카바레 밤의 불빛Cabaret Nachtlicht

최초 소재지 : Ballgasse 6, Wien

창설년도 : 1906

유형 : 문학 카바레 Literarisches Kabarett

<카바레 밤의 불빛>은 <카바레 박쥐Cabaret Fledermaus>의 전신으로 오스트리아 카바레의 문을 연 극단이라 할 수 있다. 문학 카바레로서 <카바레 밤의 불빛>은 마르야 델바르와 마크 앙리에 의해 창단되어 1906년 빈의 발가세Ballgasse 6번지에 자리를 잡았다.

마크 앙리

프로그람은 부분적으로 뮌헨의 <열한 명의 사형집행인>에서 공연되었던 레파토리로 꾸며졌다. 이는 마크 앙리와 마르야 델바르가 <열한 명의 사형집행인>에서 주도적 역할을 했기 때문이었다. 비어바움, 릴리엔크론 Liliencron, 베데킨트의 텍스트로 만들어진 프로그람이 공연되었고 에리히 뮈잠Erich Mühsam이 이 무대에서 풍자시를 발표했으며 칼 크라우스 Karl Kraus는 정기적으로 이 극단의 무대에서 초청 공연을 하고 연출을 맡기도 하였다. 로다 로다Roda Roda는 이 극장에서 그로테스크 경향이 강한 자신의 텍스트를 낭독했다.

<카바레 밤의 불빛>은 1년간 유지되었을 뿐이나 독일과 오스트리아 초기 카바레를 서로 연결시키고 이후의 오스트리아 카바레 발전에 초석을 놓은 극단으로 중요한 위치를 차지한다. 1907년, 마크 앙리와 마르야 델바르는 요하네스가세Johannesgasse에 새로운 카바레 <카바레 박쥐>를 창단하여 베를린의 <초(超) 카바레>를 초청하기도 하면서 독일 카바레와의 연결점을 잃지 않고 자신들의 작업을 이어갔다.

카바레 박쥐Cabaret Fledermaus

최초 소재지 : Johannesgasse 12, Wien
창설년도 : 1907
유형 : 문학 카바레 (Literarisches Kabarett)

<카바레 박쥐>는 오스트리아 빈의 문학 카바레로 1907년 초, 빈의 요하네스가세Johannesgasse 12 번지에 있었던 마크 앙리의 집 지하실에서 문을 열었다. 내부 시설의 디자인은 당시 유명했던 <비엔나 아틀리에 Wiener Werkstätten> 그룹의 예술가들인 구스타프 클림트Gustav Klimt, 에밀 오를릭Emil Orlik, 오스카 코코쉬카Ostar Kokoschka 등이 맡았다. 마크 앙리 이외에 마르야 델바르드, 로다 로다, 에곤 프리델Egon

Friedell 등이 이곳의 무대에 섰으며 공연을 위해서 에곤 프리델, 알프레드 폴가Alfred Polgar, 페터 알텐베르크Peter Altenberg 등이 카바레 텍스트를 썼다.

초기에는 마크 앙리와 마르야 델바르의 프랑스 민요 공연이 있었고, 에곤 프리델의 카바레 단막극 <시험 치는 괴테Goethe im Examen>,

1907년 〈카바레 박쥐〉의 프로그램 삽화 (O. M. Jung)

<평화시절 군인의 삶Soldatenleben im Frieden> 등이 공연되었다. 또한 베를린의 <초(超) 카바레>를 초청하여 공연하기도 하였다. <카바레 박쥐>는 일반적인 카바레 무대에 시 낭송, 로코코 및 비더마이어 풍의 춤이 결합된 공연으로 오스트리아 초기 카바레의 영역을 넓힌 극장으로 평가받는다. 당시에는 빈에서 가장 많은 관객이 찾는 카바레 극장이었다. 마크 앙리와 마르야 델바르가 결별한 후 에곤 프리델이 예술감독을 맡아 1910년까지 극장을 유지하였다.

전쟁 이후 <카바레 박쥐>는 빈의 슈테판 광장 옆, 슈피겔가세Spiegelgasse 2번지에 다시 문을 열었다. 여기에는 게르하르트 브론너Gerhard Bronner, 헬무트 크발팅어Helmut Qualtinger, 칼 메르츠Carl Merz 등이 참여하여 오스트리아 카바레의 전통을 이어 새로운 카바레 부흥기를 만들어냈다.

▲2차 대전 후 〈카바레 박쥐〉 포스터
▼1907년 〈카바레 박쥐〉 포스터
(베르톨트 뢰플러 Berthold Loffler 작).
비엔나 역사 박물관 소장.

울림과 연기(煙氣)Schall und Rauch

창설년도 : 1901, 베를린
최초소재지 : Bellevuestr. 3
유형 : 처음에는 문학-풍자 카바레(Literarisch-parodisches
　　　Kabarett), 1919년 이후에는 문학-정치 카바레(Literarisch-
　　　politisches Kabarett).

〈울림과 연기〉 창단멤버. 왼쪽부
터 마르틴 치켈, 프리드리히 카이
슬러, 막스 라인하르트.

<독일극장Deutsches Theater>의 젊은 배우들이었던 프리드리히 카이슬러Friedrig Kayßler, 막스 라인하르트Max Reinhardt, 그리고 연출가 마르틴 치켈Martin Zickel 등은 <카페 모노폴Café Monopol>에서 회합을 가진 후 여기에서 1898년부터 <안경Die Brille>이란 그룹명으로 매주 한 차례씩 즉흥성이 강한 단막극 공연을 하였다. 이후 이들은 1901년 1월 23일, 친분이 있던 작가 크리스티안 모르겐슈테른Christian Morgenstern의 치료비를 모으기 위한 자선공연을 벨레뷰슈트라세 Bellevuestr. 3에 위치한 예술인의 집Künstlerhaus에서 갖는다. 이는 <울림과 연기>란 이름으로 올린 첫 번째 공식 무대가 되었다. <울림과 연기>는 단원들의 연극생활에서 소재를 찾은 음악적 패러디와 익살극 이외에도 동시대 드라마 작품을 패러디하는 공연으로 큰 성공을 거두었다.

<울림과 연기>는 당시 오토 브람Otto Brahm이 이끌던 <독일극장>에서 독립하여 자신들만의 예술적 공연을 실현할 목적으로 막스 라인하르트의 비공식적 주도 하에 운터 덴 린덴 가 44번지에 공연장을 마련했다. 1901년 10월 9일, 노래와 다양한 풍자로 구성한 카바레로 시작된 본격적인 <울림과 연기>의 공연은 이후 단막극 뒤로 점차 밀려나게 되었다.

울림과 연기 포스터.

1919년, <울림과 연기>는 막스 라인하르트의 주도로 새롭게 시작한다. 이전의 문학-풍자 카바레 유형대신 문학-정치 카바레의 유형으로 시작된 새로운 <울림과 연기>는 1919년 12월, 아이스킬로스의 <오레스티Orestie>를 패러디한 인형극 <간단히 고전적으로!Einfach klassisch!>를 공연하면서 다양한 장면의 카바레프로그램을 선보였다. 이후 <울림과 연기>에는 쿠르트 투홀스키Kurt Tucholsky, 발터 메링Walter Mehring 등 뛰어난 작가와 프리드리히 홀렌더Friedrig Hollaender와 같은 걸출한 음악가가 참여했다. 1920년 6월 부터는 한스 폰 볼초겐Hans von Wolzogen이 예술감독을 맡았다. 그러나 막스 라인하르트가 손을 뗀 1921년 2월부터 <울림과 연기>는 쇠퇴기에 접어들었으며 주로 오락요소가 강한 카바레를 공연하다가 1924년 문을 닫았다.

1919년부터 시작된 새로운 <울림과 연기>는 사실상 막스 라인하르트의 본래 의도와는 반대로 공연이 이루어지는 일이 많았다. 막스 라인하르트는 문학적, 예술적으로 실험성이 강한 전쟁세대의 새로운 형식으로 공

새로운 〈울림과 연기〉 프로그램 전단 (간단하게 고전적으로!)

연을 발전시키고자 하는 목적을 가지고 있었다. 따라서 강한 시대 풍자적 장면이 강조되어야 했으나 대부분의 공연에서 이러한 시대 풍자 장면은 프로그램의 일부분을 구성하는데 지나지 않았다. 후기의 〈울림과 연기〉는 순수한 오락 카바레의 성격으로 완전히 변화하였다. 그러나 〈울림과 연기〉는 독일 카바레의 초기에 시대 풍자라는 카바레의 새로운 출발점을 마련해 준 중요한 카바레 극단으로 독일 카바레 역사에서 중요한 위치를 차지하고 있다.

짐플리시씨무스Simplicissimus(Simpl)

소재지 : 오스트리아 빈, Wollezeile 36, 1010 Wien.

창설년도 : 1912.

유형 : 문학 카바레(Literarisches Kabarett)

예술감독 : 미하엘 니아바라니(Michael Niavarani, 1993-현재)

홈페이지 : http://www.simpl.at/

카바레 〈짐플리시씨무스〉는 뤼벡 출신으로 빈에서 연극배우로 활동하던 에곤 도른Egon Dorn에 의해 1912년 10월 25일, "맥주카바레 짐플리씨시무스Bierkabarett Simplicissimus"란 이름으로 문을 열었다. 간단하게 "짐플Simpl"로 불리우며 독어권 카바레 중 가장 전통을 자랑하는 카바레로서 현재도 활발한 공연을 보여주고 있다. 극장 자체도 창설 당시의 장소에 그대로 위치하고 있다(Wollzeile 36, Wien).

카바레 짐플 로고

"짐플"은 전통적으로 비정치적인 오락적 카바레 공연을 보여주고 있다. 그러나 풍자적이고 문학적인 특색을 여전히 유지함으로서 "문학 카바레"의 전통을 지키고 있다는 점이 이 카바레의 특징이다. 이 카바레는 칼 파르카스Karl Farkas가 사회자의 역할을 맡아 등장함으로써 독특한 특색을 갖추게 되었다. 파르카스는 1971년 사망할 때까지 이 카바레의 예술감독을 지냈으며 주연 배우로도 활동했다. 그는 1924년 프리츠 그륀바움Fritz Grünbaum과 함께 카바레 공연에 두 명이 함께 극을 진행하는 2인 공연 형식과 레뷰Revue 형식을 도입함으로써 카바레의 새로운 공연 양식을 발전시켰다. 파르카스의 주도로 "짐플"은 오스트리아에서 가장 각광받는 카바레로 성장했다. 1974년에 "짐플"을 넘겨받은 마르틴 플로스만Martin Flossmann은 오락과 즐거움을 위한 카바레라는 파르카스의 카바레 원칙을 충실하게 지켰다. 특히 그는 "카바레 레뷰Kabarettistische Revue"라는 장르를 발전시켰고, 이 전통은 1993년부터 예술감독을 맡은 미하엘 니아바라니 체제에서도 계속 유지되고 있다.

▲1912년 창설 초기 모습
▼〈짐플〉객석배치도

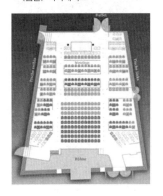

"짐플"은 에른스트 스탄코프스키Ernst Stankovski, 후고 비너Hugo Wiener와 같은 유명한 카바레티스트들을 수 없이 배출했다. 특히 춤과 노래, 풍자를 혼합한 화려한 버라이어티 쇼 형태의 레뷰 양식을 카바레 공연에 접목한 새로운 공연 양식은 "짐플"의 공로로 인정받고 있다.

2003-2004년 시즌에 공연된 미하엘 니아바라니 작 <-다면, -였고, -라면 Hätti Wari Wäri>는 레뷰가 접목된 〈짐플〉 특유의 카바레가 어떻게 발전해 왔는지 잘 보여주는 작품이다. 인생을 망쳤다고 생각하는 사람들이 공연을 보면서 스트레스를 풀도록 이끌어 주려는 의도로 구성된 이 작품은 다음과 같은 가정을 전제로 여러 이야기가 화려한 춤과 음악을 통해 표현된다.

"내가 그 당시에 그녀에게 빠지지만 않았다면, 내가 그와 사귀지 않았더라면, 내가 이혼하지 않았더라면, 내가 세 아이 대신 네 마리 개를 키웠더라면, 모두가 착하게 법을 공부하고 난 마약을 하지 않았더라면, 내가 몇 년 전 13일의 금요일에 왼쪽으로 돌지만 않았더라면, 내가 지금 백만장자고 포르쉐를 몰면서 파리의 애인에게 집을 사준다면, 만일 어머니가 날 규칙적으로 따귀를 때려서 키우지 않았더라면, 밀교에 빠진 마누라가 향을 사러 날 수퍼마켓에 보내지 않았더라면, 우리가 좀 더 일찍 만났더라면…"

누구든 쉽게 이해할 수 있고, 누구든 가정해 볼 수 있는 이야기로 인생을 성찰하게 만드는, 웃음과 진지함이 결합된 카바레의 본모습을 <짐플>은 잃지 않고 있다.

카바레 볼테르Cabaret Voltaire

최초소재지 : Spiegelgasse 1, Zürich
창설년도 : 1916
유형 : 문학 카바레(Literarisches Kabarett)

다다Dada 운동의 문학적 무대가 된 <카바레 볼테르>는 1916년 2월 5일, 스위스로 이주한 독일의 작가이자 연출가 후고 발Hugo Ball과 샹송 가수 에미 헤닝스Emmy Hennings에 의해 취리히의 슈피겔가세Spiegelgasse 1번지에 위치한 음식점 <농장Meierei>에서 문을 열었다. 개관 첫 날 이미 많은 화가와 작가들이 찾아 왔고 오스트리아의 작가 발터 슈테르너

큐비즘 의상을 입고
시를 낭송하는 후고 발

Walter Sterner, 독일의 작가 리하르트 휠젠벡Richard Huelsenbeck과 같은 저명 예술인들의 참여가 뒤따랐다.

초기 프로그램은 여러 시인들의 시 낭송과 함께 드뷔시Claude Debussy, 쇤베르크Arnold Schönberg 등 현대 음악인들의 강연으로 구성되었다. 초기 프로그램은 정치적, 사회 비판적 성향이 아닌 순수하게 문학적, 예술적인 것이었다. 무대에 다다적 요소를 들여온 것은 휠젠벡이었다. 그는 이곳에서 강력한 리듬의 드럼 연주를 동반한 도발적인 시를 발표하였다. 그는 소위 "병렬시Simultangedichte"를 통해 기계화된 현대 사회에서 방황하는 인간의 영혼을 표현하였고 후고 발은 "소리시Lautgedichte"를 통해 저널리즘으로 파괴된 언어를 비판하였다.

〈카바레 볼테르〉, 마르셀 얀코
Marcel Janco 작, 유화

다다 운동을 중심으로 〈카바레 볼테르〉에 모인 예술인들은 1차 세계 대전을 겪으며 드러난 시민들의 속물근성과 썩은 예술관에 저항하는 예술적 항의 및 반예술Antikunst을 표방하였다. 또한 그들은 유럽의 자기 파괴라는 혼란에 전통적인 예술형식과 언어를 파괴하는 행위로 맞섰다. 여기에는 전쟁의 무의미함에 대한 각성이 중심 역할을 하였다.

1916년 5월 15일, 〈카바레 볼테르〉의 주축 멤버들은 "카바레 볼테르"라는 같은 이름의 잡지를 간행하고, 그해 7월 14일, 카바레 밖에서 다다 행사를 열었다. 이 프로그램은 음악, 춤, 시, 그림, 의상, 가면, 이론, 선언 등 거의 모든 예술적 행위를 포괄하는 것이었다. 1917년 3월 17일, <다다 갤러리Galerie Dada>가 문을 열고 추상적인 춤과 새로운 음악, 인형극을 공연하였다. 여기에는 당시의 아방가르드 예술가들이 모여 들었다. 이는 <카바레 볼테르>의 끝을 의미했다. 이들의 운동은 파리의 다다 운동을 거쳐 프랑스의 초현실주의 문학에 영향을 주었다. 휠젠벡은 1917년 1월 베를린으로 돌아와 베를린 다다 그룹의 생성에 큰 역할을 하였으며 이는 독일 카바레의 새로운 시대가 시작됨을 의미하는 것이었다.

거친 무대Wilde Bühne

최초 소재지 : Kantstr. 12, Berlin
창설년도 : 1921
유형 : 문학-정치 카바레 (Literarisch-politisches Kabarett)

당시 막스 라인하르트의 제자로서 무대 예술에 다양한 능력을 보이고 있던 여배우 트루데 헤스터베르크Trude Hesterberg는 1921년 9월 15일 <서부 극장Theater des Westens>의 지하실에 카바레 <거친 무대>를 열었다. 175석 규모에 벽에는 푸른색 천을 두르고 벽 조명을 설치한 아늑한 공간이었다.

트루데는 처음에 베를린 하류 주점에서 들을 수 있었던 노래들로 공연을 만들었다. 그러나 두 번째 프로그램부터 전속 작가로 온 발터 메링 덕

분으로 <거친 무대>는 문학-정치 카바레의 면모를 갖추게 되었다. <거친 무대>에서는 특히 발터 메링의 많은 샹송을 들을 수 있었다. 트루데 헤스터베르크가 부른 그의 샹송 <추위Die Kälte>, <작은 도시Die kleine Stadt>, <위대한 창녀 언론의 아리아Die Arie der großen Hure Presse>, <주식 노래Börsenlied>는 <거친 무대>의 카바레를 더욱 수준 높은 공연으로 끌어 올렸다. 더욱이 쿠르트 투홀스키, 에리히 케스트너 등이 카바레 작가로 <거친 무대>를 위해 작품을 써 줌으로써 이곳의 카바레는 높은 수준을 유지할 수 있었다. 당시의 출중한 작가와 예술가들은 계속 <거친 무대>의 작업에 참여했다. 프리드리히 홀렌더Friedrig Hollaender가 작곡가로 참여했고 베르톨트 브레히트Bertolt Brecht가 1922년 1월 이 무대에서 자신의 시 <살인가요Ballade vom Mörder>, <죽은 군인에 관한 전설Legende vom toten Soldaten>을 낭독했다.

<거친 무대>는 <울림과 연기> 다음으로 1차 세계대전 이후 시기의 가장 중요한 문학-정치 카바레로 평가된다. 물론 문학적이고 정치적인 부분은 프로그램의 일부를 차지하고 있을 뿐이었지

〈거친 무대〉에서 발터 메링의 〈주식노래〉를 노래하고 있는 트루데 헤스터베르크

만 시사적인 풍자시Couplet와 희극적 모노로그가 접합되어 웃음과 비판, 오락과 교훈이 함께 하는 카바레의 모범을 보여 주었다. 그러나 1923년 화재 후 트루데 헤스터베르크는 <거친 무대>를 포기했다. 다양한 재능을 지니고 있었던 헤스터베르크는 정통 카바레와 오락 성향의 레뷰공연 중 하나를 선택해야 했으며 결국 당시 관객의 인기를 끌던 화려한 레뷰 무대를 택했다.

무대 가장자리Die Rampe

최초 소재지 : Kurfürstendamm 32, Berlin
창설년도 : 1922
유형 : 문학-정치 카바레 Literarisch-politisches Kabarett

카바레 <무대 가장자리>는 1922
년 11월 19일, 베를린에서 문을 열
었다. 창설자는 예전부터 프랑스의
몽마르트 카바레를 베를린으로 가
져 오려 노력한 샹송 여가수 로자

로자 발레티(1878-1937)

발레티Rosa Valetti였다. 그녀는 이미 1920년에 <카바레 과대망상Cabaret Größenwahn>을 창단하여 정치적 성향이 강한 샹송을 중심으로 카바레 활동을 했으나 이 극단을 오래 유지하지는 못하였고 자신의 작업을 지속하기 위해 다시 <무대 가장자리>를 창단하였다.

로자 발레티는 카테 퀼Kate Kühl이란 걸출한 여배우를 발굴하였고 쿠르트 투홀스키는 이 여배우를 위해 <마을의 예쁜 아가씨Dorfschöne>라는 작품을 써 주었다. 이 작품은 카테 퀼이 주연을 맡고 베르너 R. 하이만Werner R. Heymann 작곡으로 공연되어 호평받았다. 이후 <무대 가장자리>의 공연에는 투홀스키 뿐만 아니라 작곡가인 미샤 스폴리안스키Mischa Spoliansky, 작가 발터 메링 등 저명한 예술가들이 참여했다.

베를린의 카바레 <거친 무대>의 공연에 출연한 카테 퀼(1923)

<무대 가장자리>는 1925년 1월, 사회자 및 1인 카바레 배우로 참여하던 하리 람베르츠 파울젠Harry Lamberts Paulsen이 경영을 넘겨 받아 그 해 말까지 공연을 이어갔다. 저명한 작가였던 에리히 바이너르트Erich Weinert는 이 무대에서 자신의 작품을 공연하고 시를 낭송하기도 하였다.

베를린의 <무대 가장자리>는 1925년 문을 닫았지만 1945년 11월 17일, 라이프치히에서 같은 이름의 카바레 극단이 창단되었다. 창단자는 요아힘 베르츨라우Joachim Werzlau와 페르디난트 마이Ferdinand May였다. 라이프치히의 <무대 가장자리>는 베를린의 <무대 가장자리>와 마찬가지로 문학-정치 카바레를 표방하면서 베르톨트 브레히트와 에리히 바이너르트의 텍스트로 카바레를 공연하여 카바레의 질을 높였고, 특히 안

톤 체홉을 비롯한 여러 작가의 단막극을 함께 공연하여 카바레가 단순한 오락의 수단으로 떨어지는 것을 막았다. 이 같은 노력으로 라이프치히의 <무대 가장자리>는 당시 소련 점령지역에서 이루어진 전후 카바레에서 가장 중요한 카바레 극단으로 평가 받는다. 라이프치히의 <무대 가장자리>는 총 6개의 프로그램을 공연하였고 1950년 문을 닫았다.

익살꾼 카바레Kabarett der Komiker(Kadeko)

최초 소재지 : Joachimsthaler Strasse, Berlin
창설년도 : 1924
유형 : 문학 카바레 (Literarisches Kabarett)

레너 플랏츠에 위치했던 〈익살꾼 카바레〉

1924년 여름, 빈에서 베를린으로 온 카바레 사회자 쿠르트 로비첵 Kurt Robitschek은 파울 모르간 Paul Morgan, 막스 아델베르트 Max Adalbert와 함께 <샬롯-카지노Charlott-Kasino> 극장에서 인기를 얻었으나 극장장과의 불화로 극장을 떠나 그 해 12월 1일, 요아힘 스탈러 슈트라세에 위치한 문학-정치 카바레 <로켓Rakete>의 건물에 새로운 카바레 극장 <익살꾼 카바레>를 열었다. 로비첵과 모르간, 아달베르트는 처음에 "로켓 극장의 익살꾼 카바레Kabarett der Komiker in der Rakete"라는 이름으로 당시 모습을 나타내고 있던 나치즘을 조롱하고 풍자하는 <쿠오 바디스?Quo vadis?>를 공연했다. 이 공연에는 쿠르트 보이스Curt Bois, 마고 리온Margo Lion 등 인기있는 카바레티스트가 참여했다. 이후에 발터 메링, 쿠르트 투홀스키와 같은 저명한 작가들이 <익살꾼 카바레>를 위해 카바레 텍스트를 써 주었다.

짧게 "카데코Kadeko"라는 약칭으로 불린 <익살꾼 카바레>는 다양한 쇼 형식의 바리에테Variete와 전통적인 카바레 요소를 결합시켜 인플레이션이 끝난 후 관객의 감소로 위협받던 문학-정치 카바레를 다시 살려내려는 시도를 보여 주었다. 로비첵과 모르간 이외에 당시 베를린의 중요한 카바레티스트들은 이 극장의 프로그람에 문학적 요소와 시대 비판의 요소를 적절하게 가져와 문학-정치 카바레의 맥을 이었다. 여기엔 베르너 핑크Werner Finck, 프리츠 그륀바움이 사회자로, 막스 아달베르트, 쿠르트 보이스 등이 카바레 배우로, 에른스트 부쉬Ernst Busch, 트루데 헤스터

〈익살꾼 카바레〉 공연 포스터(1932). 쿠르트 보이스의 초청 공연 "그로테스크 패러디 〈프랑켄슈타인의 섬뜩한 이야기〉"

베르크, 마고 리온 등이 샹송 가수로 적극적인 참여를 해 주었다.

특히 "카데코"는 1924년 10월, 칼 발렌틴Karl Valentin과 리즐 칼슈타트 Liesl Karlstadt의 초청 공연을 유치하여 카바레의 영역을 넓히는 한 편, 칼 발렌틴과 리즐 칼슈타트에게도 그들이 지역성을 초월하는 카바레를 보여 줄

수 있는 기회를 마련해 주었다. 칼 발렌틴은 이후 1928, 1930, 1935, 1938년에도 이 극장에서 초청공연을 하였다. "카데코"는 칼 발렌틴의 독특한 공연 이외에 카바레 오페레타, 패러디 오페레타, 그리고 카바레 단막극 및 짧은 오페라 등 다양한 카바레 공연 형식의 실험으로 1930년대 독일 카바레의 가장 중요한 극장으로 자리 잡았다.

<익살꾼 카바레>는 1925년 12월 1일 쿠어퓨어슈텐담Kurfürstendam 으로, 그리고 1928년 9월 28일 레니너 플랏츠Lehniner Platz로 이전하였고 1944년 2월 15일 폭격으로 소실되었다. 폭격 후 <익살꾼 카바레>는 인근의 <카페 레온Café Leon>에 자리를 잡았으나 공연을 지속할 수 없었다. 1945년 5월, 빌리 셰퍼스Willi Schaeffers는 <카페 레온>에 다시 <익살꾼 카바레>를 새롭게 개관했지만 1949년의 루돌프 넬슨Rudolf Nelson 초청 공연을 마지막으로 1950년 재정 악화로 인해 문을 닫았다.

지하납골당Die Katakombe

최초 소재지 : Bellevuestr. 3, Berlin.
창설년도 : 1929
유형 : 정치-문학 카바레 (Politisch-literarisches Kabarett)

카바레 <지하납골당>은 정치 풍자 카바레의 개척자로 평가받는 베르너 핑크와 작가 한스 데페Hans Deppe에 의해 1929년 10월 16일, 베를린 벨레뷔슈트라세Bellevuestr. 3에 위치한 베를린 예술가 협회의 모임

▲에른스트 부쉬 캐리커쳐와 〈지하납골당〉 무대에
선 에른스트 부쉬
▼〈생산의 공포〉(1931) 공연의 한 장면

장소였던 〈예술인의 집 Kün-
stlerhaus〉 지하에서 문을 열었
다. 첫 프로그람은 제목이 없이
음악과 춤, 문학과 즉흥극이 혼합
된 공연이었고 베르너 핑크와 한
스 데페가 텍스트를 썼다. 그 해
12월에 있었던 두 번째 공연부터
에리히 케스트너, 발터 메링 , 쿠
르트 투홀스키 등 많은 유명 예술
인들이 동참했다. 세 번째 프로그
람부터는 에른스트 부쉬도 〈지하
납골당〉의 무대에 섰으며 네 번
째 프로그람부터 한스 아이슬러
Hans Eisler가 작곡가로 참여했
다.

1932년 루터슈트라세Lutherstr. 22번지 건물로 옮긴 〈지하납골당〉은
〈열한 명의 사형집행인Elf Scharfrichter〉이 보여 주었던 시대의 재판관
으로서의 카바레, 단순한 오락물이 아닌 예술로서의 카바레 정신을 이어
받아 카바레의 비판정신과 문학성, 예술성을 다시 부활시키는 역할을 하
였다. 베르너 핑크는 그 중심에 서서 밝은 풍자와 문학적 패러디로 카바
레의 수준을 높였다. 교묘한 풍자가 숨겨진 유머로 〈지하납골당〉의 카바
레 공연은 시민들의 정치적 관심을 일깨우는 기능을 담당했다. 패러디를

기본으로 한 조롱과 찌르는 듯 날카로운 공격이 <지하납골당> 카바레의 특징이었으나 베르너 핑크는 무엇보다도 "공감이 함께 하는 풍자"를 공연의 중심 방향으로 삼았다. 이를 통해 <지하납골당>은 공연에 대한 순수한 즐거움, 쾌활하고 가벼운 기분, 신선함, 친밀함과 같은 감정을 비판 정신과 조화시킬 수 있었다. 베르너 핑크는 다음과 같이 말하고 있다.

"우리는 새로운 시대 앞에 서 있습니다.
객관성이라는 것이 공감을 잃고 있습니다.
차가운 주둥이가 유행이라지만
영혼으로 돌아갑시다! 최신 유행은 따뜻한 가슴이지요."

<지하납골당>은 1935년 5월 10일, 나치의 군비확장과 제국선전상 괴벨스를 풍자의 대상으로 삼았다는 이유로 공연 금지를 당한다. 1935년 5월 24일, 베르너 핑크는 에스터베겐 강제노동수용소로 이감되어 6주간 수용소 생활을 해야 했고 <지하납골당>의 활동은 여기에서 중단될 수밖에 없었다.

〈지하납골당〉 마지막 프로그람 팜플렛(독일 마인츠 카바레자료보관소 소장)

후추분쇄기 Die Pfeffermühle

최초 소재지 : Neuturmstraße 5, München.

창설년도 : 1933

유형 : 정치-풍자 카바레 (Politisch-satirisches Kabarett)

히틀러가 제국수상으로 임명되기 29일 전인 1933년 1월 1일에 에리카 만Erika Mann은 오빠인 클라우스 만Klaus Mann, 여배우 테레제 기제 Therese Giehse, 작곡가이자 피아니스트인 마그누스 헤닝Magnus Henning 등과 함께 뮌헨의 한 작은 주점인 <사탕주머니Bonbonniere>에서 카바레 극단 <후추분쇄기>를 창단한다. 그러나 히틀러의 국가사회 주의로 인해 독일 내에서 자유로운 활동을 할 수 없었던 <후추분쇄기>는 히틀러에 대한 투쟁을 목적으로 스위스 취리히로 망명한다.

에리카 만은 취리히의 작은 호텔인 <히르쉔 호텔Hotel Hirschen>에 서 아무런 방해 없이 공연할 수 있는 무대를 찾게 되었다. <후추분쇄기>

는 이곳에서 1933년 10월 1일, 재개 관을 할 수 있었다. <후추분쇄기>는 독일 문학 카바레의 전통을 수용하여 민속동화를 교묘하게 각색하는 방식 으로 정치적 의도를 감추고 히틀러와 국가사회주의를 용인한 독일의 우둔 함과 야만성을 날카롭게 비판하였다.

<후추분쇄기>는 직접적인 공격을 피하고 간접적인 공격으로서 풍자의 형식을 철저하게 고수하면서 어려운 망명의 상황을 견뎌냈으며 <X 부인 Frau X>, <어부와 그 아내에 관한 동화 Das Märchen vom Fischer und syner Fru>와 같은 초기의 프로그람은 큰 성공을 거두었다. 에리

▲히르쉔 호텔의 〈후추분쇄기〉 무대
▼〈거짓말 나라의 왕자〉-에리카 만

카 만은 '행복하게도' 자신의 일, 재산, 시민권, 고향을 빼앗긴 망명자 '행복한 한스 Hans im Glück'를 만들어내고 그녀 자신은 비행사 모자에 말채찍을 차고 검은 색 나치스 친위대 장화를 신은 멋진 '거짓말 나라의 왕자 Prinz von Lügeland'로 등장하여 한 번 거짓말은 믿지 않지만 매일 하는 거짓말은 믿게 된다는 풍자적 샹송을 불러 당시 망명 카바레티

스의 대표자로 인정받게 되었다. 그녀의 작품 중 1933년 9월 30일, 스위스 취리히에서 공연했던 첫 번째 망명 프로그람에 삽입된 것으로 걸출한 여배우 테레제 기제가 역을 맡았던 <X 부인>을 보자.

사회

제게 꿀도 팔고, 또 여러분에게 커피도 파는 그 부인은 X 부인이라 하죠. X 부인은 악하지도 착하지도 않습니다. 그녀는 어리석지도 영리하지도 않습니다. 그녀는 그냥 어디서나 볼 수 있는 여자처럼 그런 여자일 뿐입니다. 어느 구석에서 가게를 운영하는 중산층 여자일 뿐이죠. 이제 지금 여러분들이 들으시게 되는 것은 그녀의 노래, X 부인의 노래입니다.

X 부인

(눈에 뜨이지 않는 평범한 옷을 입은 부인이 20세기 초에 만들어진, 분명 물려받은 듯한, 쿠션이 들어간 의자에 둔한 동작으로 앉는다. 음악 반주는 처음의 특징이던 낮고 발랄한 음색을 마지막에 달라진 템포와 새로운 악센트로 인해 잃어버린다. 시행과 후렴의 두 가지 멜로디는 마지막까지 반복된다.)

제 이름은 X이고 가게를 하나 가지고 있죠,
가게엔 여러 가지 팔 것들이 있답니다.
저는 어느 누구에게도 해를 끼치려 하지 않습니다 -
나와 남편, 우리는 정말 인기가 있죠.

그런데 사람들은 거짓투성이고 일주일 내내 사기치고,
일요일이면 포도주와 닭고기로 풍족한데,
우리 시대에 중요한 건 정직과
인격, 더 이상 중요한 건 없어요.

그 이후로 수탉은 울지 않아요,
그 이후로 수탉은 울지 않아요,
암탉들만 조용히 웃을 뿐.
고양이들도 무관심,
누구나 다 알고 있기 때문이지요,
불운한 자는 늘 불운하다는 것을.

내 남편은 자주 내게 사기치죠, 난 잘 알아요
나도 때론 밤에 남편에게 사기치는걸요
남편은 내게 사기칠 요량으로 방을 하나 얻었어요.
나와 내 남자친구, 우리는 그걸 자주 비웃었죠.
그런데 내 남자친구, 그잔 그러면서 우리 막내딸을 이용해 날 사기치는
거예요.
고것이 내게 태연히 거짓말하네요, 이젠 생활 능력이 있다나.
그래요, 그래, 난 알아요, 그 애가 처음 그 놈한테 간 건
지난 오순절 일이었죠.

그 이후로 수탉은 울지 않아요,
그 이후로 수탉은 울지 않아요,
암탉들만 조용히 웃을 뿐.
고양이들도 무관심,
누구나 다 알고 있기 때문이지요,
불운한 자는 늘 불운하다는 것을.

전쟁이 나면 어쩔 수 없는 일,
그런데 이 나라의 군대를 뭘 위해 있답니까?
그래도 산업은 끝까지 살아남으려 하죠.
나와 우리 남편, 우리는 오래전에 그걸 알고 있었어요.

우리는 집에서 라디오를 들어요,
어떻게 폭격이 되고 많은 나라가 어떻게 하는지.
다른 사람들은 방해받지 않지만
오스트리아만 창백해졌죠.

그 이후로 수탉은 울지 않아요,
그 이후로 수탉은 울지 않아요,
암탉들만 조용히 웃을 뿐.
고양이들도 무관심,
누구나 다 알고 있기 때문이지요,
불운한 자는 늘 불운하다는 것을.

우리가 저지하지 못하면, 쉽게 패하는 건 우리,
그 위대한 정치가들은
나 몰라라 하면서
멍청하게 떠들어내지요, "난 전쟁을 반대한다"

우리가 그토록 열심히 이룩했던 세상은

결국 폐허 속에 놓이고.
우리의 안락한 방에서는 독가스가 피어올라요 -
나와 우리 남편, 우리는 찍소리도 못해요.

이제 모든 수탉이 울어요,
핏빛 아침 여명을 보면서 -
암탉들은 숨죽여 울고요.
불운한 자는 늘 불안하다는 것을
이제야 알게 된 고양이,
근심해도 너무 늦었지요.[1]

1) Helga Keiser-Hayne: *Erika Mann und ihr politisches Kabarett <Die Pfeffermühle>* 1933-1937, Hamburg 1995, S. 72-74.

에리카 만에게 취리히는 "자유를 사랑하는 망명자에게 열려있는 도시"였으나 <후추분쇄기>의 활동은 평탄하지 못했다. 공연 도중 스위스 나치 당원들로부터 오물세례를 받기도 했고, 베른Bern의 독일 대사관 측의 항의에 의해 취리히 당국이 정치적 텍스트를 사용하는 외국인들의 공연을 금지시킴으로서 극단은 스위스의 다른 지역을 돌아다니며 공연을 유지해야 했다. <후추분쇄기>는 1935년부터 1936년까지 네덜란드, 벨기에, 룩셈부르크, 체코슬로바키아 등지를 떠돌며 순회 공연을 하였으며 1937년에는 미국에서 공연을 하였으나 극단 유지를 위한 발판을 마련하

〈후추분쇄기〉 포스터(1933)

지는 못하였다. 1937년까지 <후추분쇄기>는 총 7개국에서 1034회의 공연을 하였고 풍자와 알레고리, 우화를 이용한 특색 있는 공연을 통해 히틀러의 제3제국에 저항하는 망명 카바레의 대표극단으로 평가된다. 또한 <후추분쇄기>의 활동은 스위스의 독자적 카바레 극단인 <카바레 오이절임 Cabaret Cornichon>의 창단에 영향을 주었으며 스위스 카바레 발전의 초석이 되었다.

ABC

최초 소재지 : Porzellangasse 1, Wien
창설년도 : 1934
유형 : 정치-풍자 카바레 Politisch-satirisches Kabarett

카바레 <ABC>는 1934년 3월, 오스트리아 빈의 포르첼란가세 Porzellangasse 1 번지에 위치한 카페 <City>에서 프로그램 <모든 것이 다 있었다Alles schon dagewesen>로 문을 열었다. 이 프로그램의 텍스트는 쿠르트 브로이어Kurt Breuer와 후고 비너가 함께 썼다. <ABC>는 원래 "카페 City의 알저그룬트 가설무대Brettl am Alsergrund im Café City"란 이름이었으나 Alsergrund, Brettl, City의 첫 자를 따 약칭인 <ABC>란 극단 명칭을 사용했다.

<ABC>는 1930년대 빈의 카바레 중 정치적으로 가장 날카로운 비판을 가하는 카바레에 속했다. <ABC>는 1935년 6월 14일, 프로그램 <내

일 모레부터 그저께까지Von übermorgen bis vorgestern>을 카페 아르카덴Arkaden에 있던 카바레 극장 <무지개Regenbogen>에서 공연한다. 이후 한 동안 이 카바레 극장에서 공연했고, 따라서 <ABC>는 "무지개 속의 ABC"라 불리기도 했다. <ABC>의 공연은 정치 비판이 강하면서도 문학성이 짙은 것이었다. 특히 1937년 11월부터 1938년 1월까지 공연한 카바레 <콜럼부

1937년 극단포스터

스 또는 브로드웨이 멜로디 1942Kolumbus oder Broadway-Melodie 1942>는 투홀스키와 하젠클레버의 극작품 <크리스토프 콜럼버스 또는 아메리카의 발견Christoph Columbus oder Die Entdeckung Amerikas>를 번안한 작품으로 <ABC>의 공연 특색을 잘 말해 주는 것이었다. 다른 한 편 1934년부터 적극적으로 참여한 젊은 사회주의자 유라 소이퍼Jura Soyfer의 텍스트는 <ABC>가 강한 정치성을 갖는 카바레로 자리잡는데 일조했다. 그의 텍스트는 철저하게 노동자계급에 대한 자본주의의 착취, 당시 독일에서 이미 위력을 발휘하고 있던 파시즘에 저항하는 것이었다. <ABC>는 짧은 장면을 조합한 전통적인 카바레 형식이외에 작은 단막극, 오페레타 형식의 공연을 통해 카바레 표현 형식의 새로운 시도에 힘썼다.

유라 소이퍼 (1912-1939)

<ABC>는 1930년대 오스트리아 카바레를 대표하는 카바레 중 하나로 페터 함머슐락Peter

Hammerschlag, 한스 바이겔Hans Weigel 등 당시의 대표적 카바레 작가들이 참여하고 배우들도 프리츠 에크하르트Fritz Eckhardt, 씨시 크라너Cissy Kraner 등 일류 배우들이 출연하였다. <ABC>는 1938년 3월 13일, 오페레타 <잃어버린 멜로디Die verlorene Melodie> 공연을 끝으로 문을 닫았다.

카바레 오이절임Cabaret Cornichon

최초 소재지 : 스위스 취리히, 호텔 히르쉔
창설년도 : 1934
유형 : 문학-정치 카바레 (Literarisch-politisches Kabarett)

<카바레 오이절임>은 발터 레쉬Walter Lesch와 오토 바이써르트 Otto Weissert, 에밀 헤게취바일러Emil Hegetschweiler 등에 의해 1933년 12월 30일, 취리히의 한 호텔에서 결성된 후, 1934년 5월 1일, 취리히의 히르쉔 호텔에서 문을 열었다. 발터

레쉬가 예술감독 및 연출로 텍스트를 쓰고 바이써르트는 작곡와 극단 행정을 맡았다.

1934년 9월과 10월에 제목 없이 두 편의 프로그람을 공연한 후 1948년까지 <그랜드 호텔 글로리아 빅토리아>, <만

▲〈만족한 이들을 위한 대 성악극
Großes Oratorium für Zufriedene〉
(1934)의 한 장면

▼엘지 아텐호퍼 (1909-1999)

족한 이들을 위한 대 성악극〉, 〈여전히 장미의 나날〉 등 끊임없는 공연으로 스위스 카바레를 대표하는 극장으로 성장했다. 이 시기에 활동한 여배우로 엘지 아텐호퍼Elsie Attenhoffer는 스위스 최고의 여배우로 꼽힌다. 1949년 1월, 〈카바레 오이절임〉은 히르쉔 호텔을 떠나 취리히의 〈테아터 암 노이마르크트 Theater am Neumarkt〉로 이전하여 예전의 히르쉔 호텔보다 약 120석이 늘어난 320석의 극장을 확보할 수 있었다. 그러나 2차 세계대전이 끝난 후 〈카바레 오이절임〉은 이미 운영을 어려움을 겪고 있었고 극장 이전도 이를 극복하지 못했다. 〈카바레 오이절임〉은 1951년 3월, 마지막 프로그램 〈조심이 최고〉를 끝으로 문을 닫았다.

　〈카바레 오이절임〉의 창단에는 에리카 만의 카바레 극단 〈후추분쇄기 〉의 성공이 커다란 자극이 되었고 풍자성 강한 바젤 사육제의 민중적 전통을 이어받아 스위스 최초의 독자적 카바레로 자리 잡을 수 있었다. 민중극 요소와 곡예술은 이 카바레 극단의 기본적인 두 가지 표현 방식이었으며 낯선 이데올로기에 대한 저항은 공연 방향의 토대였다. <카바레 오이절임>은 스위스의 풍자 예술을 넘어, 1930년대 중반 이후 정치적, 사회적 상황으로 어려움을 겪고 있었던 독일과 오스트리아의 정치-문학 카바레를 대신하는 중요한 역할을 하였다. 특히 1940년대 전반에 <카바레 오이절임>은 반파시즘 성격을 분명히 하는 카바레를 공연하였고 이에 대하여 독일과 이탈리아는 자주 간섭을 하였다. 이는 파시즘에 대한 스위스 예술가들의 공격이 커다란 영향을 미치고 있었음을 반증하는 것이었다.

가설무대Die Schaubude

창설년도 : 1945
유형 : 문학-정치 카바레 Literarisch-politisches Kabarett

1945년 8월 15일, 뮌헨의 대표적인 극장인 <뮌헨 캄머슈필레 Münchner Kammerspiele>에서 카바레 프로그램 <첫 걸음Der erste Schritt> 초연이 있었다. 오토 오스트호프Otto Osthoff, 루돌프 쉰들러 Rudolf Schündler 등이 공동 작업한 이 작품이 카바레 <가설무대>의 시작이었다.

이후 쉰들러는 1946년 4월 21일, 라이트모어슈트라세Reitmorstraße의 한 건물에서 프로그램 <어른을 위한 그림판Bilderbogen für Erwachsene>을 공연하면서 정식으로 <가설무대>의 문을 열었다. 텍스트는 에리히 케스트너, 헬무트 크뤼거 Hellmuth Krüger 등 유명 작가가 맡았고, 특히 공연에서는 우르줄라 헤르킹Ursula Herking이 피난민 여자로 등장하여 전쟁 피난민 문제를 시대의 문제로 제기하며 케스트너의 <행진가 1945 Marschlied 1945>를 불렀다.

▲루돌프 쉰들러 (1906-1988)
▼〈독일인 재고정리 Der Ausverkaufsdeutsche〉(1945)의 한 장면

이어진 프로그램들 <어른을 위해 금지함 Für Erwachsene verboten>(1946년 10월), <대부분 맑음 - 곳에 따라 약한 비Vorwiegend heiter - leichte Niederschläge>(1947년 3월)로 <가설무대>는 뮌헨의 중요한 카바레로 자리 잡았다. 특히 에리히 케스트너의 텍스트 작업과 우르줄라 헤르킹의 출연은 <가설무대>의 중요성을 더해 주었다.

<가설무대>는 1947년 <연극스튜디오 1947 Theaterstudio 1947>과 병합하여 연극과 희극을 함께 공연하였다. 그러나 1948년 6월의 화폐개혁으로 <가설무대>는 더 이상 운영되지 못하고 1949년 1월 문을 닫아야 했다.

루돌프 쉰들러는 <가설무대>를 통해 카바레의 낡은 양식을 전쟁 이후 새로운 시대에 맞는 카바레로 끌어 올리고자 시도했다. 시대 상황을 솔직하게 논의하는 카바레로 <가설무대>는 참여 작가들, 배우들과 함께 2차

〈가설무대〉에서 에리히 케스트너의 〈기다림의 노래 Lied vom Warten〉를 부르는 우르줄라 헤르킹(1947)

대전 직후 시기의 독일에서 가장 유명하고 중요한 카바레의 위치를 차지했다. 〈가설무대〉의 카바레 작업은 자연스럽게 독일의 최근 과거사를 극복하는 일에 집중되었다. 따라서 작품의 주제는 나치의 영향을 벗어나는 것을 중심으로 당시에 가장 시의적 의미를 갖고 있던 문제들, 주택문제, 암시장 문제, 전쟁 포로 문제, 미소 점령지역 문제 등에 집중되었다.

쥐덫Mausefalle

최초 소재지 : Tübinger Straße 17b. Stuttgart (슈투트가르트)
Spietalerstraße, Hambrug (함부르크)
창설 년도 : 1948(슈투트가르트), 1951(함부르크)
유형 : 문학-정치 카바레 Literarisch-politisches Kabarett

사회자 형식을 이용한 솔로 카바레로 시대 풍자 카바레의 개척자로 평가받는 베르너 핑크는 극장 운영 책임을 맡은 루드비히 강Ludwig Gang과 함께 1948년 6월 16일, 〈우리는 다시 준비되었다Wir sind wieder so weit〉라는 프로그램으로 슈투트가르트에서 카바레 〈쥐덫〉을 창단했다.

이 첫 프로그램에는 창단자인 베르너 핑크를 비롯 엘지 아텐호퍼, 막스 베르너 렌츠Max Werner Lenz 등 당시 비중있는 카바레티스트들이 참여했다. 두 번째 프로그램 <너희들은 다시 올 수 있어Ihr könnt ja wieder kommen> 이후 <쥐덫>은 소규모의 풍자 연극과 뮤지컬, 오페레타도 공연하였다.

베르너 핑크는 슈투트가르트의 <쥐덫>과 별도로 1951년 함부르크도 <쥐덫>을 창단하여 양 도시를 오가며 활발한 카바레 활동을 벌였다. 함부르크 <쥐덫>의 창단 작품은 <덫에서 덫으로Von Falle zu Falle>라는 작품으로 당시 알려지지 않고 있던 독일군의 군비확장 정책을 비판적으로 다룬 것이었다. 이 작품은 <모자는 벗고 - 철모를 써라!Hut ab - Helm auf!>로 제목을 바꾸어 1953년 초까지 슈투트가르트 <쥐덫>에서 공연되었다.

베르너 핑크

함부르크 <쥐덫>이 창단된 후 슈투트가르트 <쥐덫>은 대중오락물 성격이 강한 연극과 카바레 프로그램을 교대로 공연하였고 다른 카바레 극단 및 솔로 카바레티스트들의 초청공연 무대로서 극장의 특성을 만들어 나갔다. 엘지 아텐호퍼, 우르줄라 헤르킹, 트루데 헤스터베르크 등 여성 카바레티스트들의 솔로 카바레가 이 무대에서 이루어졌고 <익살꾼 카바레>와 같은 유명 카바레의 초청공연이 이어졌다. 함부르크 <쥐덫>도 1952년부터 슈투트가르트 <쥐덫>과 마찬가지로 타 카바레 극단과 솔로 카바레티스트들의 초청공연으로 운영되었으며 1957년까지 극장이 유지되었다.

극장은 이 같은 대관 공연으로 운영되는 가운데 베르너 핑크는 양쪽 <쥐덫>의 멤버들로 이루어진 자체 프로그램을 가지고 독일 전역을 순회하며 공연했으며 1951년과 1952년에 걸쳐 6개월간 남미 순회 공연을 하기도 하였다. 1963년 베르너 핑크는 슈투트가르트 <쥐덫>의 동업자 자리에서 물러났으며 루드비히 강이 1969년까지 극장을 운영했다.

삼류극장Die Schmiere

현소재지 : Im Karmeliterkloster, Seckbächer Gasse 4, 60311
　　　　　 Frankfurt am Main
창설년도 : 1950
유형 : 정치-풍자 카바레 Politisch-satirisches Kabarett
극단 홈페이지 : http://www.die-schmiere.de

스스로를 "세상에서 가장 형편없는 극장Das schle chteste Theater der Welt"이라 지칭하고 있는 프랑크푸르트의 <삼류극장>은 1950년 9월 9일, 루돌프 롤프스Rudolf Rolfs에 의해 창단되어 <사람과 멍청이를 위하여Für Menschen und Rindvieh>란 첫 프로그램으로 문을 열었다. 프랑크푸르트 바트 빌벨 Bad Vilbel 요양소 강당에서 문을 연 <삼류극장>은 몇 번의 이사를 거쳐 1959년부터 지금까지 젝베혀 가세Seckbächer

Gasse 4번지에 자리하고 있
다.

<삼류극장>은 1959년의
내부 시설을 지금까지 바꾸
지 않고 그대로 유지하고 있
으며, 극단의 창단자이자 대
표이며 주연 배우, 연출, 극
작을 도맡았던 루돌프 롤프
스의 정치적 신념인 극단적
민주주의의 입장을 고수하는
카바레로 유명하다. <삼류극

▲ 〈삼류극장〉 로고
▼극장 입구

장>은 2차대전 이후 창단된 카바레 중 가장 오래된 정치-풍자 카바레로
지금도 활발한 공연을 하고 있는 프랑크푸르트의 대표적 카바레라 할 수
있다. <삼류극장>은 카바레의 형식에 있어서 전통적 형식과 거리가 있다.
지금까지 공연된 수많은 프로그램들은 포괄적 주제를 함께 담은 짧은 장
면과 짧은 대화, 그리고 노래의 빠른 전환 형식으로 강한 흡인력을 갖추
고 있는 것이 특색이다. 강한 시사성을 지닌, 파편과도 같은 짧은 장면들
이 공연 때마다 달리 배치되고, 프로그램은 완벽하게 레파토리로 준비되
어 장기간 재공연된다. <삼류극장>은 최근의 프로그램과 예전의 프로그
램을 언제든 교대로 공연할 수 있는 레파토리 카바레의 대표적 극단이라
할 수 있다.

이 극단의 유명한 프로그램에는 <그건 금지되어야 할텐데Das müßte

verboten werden>(1951), <온상 속 가시장미Dornröschen im Mist-
beet>(1952), <어른들도 인간Erwachsene sind auch Menschen>
(1956), <계란상자-레뷰Eierkisten-Revue>(1962), <쳇!Pfui!>(1974),
<누가 열쇠구멍에 오줌을 싸는 거야?Wer pinkelt durchs Schlüssel-
loch?>(1980), <조심해, 할머니가 아기를 훔쳐가Achtung, Oma beklaut
Baby>(1984) 등이 있다.

　<삼류극장>을 이끌어 온 사람은 창단자 루돌프 롤프스와 프랑크푸르
트 사투리를 이용한 연기로 유명한 희극인 레그놀트 넌센스Regnauld
Nonsens였다. 루돌프 롤프스는 모럴리스트, 극단적 민주주의자, 사회주
의자를 자처했고 1950년대부터 줄곧 자신의 이념과 관련된 시민운동에 적
극적으로 참여한 실천적 카바레티스트였다. 1989년 롤프스와 넌센스가 결
별한 후 새롭게 젊은 팀이 구성되었고 롤프스의 딸인 에피 롤프스-브로벨
Effi Rolfs-Wrobel이 극단의 중심이 되었다. 2004년 롤프스의 사망 이후
에도 <삼류극장>은 레파토리 카바레로서 극단의 전통을 이어 가고 있다.

호저Die Stachelschweine

소재지 : Europa-Center, 10789 Berlin
창설년도 : 1949
유형 : 정치-풍자 카바레(Politisch-satirisches Kabarett)
홈페이지 : http://www.die-stachelschweine.de

전후 카바레Nachkriegskabarett 중 지금까지 활발한 공연을 보여주고 있는 가장 오래된 카바레로서 1949년 10월, 재즈클럽 <욕조Badewanne>에서 일주일에 세 번 카바레 막간극을 하던 <야외관람석Tribüne>의 젊은 배우들이 결성한 카바레 극단이다. 1952년 볼프강 노이쓰Wolfgang Neuss가 <베를

극장입구 매표소

린 대륙Festland Berlin>, <나일론과 켐니츠 사이Zwischen Nylon und Chemnitz>를 공연하면서 기틀을 잡게 되었고, 1957년 베를린 시가 공연예술에 수여하는 예술상을 수상했다. 1964년 4월 17일, 지금의 유럽센터Europa Center에 자리를 잡았다. 비평계에서는 이 카바레를 정치-풍자 카바레로 평가하고 있으나 극단 자체에서는 자신들의 카바레를 문학

〈힘의 열기 속에서〉 포스터
(2005년 1월 프로그램)

카바레Literarisches Kabarett로 내세우고 있다.

볼프강 노이쓰의 위의 두 작품 이외에 <1001 힘1001 Macht>(1955), <흑-백-죽음Schwarz-weiß-tot>(1961), <그리고 20년 전에 모든 것은 지나갔다Und vor 20 Jahren war alles vorbei>(1965) 등이 성공한 작품으로 평가되며, 1984년 5월에 공연된 <전쟁 만세!Krieg Heil!>는 이 카바레의 가장 대표적 작품으로 간주된다.

이 카바레의 작품들은 특별한 정치적 상황에 베를린 고유의 민속적 위트를 접목한 특수성을 보여준다. 그러나 <뮌헨 폭소 사격단Münchner Lach- und Schießgesellschaft>과 마찬가지로 TV 등 대중매체의 발달과 함께 극단 고유의 정치성을 잃고 재미를 중심에 두는 최근 관객의 요구에 맞춘 질 낮은 오락 카바레 수준으로 떨어졌다는 평가를 받고 있다.

작은 자유Die Kleine Freiheit

최초 소재지 : Elisabethstraße 34, München

창설년도 : 1951

유형 : 정치-문학 카바레 Politisch-literarisches Kabarett

〈위대한 남성들을 위한 시대는 없다 Keine Zeit für Große Männer〉(1955) 공연 장면. 왼쪽에서 두 번째가 우르줄라 헤르킹.

정치-문학 카바레 <작은 자유>는 에리히 케스트너가 텍스트를 쓴 프로그램 <작은 자유 Die Kleine Freiheit>로 1951년 1월 25일, 뮌헨의 엘리자베스슈트라세 34번지에서 문을 열었다. 이 극장의 창설자는 트루데 콜만Trude Kolman이었다. 첫 공연의 성공은 재능있는 카바레티스트들이 결합하게 만들었다. 창설자인 트루데 콜만을 비롯하여 우르줄라 헤르킹, 올리버 하센캄프Oliver

〈작은 자유〉에서 주도적 역할을 했던 올리버 하센캄프

〈아니, 난 내 스프 안먹어 Nein, meine Suppe eß ich nicht〉(1952) 공연의 한 장면

Hassenkamp, 칼 쇤벡Karl Schönböck 등이 그들이었다. 이후에 공연된 프로그람 <콜럼부스의 썩은 달걀Das faule Ei des Kolumbus>(1951. 6. 20), <원숭이들끼리 Affen unter sich>(1951. 9. 12)도 성공을 거두었다.

<작은 자유>는 1951년 12월 6일, 막스밀리안슈트라세 8번지로 옮겨 자리를 잡게 되었고 이곳에서 개관 공연인 <조심해, 커브길이야!Achtung, Kurve!>를 비롯하여 12개의 프로그람을 공연하였다. <작은 자유>의 카바레 텍스트를 쓴 주요 작가는 에리히 케스트너, 올리버 하센캄프, 마르틴 모를록 Martin Morlock이었다.

<작은 자유>는 뮌헨을 대표하던 카바레 <가설무대Schau-bude>가 1949년 초 문을 닫은 뒤 뮌헨의 새로운 카바레 시대를 연 극장으로 평가된다. 특히 세계1차 대전 이전의 세대에 속하는 케스트너와 같은 카바레 작가에 의해 과거의 극복과 당시의

복고적 경향에 대한 진지한 논의가 <작은 자유>의 카바레를 통해 이루어졌고 이는 자연스럽게 양차 세계대전 사이 세대 작가인 마르틴 모를록이 이어 받았다. 특히 마르틴 몰록은 투르데 콜만과의 공동작업으로 당시의 복고 경향에 대해 문학적 특성이 강한 날카로운 풍자와 조롱을 보여 줌으로써 1952년과 1954년 사이 <작은 자유>의 전성기를 만들어냈다.

1956년 7월, <작은 자유>는 막시밀리안슈트라세 31번지로 자리를 옮겼다. 투르데 콜만은 이 시기에 전통적인 카바레보다는 카바레의 특성을 수용한 "카바레 연극Kabarettistisches Theater"을 만들고자 했다. 그러나 이 시도는 성공을 거두지 못했고 다시 카바레의 전통을 따라야 했다. 1957년 이후 프리드리히 홀랜더가 작곡과 텍스트에 참여함으로써 <작은 자유>는 중요한 카바레 극장으로서의 명맥을 이을 수 있었다. 1950년대 후반기의 <작은 자유>는 레뷰 형식의 카바레를 중심으로 공연하였고 1960년까지 극장이 유지되었다.

엉겅퀴Die Distel

창단일 : 1953년 10월 2일
소재지 : Friedrichstraße 101, 10117 Berlin
유형 : 정치-풍자 카바레 (Politische-satirisches Kabarett)
예술감독 : 페터 엔시카트 (Peter Ensikat)
홈페이지 : http://www.distel-berlin.de

카바레 <엉겅퀴>는 독일의 분단 시절, 가장 의미 있는 동독의 카바레로 평가받는다. <엉겅퀴>는 1953년 10월 2일, 동베를린 시 의회의 결정으로 국가의 지원을 받는 카바레 극장으로 창단되었다. 극장의 체제는 소규모 국립극장과 같이 자체 극장과 배우 및 드라마

카바레 〈엉겅퀴〉 로고

투르기 고정 단원, 기술진, 그리고 행정팀으로 구성되었다. 당시 서베를린을 대표하는 카바레로 <호저Die Stachelschweine>가 있었다면, <엉겅퀴>는 동베를린을 대표하는 카바레였다.

▲극장입구
▼극장로비

동독 카바레의 공식적인 임무는 "과거의 잘못과 웃으면서 이별하기"였으며, 동시에 "계급투쟁에 유머를 무기로 이용하기"였다. 초기 <엉겅퀴>는 이 같은 동독의 문화 정책에 적극적으로 따른 것은 아니었으나 당국의 요구를 수용하였고 다른 한 편으로 동독의 여러 정책에 관한 과감한 비판도 병행하였다. 때문에 <엉겅퀴>는 동독 당국으로부터 표창을 받기도 하고 심각한 경고를 받기도 하였다. <엉겅퀴>는 동독의 "풍자적인 자기 정화 기관"으로 기능했다. 첫 번째 프로그

램으로 <와, 유머가 계획되었다Hurra! Humor ist eingeplant!> (1953)
를 공연한 후 극단은 동독 시민이 가지고 있는 일상의 어려움에서 주로
주제를 끌어냈고 다른 한 편으로는 암호화 형식으로 당 고위층에 대한 비
판도 수행했다. 프로그램 <작은 아이들이 잠잘 때Wenn die kleine
Kinder schlafen>(1957)는 동독의 교육관계자들을 비판적 시각으로 묘
사한 작품이며, <너 어디로 굴러가니, 감자야Wohin rollst du,
Erdäpfelchen?>(1957)는 당 간부들의 지나친 소련 예속관계를 비판한
작품이다.

　<엉겅퀴>의 정치 풍자는 동독의 독재와 관료주의, 검열에 의해 방해
받을 수밖에 없었다. 그러나 극단은 1970년대 중반부터 보다 외면적인
틀을 갖춤과 동시에 쇼Show의 형식을 도입하고 언어의 효과와 시의적
풍자에 더욱 집중함으로써 예술적 가치를 인정받는 카바레를 보여주게 되
었다. 일상의 주제 이외에 경제문제, 이념문제, 특히 제국주의 비판 등을
다룸으로써, 그리고 형식적으로는 연극의 연기방식 수용과 영상 및 음향
효과의 강화 등으로 <엉겅퀴>의 프로그램은 더욱 풍요로워졌다. 1989년
이후, <엉겅퀴>는 검열의 억압에서 벗어나 자유롭게 작업할 수 있는 새로
운 시대를 맞았으나 동시에 시장 경제의 심각한 경제적 억압을 받게 되었
다. <엉겅퀴>는 예전의 국가 경영 체제에서 독일 통일 이후 유한책임회사
의 형태로 전환하여 경영되고 있다.

뮌헨 폭소 사격단Münchner Lach- und Schießgesellschaft

소재지 : Ursulastrasse 9, 80802 München
창설년도 : 1956
유형 : 문학-정치 카바레 (Literarisch-politisches Kabarett)
홈페이지 : http://www.lachundschiess.de

〈아무 일도 않고〉 포스터 (브루노 요니스 작, 자미 드렉셀 연출, 1984)

뮌헨 폭소 사격단은 1956년 12월 12일, 자미 드렉셀Sammy Drechsel에 의해 창단되었다(우르줄라슈트라세Ursulastrasse 9번지). 창단 이후 공연된 〈수준을 기다리며 Warten auf Niveau〉(1959), 〈거짓말하는 자를 뽑아라Wähl den, der lügt〉(1961), 〈살아남아 보시오Überleben Sie mal〉(1962), 〈위선자들 비상사태를 연습하다Die Pharisäer proben den Not stand〉

(1966), 〈바이에른의 쓰레기Der Abfall Bayerns〉(1972) 등이 성공을 거두며 뮌헨의 중요한 카바레로 자리 잡았다.

1962년부터 매년 6주간, 거의 모든 서독의 대도시를 돌며 가을 순회공연을 함으로써 극단은 독일에서 가장 많은 관객을 동원하는 카바레 중 하나로 성장했다. 작품 대부분은 디터 힐데브란트Dieter Hildebrandt, 클

극장건물.
극장은 이 건물의 1층에 위치.

라우스 페터 슈라이너Klaus Peter Schreiner, 막스 콜펫Max Colpet, 볼프강 노이쓰가 썼다. 극단은 1972년 <바이에른의 쓰레기> 순회공연 이후 잠시 해체되었다가 1976년 11월 25일, 같은 장소에 같은 이름으로 재창단되었다. 단원은 완전히 새롭게 구성되었다.

재창단 이후 공연된 주요 작품으로는 <지휘부의 이름으로Im Namen der Direktion>(1977), <초보자를 위한 독일어Deutsch für Anfänger>(1979), <포위당함Umzingelt>(1981), <우리는 더 줄어든다Wir werden weniger>(1982), <아무 일도 않고 Auf Nummer Sicher>(1984) 등이 있으며 이 모든 프로그램은 대부분 TV로 방영되었다.

뮌헨 폭소 사격단은 작품들은 독일 내의 다른 카바레 작품과 비교하여 저널리즘적이라 평가된다. 사실 이 카바레 극단의 작품들은 어떤 현상의 근원을 분석적으로 다루기보다는 정치적 삶의 현상을 보이는 그대로 자유롭게 표현하는 것이 특색이다. 특히 이 카바레는 클라우스 하벤슈타인 Klaus Havenstein, 한스 유르겐 디트리히Hans Jurgen Dietrich와 같은 걸출한 카바레티스트들로 유명해졌고 이들의 화려한 연기에 텍스트는 항상 뒤로 밀려났다는 평가를 받는다. 1980년대부터 재능 있는 카바레작가 브루노 요나스Bruno Jonas가 작업에 참여하고 있음에도 창단 초기,

60년대에 보여주었던 날카로운 풍자의 경향은 많이 퇴색하였고 표면적 재미에 치중하는 젊은 세대의 취향에 따른 공연으로 예전의 질을 회복하지 못하고 있다.

들쥐 Die Wühlmäuse

소재지 : Pommernallee 2-4, 14052 Berlin
창설년도 : 1960
유형 : 정치-풍자 카바레 (Politisch-satirisches Kabarett)
홈페이지 : http://www.wuehlmaeuse.de

극장건물

카바레 <들쥐 Die Wühl-mäuse>는 1960년 12월 22일 디터 할러보르덴Dieter Haller-vorden에 의해 서베를린에서 창설 되었다. <들쥐>는 초기부터 정치 카바레를 표방하였으나 다른 카바레에 비해 부드럽고 자유로운 공연 내용과 정치적 중립성에 기반을 둔 비판 형식으로 독특한 위치를 차지하고 있다.

극단 창설자인 디터 할러보르덴은 자신의 정치적 입장을 다음과 같이

극장로비 (맥주 및 포도주 등을 마실 수 있고 흡연
도 자유롭다)

표방하고 있다.

"카바레는 좌익에 서야 한다는 소리가 종종 들린다. 그러나 그러한 주장은 어리석은 것이며 모자란 생각에서 나온 것이다. [...] 좋은 카바레는 당파적 입장이나 특정 개인의 정치적 신념에 개의치 않고 뭔가 잘못된 것이면 어떤 방향이든 공격하고 비판한다. 그 유일한 목적은 우리 시대의 모든 결점과 결함을 비판하는 것이다."

<들쥐>는 말하자면 모든 곳을 파 뒤집고 다니는 들쥐처럼 사회의 부패하고 부도덕한 면을 "참여적 중립성"을 통해 밝혀내고 비판한다. 정치를 다루면서도 오락성이 풍부하고, 형식적으로는 독립된 짧은 장면으로 구성한 카바레Nummern-Kabarett로 <들쥐>는 베를린 특유의 민속적 색채를 정치적 주제에 결합하는 <호저Die Stachelschweine>와 더불어 서베를린을 대표하는 카바레로 자리 잡았다.

창단 첫 공연인 <유머는 제 할 일을 다했다Der Humor hat seine Schuldigkeit getan> 이후, 사람들이 생각과 양심에 앞서 충동과 본능에 지배당하는 세태를 그린 <흥미있습니까? - 정치와 동물학Haben Sie Lust? - Politik und Zoologie>(1966), 스스로 만든 컴퓨터세상의 희생자가 되어 버린 인간을 그린 <행복한 기계들Glückliche Maschinen>(1967), 풍자 카바레인 <독일 민주주의의 놀이 규칙에 대하여Über die

Spielregeln der Demokratie in Deutschland>(1968) 등은 독일 카바레 발전사에서 중요한 프로그램으로 인정받는다.

1970년대 이후 <들쥐>의 카바레는 오락성을 강화하여 슬랩스틱 코미디, 판토마임과 같은 연기 방식까지 과감히 도입하고 연극의 경계를 넘나드는 다양한 표현방식을 보여주고 있다.

주사위Der Würfel

창설년도 : 1958, 그라츠(Graz)
유형 : 학생카바레(Studentenkabarett)

<주사위> 단원. 왼쪽부터 미리암 드라이푸스,
페터 로딘스키, 귄터 톨라, 펠릭스 드보락.

대학생 조합에서 알게된 디터 곡Dieter Gogg, 쿠르트 곡Kurt Gogg, 쿠노 크뇌블Kuno Knöbl, 헬무트 크놀Helmuth Knoll 등은 당시 오스트리아 카바레에 새로운 차원을 열어 보고자 힘을 합하여 1958년 그라츠에서 카바레 극단 <주사위>를 창단하였다. 특히 창단의 주도적 역할을 맡았던 쿠노 크뇌블이 텍스트 대부분을 썼으며 디터 곡은 음악을 맡았다.

<주사위>는 창단 후 2년 동안 그라츠에서 7개 프로그램을 공연하였으며, 특히 이 시기에 그라츠의 예술 그룹 <시립공원 포룸Forum Stadtpark>[1]에

어나지 못하던 전후 오스트리아 문학과 예
술에 저항하여 기존의 모든 것은 부정하고
파격적인 실험을 시도한 빈 그룹Wiener
Gruppe의 의지를 수용한 예술가 그룹. 관
습에 대한 저항, 순응에 대한 거부, 새로운
자의식 등이 이 그룹의 특징이다.

서 2번의 공연을 가졌다. <시립공원 포
룸>의 몇몇 회원은 <주사위>의 단원이
되었고 극단은 이 예술 그룹의 지원을
받았다.

<주사위>는 프로그램 <우리가 말하
고 싶었던 것Was wir noch sagen
wollten> 공연 이후 <시립공원 포룸>과
결별하고 비엔나로 활동 무대를 옮겼다. 1961년 5월 비엔나에서 <주사위
>는 <비난하는 자에게 고통을!Weh dem, der rügt!>을 게르하르트 브론
너Gerhard Bronner가 운영하는 극장 <노이에스 테아터 암 케른트너토
어Neues Theater am Kärntnertor>에서 공연하여 큰 성공을 거두었다.
이 공연 이후 그라츠에서 창단된 <주사위>는 해체되었지만 브론너는 디

터 곡과 쿠노 크뇌블 등 다섯 명의 단
원을 자신의 카바레 극단 단원으로 받
아들였다. 이후 미리암 드라이푸스
Miriam Dreifuß, 페터 로딘스키Peter
Lodynski, 귄터 톨라Günter Tolar, 펠
릭스 드보락Felix Dvorak 등 재능있
는 단원이 합류함으로서 비엔나 시대의
새로운 <주사위>가 결성되었다.

크뇌블과 로딘스키는 독자적인 길을
가고자 했고 브론너와 헤어진다. 1963

〈비난하는 자에게 고통을!〉 공연포스터

년 <주사위>는 <카페 사보이Café Savoy> 지하실에 99개의 객석을 갖추고 그들의 독자적인 카바레를 공연한다. 새로운 <주사위>는 아방가르드 카바레로 곧바로 명성을 얻었고 초현실주의와 부조리 형식의 새로운 카바레 실험을 계속했다. 새로운 <주사위>는 1969년까지 6개의 프로그램을 공연했고 걸출한 카바레작가 후고 비너가 참여하기도 하였다. <밍크가죽은 치워라Nerz beiseite>(1963), <누가 우리를 다시 해방시키는가?Wer befreit uns wieder?>(1965)은 이 시기에 성공했던 작품이다. 오스트리아 TV ORF는 <주사위>의 공연에 가치를 부여하여 이들의 공연을 방영했고 <주사위>의 해체 이후 단원들은 ORF의 TV 카바레를 맡아 활동영역을 넓힐 수 있었다.

다리미판Das Bügelbrett

창설년도 : 1959

유형 : 정치-풍자 카바레 Politisch-satirisches Kabarett

<다리미판>은 1959년 하이델베르크에서 창단된 대학생카바레 극단이다. 이 극단은 1960년 6월 21일 <엄청난 터부들Die große Tabus>이란 프로그램으로 본격적인 활동을 시작했다. 주축이 된 멤버는 모두 대학생으로 호르스트 타웁만Horst Taubmann, 한넬로레 카웁Hannelore Kaub, 페터 크노르Peter Knorr, 볼프강 벡Wolfgang Beck 등이었다. 1960년 10월 이후 한넬로레 카웁이 극단의 예술감독을 맡아 작품을 쓰고

한넬로레 카옵과 헬무트 크라우스의
〈아, 우리에게 평화를〉 공연 모습

연출하는 등 극단의 모든 프로그램을 주관했다.

1962년 <다리미판>은 베를린 자유대학이 주관한 카바레의 날 경연에 참여하여 1등 상을 수상하였고 볼프강 노이쓰 등 저명한 카바레티스트들로부터 높은 평가를 받음으로써 독일의 대표적인 대학생 카바레 극단으로 1965년까지 뮌헨, 칼스루에, 슈투트가르트, 프라이부르크, 만하임 프랑크푸르트 등 여러 대학에서 순회 공연을 할 수 있었다.

<다리미판>의 전성기는 1965년, 프로그램 <Black & White>로 이루어졌다. 이 프로그램은 특히 제 3 세계 문제를 집중적으로 다루어 젊은 예술가들의 정치 참여가 얼마나 진지한 지 보여주었다. 프로그램 <싫건 좋건Auf Gedeih und Verderb>(1966), <그럼에도 불구하고... 붉은 색은 희망이다Trotzdem... Rot ist die Hoffnung>(1968/69)는 당시 <다리미판>의 대표작으로 평가된다. 그러나 <다리미판>은 한넬로레 카옵의 건강이 악화되면서 1969년 5월 31일 해체된다.

한넬로레 카옵은 1981년 12월 11일, 하이델베르크에서 프로그램 <걱정하지 마, 우리가 간다!Keine Angst - wir kommen!>로 <다리미판>을 재창단한다. 극단에는 예전의 단원들이 참여하였고 극단은 1982년 1월말부터 베를린의 쿠어퓨어스텐담에 있는 극장 <코미디Komödie>에서

주말 공연을 할 수 있었다. 이어진 프로그램은 <우리는 정당한 길을 가고 있다Wir sind auf dem rechten Weg>(1983), <아, 우리에게 평화를 Ach, laßt uns doch in Frieden>(1983)이었으며, 특히 <아, 우리에게 평화를>에서 한넬로레는 헬무트 크라우스Helmut Krauss와 함께 출연 하여 호평받았다.

한넬로레 카움은 1960년대 중반이후 정치적으로 전통적인 자유주의 좌파 카바레와 선전카바레Agitationskabarett 사이에 서 있었다. <다리 미판>은 이러한 그녀의 정치적 입장에 따른 카바레 극단으로 비제도권 카바레의 독특한 위치를 차지하고 있었다.

제국카바레Reichskabarett

최초 소재지 : Hardenbergstr. 20, Berlin
창설년도 : 1965
유형 : 정치-풍자 카바레 Politisch-satirisches Kabarett

<제국카바레>는 카바레 <들쥐Wühlmäuse>의 카바레티스트들 간에 발생했던 정치적 입장으로 인한 분열로 결성된 서베를린의 카바레 극단이다. 폴커 루드비히Volker Ludwig를 비롯한 몇몇 카바레티스트들은 정치-사회 문제에 대해 더욱 강력한 투쟁을 전개하는 새로운 유형의 카바레를 만들고자 하였다. 말하자면 "투쟁카바레Kampfkabarett"라는 분명한 성격의 카바레가 필요하다는 생각이었다.

〈게릴라가 인사하게 만든다〉(1968) 장면1

<제국카바레>는 1965년 10월 24일, 베를린의 하덴베르크슈트라세Hardenbergstr. 20번지에 위치했던 <극장 탕엔테Theater Tangente>에서 프로그램 <더 아름다운 땅은 없다Kein schöner Land>로 시작되었다. 이 프로그램의 텍스트는 폴커 루드비히, 에크하르트 하흐펠트Eckhart Hachfeld, 디터 티에리Dieter Thierry 등이 맡았다. 1966년 9월, 루드비히키르히슈트라세Ludwigkirchstr. 6번지에 자체 공연장을 마련한 <제국카바레>는 두 번째 프로그램 <폭탄분위기Bombenstimmung>를 공연하여 극단의 성격을 분명히 하게 되었다. 이 프로그램을 구성하는 27개의 짧은 장면 Nummer 중에 12개가 베트남 전쟁에 관한 것이었고 사진과 녹음자료가 함께 공연에 사용되어 작품의 정치성에 더욱 강한 효과를 주었다.

이후의 프로그램들, <우리는 당을 더 이상 모른다Wir kennen keine Parteien mehr>, <전환Umkehr> 등에서 <제국카바레>는 더욱 강한 정치성을 보여주었고 폴커 퀸Volker Kühn, 볼프강 노이쓰 등 주요 카바레티스트들이 참여하였다. 특히 1968년 5월에 공연했던 프로그램 <게릴라가 인사하게 만든다Der Guerilla läßt grüßen>는 <제국카바레>의 대표작으로 평가된다. 이 프로그램은 CIA의 살인, 매수 등을 다루면서 이를 범죄집단의 음모로 표현하는 등 가차없는 정치비판을 보여주어 언론과 일

반 관객들로보터 놀라울 정
도의 찬사를 받았다. 이 작
품을 통해 <제국카바레>는
1960년대 후반 서베를린을
대표하는 정치 카바레로 인
정 받았다. 1969년 작품인
<모든 것은 그 경계가 있다

〈게릴라가 인사하게 만든다〉(1968) 장면2

Alles hat seine Grenzen>는 자유주의 좌파 성격을 분명히 한 것으로
당시 정치 카바레의 효율성에 대한 논란을 가져오기도 하였다.

당시 보수주의 작가이자 언론인이었던 한스 하베Hans Habe는 <제국
카바레>의 선동적 정치성을 강하게 비판했다. "저들이 베를린을 망치려
한다. 여기엔 한 가지 대답밖에 없다 - 베를린을 구하라!" <제국카바레>
의 마지막 프로그램은 이 비판을 아이러니 형식으로 다룬 <베를린을 구
하라Rettet Berlin!>(1970)이었으며 유일하게 베를린과 관련된 일상의
주제를 다룬 프로그램이었다. <제국카바레>는 이 공연 이후 다른 프로그
램을 제작하지 못했으며 1971년 문을 닫았다.

<제국카바레>를 주도했던 폴커 루드비히는 이후 자신이 1966년에 세
웠던 <어린이 극장Theater für Kinder> 운영에 집중한다. 그는 이 극장
을 통해 사회 비판적 작품들을 공연하였으나 성공을 거두지는 못했다. 그
러나 그는 1972년 3월, 이 극장을 <그립스 극장GRIPS-Theater>으로 개
명하여 현재에도 활발한 공연을 하고 있다.

이성 카바레Rationalkabarett

최초 소재지 : Hohenzollernstr, 20, München
창설년도 : 1965
유형 : 정치-풍자 카바레 Politisch-satirisches Kabarett

<이성 카바레>는 1965년 1월 28일, 당시 대학생이었던 라이너 우토프Reiner Uthoff 와 에케하르트 퀸Ekkehard Kühn에 의해 뮌 헨에서 창단되었다.

<이성 카바레>의 공연 특징은 영화, 슬라 이드필름, 녹음자료 등 시청각 자료를 풍부하 게 사용하는 시대 비판이었다. 이를 통해서

라이너 우토프

Hesselohr Straße 18번지에는 현재 아동극, 카바레, 일 반 연극 등 종합적인 공연을 하는 <갈리테아터>가 들어가 있다. 사진은 <갈리테아터>의 내부. 내부구조는 <이성 카 바레> 시절과 크게 바뀐 것이 없다.

<이성 카바레>의 공연은 관객 들에게 부족한 정보를 전달하 고 풍자를 통한 공격을 관객들 이 보다 잘 이해할 수 있도록 하였다. 이는 연극의 기록극과 카바레의 접목과도 같은 시도 였으며 1960년대 말 하이나르 킵하르트Heinar Kipphardt,

마틴 발저Martin Walser와 같은 작가들이 이 카바레를 위한 텍스트를 썼다는데서도 기록을 토대로 한 새로운 카바레의 시도가 갖는 의미가 잘 드러난다. 그러나 <이성 카바레>의 공연이 풍부한 기록을 이용한 형식이었다해도 독립된 짧은 장면들Nummer을 조합하는 전통적 카바레 형식에서 벗어난 것은 아니었다.

<이성 카바레>는 시대비판이라는 카바레 고유의 테마를 유지하는 가운데 특히 시대의 관심 밖에 있던 문제들, 예를 들면 교도소 재소자와 출감자들의 문제, 이들의 형집행 문제와 사회화 교육 문제 등에 주목했다.

실제로 <이성 카바레>는 교도소를 찾아가 재소자들 앞에서 이 같은 주제로 공연을 하기도 하였다. 이러한 활동은 카바레가 진정으로 사회의 발전에 참여하는 모습을 보여준 좋은 사례이기도 하다. <이성 카바레>는 이밖에도 외국인 노동자 문제, 교육문제, 대중매체 문제 등 사회적 논의가 반드시 필요한 주제를 택해 공연했다.

<이성 카바레>는 1975년 슈바빙 지역의 헤세로어 슈트라세 Hesseloher Straße 18 번지로 자리를 옮겨 1999년까지 공연을 계

▲Hesselohr Straße 18번지 시절의 〈이성 카바레〉 내부

▼〈이성 카바레〉가 있던 뮌헨 Hesselohr Straße 18번지의 건물. 현재 〈갈리테아터〉가 들어가 있다.

속했다. 창단자인 라이너 우토프는 배우로 계속 출연하였고 롤프 호흐후
트Rolf Hochhuth, 에르빈 노박Erwin Nowak 등이 텍스트를 썼다. 1982
년 이후 <이성 카바레>는 전통적인 짧은 장면을 조립한 앙상블 카바레
형식을 버리고 우토프의 1인 카바레인 <우토프의 시사 쇼Uthoffs
Tagesshow>를 공연했다. 다른 한편으로 <이성 카바레>는 <여성카바
레Frauenka barett>라는 실험적 공연을 시도하기도 하였으나 성공하지
는 못했다. 1970년대 말부터 사실상 <이성 카바레>는 자체의 기획 공연
보다는 1인 카바레 초청 공연이 많아졌다. 특히 게오르그 크라이슬러
Georg Kreisler의 초청 공연은 <이성 카바레>의 경영 유지에 많은 도움
을 주었다.

운터하우스unterhaus
(마인츠 포룸 극장Mainzer Forum Theater)

소재지 : Münsterstrasse 7, 55116 Mainz
청설년도 : 1966
홈페이지 : http://www.unterhaus-mainz.de

<운터하우스>는 1966년 10월 마인츠의 카바레 <Die R(h)ein-
re(e)der>와 <Die Poli(t)zisten>이 통합하여 만들어졌으며, 1971년 지
금의 장소인 뮌스터슈트라세Münsterstrasse에 자리를 잡았다. 이 극장에
서는 카바레뿐만 아니라 알비Edward Albee, 아라발Fernando Arrabal,

베케트Sammuel Beckett 등의 실험적인 현대 연극도 공연되었다.

이 극장은 독일어권에서 높은 평가를 받은 카바레만을 엄선하여 초청 공연을 하는 권위 있는 극장으로서 의미가 있으며, 또한 샹송 공연장으로 유명하다. 1978년 9월, 같은 장소에 좀 더 규모가 큰 <운터하우스>를 새롭게 개관하였고, 기존의 <운터하우스>는 <운터하우스 안의 운터하우스unterhaus im unterhaus>란 이름으로 아동극과 청소년극을 공연하고 있다.

▲극장입구
▼극장로비 및 매표소

새로운 <운터하우스>에서는 1978년 개관 공연으로 디터 힐데브란트 와 베르너 슈나이더Werner Schneyder의 듀엣 카바레 <얼마나 낡았는지Wie abgerissen>를 무대에 올려 호평 받았다. <운터하우스>는

〈운터하우스〉 대무대

〈운터하우스〉 소무대

라인란트-팔츠Rheinland-Pfalz 주와 마인츠 시의 전폭적 재정 지원, 그리고 1982년부터 300인으로 결성된 후원단체의 후원금으로 운영된다. <운터하우스>는 1972년 독일 소예술상Der Deutsche Kleinkunstpreis을 제정하여 매년, 카바레, 샹송 분야 전문가들의 결정에 따라 카바레티스트와 가수, 극단에 20000 유로의 상금을 지급하는 상을 수여하고 있다.

카바레 카툰Kabarett Kartoon

소재지 : Kochstraße 50, Berlin
창설년도 : 1973
유형 : 정치 풍자(Politische Satire)

<카바레 카툰>은 1973년, 베를린 앙상블의 배우였고 동베를린의 대표적인 카바레 <엉겅퀴Die Distel>에서 활동했던 페터 테퍼Peter Tepper에 의해 동베를린 경제 대학Ostberliner Hochschule fur Ökonomie의 카바레-아마추어 극단으로 출발했다. 극단의 첫 이름은 "무공해 격언Ökognome" 이었다. 페터 테퍼는 현재 <카바레 카툰>의 극장장을 맡고 있다.

이 극단은 1990년 프란최지쉐 슈트라세Französische Straße에 공연장을 마련하고 <카바레 카툰>으로 이름을 바꾼 후 전문 카바레 극단으로

성장한다. 이곳에서 1998년까지 정치적 카
바레를 공연하면서 공연후 토론회를 여는
공연 방식으로 카바레의 적극적인 사회 참
여 기능을 발전시켰다. 1998년 극단은 암
쾰르니쉔 파르크Am Kölnischen Park으
로 공연장을 옮긴 후 2003년까지 이곳에서
공연을 지속했다.

극장장 페터 테퍼

   <카바레 카툰>은 2003년 12월, 현재
소재지인 코흐슈트라세Kochstraße 50번
지로 자리를 옮겨 새롭게 출발한다. 특히
좌익 성향이 강한 정치 풍자 카바레의 대표적인 극장으로서, 전통 깊은
동베를린의 <엉겅퀴>와 함께 베를린의 주요 카바레 중 하나로 인정받고
있다. 2006년 시즌에 실업자 문제를 다룬 프로그램 <독일의 인생!La
deutsche Vita!>, 베를린의 일상과 베를린 사투리를 소재로 한 프로그램

극장전경

극장 입구

<커다란 주둥이Große Schnauze>가 호평받는 가운데 공연되었다.

극장 로비

객석, 앞쪽에 아주 작은 무대.

6

위대한
카바레티스트들

위대한 카바레티스트들 6

프리츠 그륀바움Fritz Grünbaum(1880-1941)

프리츠 그륀바움은 오스트리아 초기 카바레
를 대표하는 카바레티스트 중의 한 사람으로 빈
Wien 오락카바레Unterhaltungskabarett의 전
형을 만들어낸 인물이다. 1880년 4월 7일, 브륀
Brünn에서 태어난 그는 법학박사 학위를 가진
엘리트로 베를린에서 카바레 활동을 시작했으나
1차 세계대전 이후 카바레 작가 및 배우로 빈의
<짐플>에서 본격적인 작품 활동을 하였다. 1922
년부터 칼 파르카스 Karl Farkas와의 2인 카바레Doppelconférence로
명성을 얻었고 파르카스와 함께 카바레 레뷰 <빈 다시 웃다Wien lacht

wieder>를 써서 성공을 거두었다. 또한 그는 카바레뿐만 아니라 연극과 영화배우로, 연출가로, 가수로 다방면에서 재능을 갖춘 예술가로 인정받는다.

그륀바움은 빈에서 활동하는 동안에도 베를린, 라이프치히, 뮌헨 등의 카바레 무대에 서서 카바레 작가로서뿐만 아니라 카바레 배우, 가수로서도 폭넓은 활동을 보였다. 그의 카바레 작품은 대부분 부부싸움, 사랑이야기 같은 일상의 모습을 소재로 다루며 아이러니와 냉소로 가득한 것이 특징이다. 다른 한편으로 그는 유태인 혈통으로서 칼 파르카스와 함께 빈에 팽배해 있던 반유태주의를 카바레를 통해 비판함으로써 단호한 정치성을 보이기도 하였다.

그륀바움은 칼 파르카스와 함께 수많은 레뷰형식의 카바레를 만들었으며 1920년대와 1930년대 오스트리아 카바레를 이끌었다. 당시의 오스트리아 카바레는 정치적 카바레 보다는 관객에게 즐거움을 선사하는 편안한 오락에 중점을 둔 레뷰 형식의 카바레가 선호되었으며 그륀바움은 그 중심에 있었다. 그러나 1938년 나치가 오스트리아에 들어오게 되자 그는 카바레 활동을 자유롭게 할 수 없었으며 프라하로 도피하고자 하였다. 그러나 그의 시도는 실패하였고 빈에서 체포되어 다하우 강제 수용소에 수감되었으며 그곳에서 1941년에 사망하였다.

그의 수많은 카바레 텍스트 중 <못생긴 여자Haßliche Frauen>를 소개한다.

또 이런 생각을 해 봤습니다.

대부분 남자들은 아름다운 아가씨를 보게 되면
어떤 선입견을 갖게 된다는 사실 말입니다.
하지만 제 말씀은, 그건 좋지 않습니다.
사실 옳은 건 그 반대로 생각하는 것이지요.
여자의 아름다움은 별로 중요하지 않습니다.
그럼요, 잘 관찰해 보면, 가장 매력적인 건
애교도 없고 못생긴 여자입니다!

이런 말씀이 우습게 들릴 거라는 거 잘 압니다,
하지만 이런 경우를 잘 들여다 보십쇼 - 경제적 관점에서요!
오늘날 예쁜 딸을 가진 아버지는
정말이지 완전히 혹사당하고 이용당하고 있는 겁니다.
그 딸을 처분하기 전까지,
아십니까, 돈이 얼마나 새나가는지?
그 치열한 경쟁에서요.
그냥 예쁘다고 다 되는 게 아니지요.
말하자면 요즘엔 예쁜 거 하나만으로는 부족하다 이겁니다.
요즘엔 돈도 많아야 합니다!
오늘날엔 남자들이 힘이 없어서
아들보다는
딸이 좋다지요,
더구나 비너스같은 딸이라면!
그리고 비너스같은 여자 데리고

멋진 공연이라도 하게되면
여기저기서 돈이 날라들 겁니다.
그렇긴 해도
그 비너스가 벌거벗고 다닐 순 없잖습니까.
그게 오늘날 생각하는 아름다움과
예전의 고전적 아름다움의
끔찍한 차이죠.
요즘의 비너스들은 모피코트를 입고 다닙니다!
밀로의 비너스는 가볍게 웃을 수도 있었지요,
조각품으로도 족했던 겁니다.
하지만 요즘의 비너스는
비단을 둘러야 한다 이거죠.
요즘 사람들은
멋진 옷을 입은 비너스를 원합니다.

하다못해 기성복도 맵시가 있으니까요.
대리석 조각하고 함께 앉아있길 누가 원하겠습니까!
이런 식으로 요즘엔
가난한 아버지는 끔찍한 고통에 시달립니다,
예쁜 딸일수록 요란하게 꾸며줘야 한다는 고통에.
딸을 신부로 만들기 위해서는
딸한테 재산을 쏟아 부어야 하지요.

하지만 못생긴 딸은 그럴 필요가 없지요,

못생긴 딸은 이러고 저러고가 필요없어요,

어쨌든 못생긴 딸은 구제불능으로 남아 있지요.

이걸 아신다면 말입니다,

못생긴 여자한테는 절약을 할 수 있다 이거죠!

못생긴 딸이 앉아 있습니다 (그래요 못생긴 딸은 그렇게 앉아 있을 겁니다),

그걸 보고 아버지는 속으로 말합니다.

"세상에, 창피해,

제대로 된 딸이 안 나온 건 정말 불행한 일이야,

하지만 잡비가 들지 않으니 잘된 일이지!"

하지만 매력적인 딸이 실패하는 경우

대차대조표가 악화되어 가는 것을 보게 되지요,

옷에다, 최고급 물건에 잔뜩 투자했는데.

역시 못생긴 딸이 싸게 먹힙니다!

못생긴 딸에겐 옷도 안사주니, 못생긴 딸은 모자도 얹지 못하죠,

못생긴 딸은 그저 집에 얌전히 남아 있습니다, 먹을 것이나 얻으면서,

별로 요구 사항도 없습니다, 건방지지 않죠...

간단히 말해서, 창피하긴 해도 비용이 적당한, 싸기까지 한 창피이니 뭐 걱정없죠!

머리부터 발끝까지 못생긴

못생긴 여자, 그게 바로 최곱니다!

그런데 그게 못생긴 딸만 그런 게 아닙니다. 다른 얘기로 넘어가 볼까요.

나한텐 마누라도 못생긴 마누라가 더 좋습니다!

매력적인 여자를 얻으려면

죽도록 이리저리 눈을 굴려야 합니다,

꽃도 가져다 줘야죠, 멋진 시도 지어야죠,

이런저런 선물 다 해야죠,

주변에 연적들 신경써야죠...

하지만 못생긴 여자한텐 그럴 필요가 없습니다!

꽃도 필요없고 시도 필요없습니다.

얘기는 간단합니다.

내가 여자 집에 갑니다, 여자가 예스 합니다, 여자 아버지가 비용 다 댑니다,

그러고 며칠 지나면 내 집에, 내 곁에 그 여자가 앉아 있지요!

난 아무것도 맹세할 필요 없고, 아무것도 약속할 필요 없습니다.

연적과 싸울 필요도 없습니다,

구애는 짧고 편안히 승낙을 얻습니다...

내가 이 여자를 택하면 고양이도 기뻐합니다!

못생긴 여자에게서 제일 멋진 것,

그건 결혼에서 정확하게 나타납니다.

우리는 늘 새로운 것에 기뻐하지요,

그것은 바로 그 여자의 믿을 수 없는 신뢰랍니다!

여자가 너무 예쁘면 인생이 고달프지요.

"저 여자가 언제 믿음을 저버릴까?"

끊임없이 아내를 의심하면서 묻습니다.
아내를 보호해야 한다는 느낌만 갖습니다.
매일매일이 똑 같지요.
자, 어떤 놈이 분명하게 아내를 빼앗아 갑니다...
아내가 몰래, 죄스런 눈길을 돌리지요,
처음엔 이상하게, 그런다음엔 더 자주 돌립니다,
혼란스런 눈길을 얼마나 자주 돌리는지,
그런 다음 아내의 등 뒤엔
히야신스와 장미...
꽃이 피면 믿음은 시듭니다.
믿음이 깨질 때까지 아내는 믿음이 시들도록 놔둡니다...
못생긴 제 아내한테선 그런 일이 일어나지 않지요!
제 아내는 히야신스나 장미에 눈길을 돌리지 않습니다.
주변을 둘러봐도 뒤에는 어떤 남자도 없습니다!
누군가 뒤에 서있다 하더라도 그 남자에겐 아무런 의도도 없습니다.
아내가 돌아서면 남자는 도망쳐 버리지요!
누군가 제게서 아내를 빼앗아 간다면
그건 정말이지 결코 불행한 일이 아닙니다,
제게 내린 은총이 두 배가 되는 일입니다
드디어 못생긴 여자에게서 벗어난 것이니까요!
그래서 세상은 법칙에 익숙해 져야 합니다,
못생긴 여자는 유일하게 아름다운 것입니다.
이제 미학적인 이유에서 말씀드리자면,

키스를 할 때 그 대상이 못생긴 여자라 하더라도
그 순간을 끔찍하게 생각하지는 않습니다,
예쁜 여자가 매력적으로 키스하긴 하겠지만 -
저도 그런 예쁜 여자와 키스하길 좋아하고 그런 여자를 멋지다고 생각
합니다 -
하지만 그렇다고 그 여자가 제 것입니까?
여자에게 예쁜 게 의무는 아니죠.
우리 마누라, 전 우리 마누라에게 키스를 하지 않습니다,
우리 마누라한테 난 그저 경우에 따라서 애들 아버지일 뿐이죠,
그래도 키스 할 낯선 여자가 있지요!
우리를 황홀한 춤으로 이끄는 낯선 여자,
바로 그 여자는 우리 빨래를 해 주는 여잡니다.

그 낯선 여자, 그 여자에게 우리는 세상을
선물하는 겁니다.
아이들을 제대로 돌볼 수 있도록
생계비도 주고...
가장 매력적인 여자는 못생긴 마누라입니
다![1]

1) Hermann Hakel(Hrsg.): *Mein Kollege Der Affe. Ein Kabarett mit Fritz Grünbaum, Peter Hammerschlag, Erich Müsam, Fritz Kalmar, Anton Kuh, Mynona*, Wien 1959, 35-38쪽.

칼 발렌틴Karl Valentin(1882-1948)

칼 발렌틴은 카바레티스트, 희극배우, 극작가, 영화제작자 등 다방면에

서 큰 재능을 보인 인물로 본명은 발렌틴 루드비히 파이Valentin Ludwig Fey이다. 1882년 6월 4일, 뮌헨 근교 아우Au에서 태어난 그는 10대 시절에는 가구공으로 일했다. 그는 1907년에 자신이 직접 제작한 자동악기 오케스트리온Orchestrion을 가지고 북독일로 공연하며 다녔으나 성공하지 못했다. 그후 뮌헨에서 민속음악 가수로 데뷔하였고, 1인 즉흥극 <수족관Aquarium>으로 <프랑크푸르터 호프Frankfurter Hof> 경가극 극장에서 공연하였다. 그는 여기에서 나중에 연기 파트너가 되는 여배우 리즐 칼슈타트Liesl Karlstadt(1892-1961)를 만난다. 그는 1911년 그녀와 처음으로 뮌헨의 카바레 <짐플리씨시무스> 무대에 선 이후 1922년까지 뮌헨의 많은 카바레 무대에서 그녀와 함께 공연하였다.

칼 발렌틴은 1924년 <익살꾼 카바레> 무대에 서게 되면서 큰 성공을 거두었고, 그 이후 취리히, 빈 등지에서 초청공연을 하였다. 1920년대 말부터 1930년대 후반까지 그는 베를린에서 초청 배우로 공연하였고, 1939년에는 직접 뮌헨에 카바레 <기사주점Ritter-spelunke>을 열고 스스로 그 무대에 서기도 하였다. 1942년, 나치에 의해 활동이 정지당하

칼 발렌틴, 1930

면서 그는 다시 뮌헨 근교 플라넥Planegg의 집으로 돌아와 다시 가구공일을 했다. 1947년 12월부터 그는 리즐 칼슈타트와 함께 다시 뮌헨의 카바레 <화려한 주사위Bunter Würfel>에서 초청 배우로 활동하였고, 이후 1948년 1월까지 뮌헨의 카바레 <짐플리씨시무스>에서 공연했다. 그

〈레코드가게에서〉 공연모습; 카바레 〈빈-뮌헨〉
1933년 초연

는 1948년 2월 9일, 감기로 인한 폐렴과 영양실조로 사망했다.

칼 발렌틴은 400편이 넘는 단막극, 촌극, 1인극, 시나리오 텍스트를 남겼다. 또한 그는 1910년부터 영화 제작자이자 영화배우로도 활동했다. 1919년에는 뮌헨에서 베르톨트 브레히트와 함께 자신의 촌극 <10월 축제에서Auf dem Oktoberfest>를 공연했으며 브레히트는 이 공연에 클라리넷연주자로 출연했다. 브레히트와의 작업은 1922년 <뮌헨 캄머슈필레>에서 브레히트의 <한밤의 북소리 Trommeln in der Nacht>를 패러디하여 공연하는 것으로 이어진다. 1922년 9월 30일, 뮌헨 캄머슈필레에서 <한밤의 북소리> 초연이 있은 후 브레히트는 <빨간 건포도Der rote Zibebe>라는 카바레로 심야 쇼 무대를 열었고 발렌틴은 이 무대에 등장했다. 1919년경부터 발렌틴의 무대를 자주 찾았던 브레히트는 그를 "위트 그 자체Er ist selbst Witz"[2]이며 "이 시대의 강렬한 정신적 인물 중 하나eine der eindringlichen geistigen Figuren der Zeit"[3]라 평했다. 사실 발렌틴은 베르톨트 브레히트의 스승으로 자주 언급된다. 자신의 역할에 거리를 둔 발렌틴의 연기는 브레히트가 요구하는 서사적 연기의 전범이라 할 수 있다. 발렌틴은 연기 형식에서 브레히트의

2) Bertolt Brecht: Karl Valentin, in: ders: Werke. Große kommentierte Berliner und Frankfurter Ausgabe in 30 Bänden, Bd. 21, Frankfurt am Main 1992, S. 101.

3) Ebd.

이론은 선취했고 그의 무대 또한 단순
화된 형태로 관객이 환상에 빠지지 않
도록 함으로써 브레히트의 서사극을 미

4) Michael Schulte: *Karl Valentin*, Hamburg 2000, S. 126ff.

리 실현했다.[4] 실제로 브레히트의 초기작 <소시민의 결혼Die Klein-
bürgerhochzeit>는 발렌틴의 특색과 카바레의 형식을 담고 있는 작품으
로 간주된다. 칼 발렌틴은 <마법걸린 악보대 Die verhexten
Notenständer>, <화려한 불꽃 Das Brillantfeuerwerk>, <레코드가게
에서Im Schallplattenladen>, <연극구경Der Theaterbesuch>, <사진
아틀리에에Das Photoatelier>, <오케스트라연습Die Orchesterprobe>,
<견진성사를 받는 사람Der Firmling> 등의 단막극으로 큰 성공을 거두
었다. 이 작품들은 대부분 영화로 다시 만들어진다.

칼 발렌틴은 카바레티스트로서 특수한 경우에 속한다. 그의 예술활동
은 어느 장르에 국한되지 않았고 철학적 넌센스가 삽입된 민중희극
Volkskomödie을 발전시켰다. 뮌헨의 민속음식점 무대에서 활동을 시작
한 발렌틴은 초기에 작가도 아니고 철학자도 아니며 민속음악가수 이외에
는 아무 것도 아니라는 몰이해의 대상이었다. 그러나 1920년대 중반, 베
를린의 <익살꾼 카바레>에 등장하면서부터 발렌틴은 주목을 받기 시작했
고, 특히 지식인들은 그에게 열광하기 시작했다. 겉으로 무의미하게 드러
나는 사물이 현실에서 어처구니없는 새로운 의미로 전도되고, 그 가운데
해학을 통해 민중의 삶에서 겪는 모든 불합리의 가면을 벗겨내는 그의 연
기와 작품은 문학과 민중극을 연결시킨 독특한 예술이었다. 당시의 지식
인들은 그의 예술을 카바레라는 분야를 뛰어넘는, 그리고 모방할 수 없는

5) Vgl. Klaus Budzinski: *Pfeffer ins Getriede. So ist und wurde das Kabarett*, München 1982, S. 85f.

6) Michael Schulte: Karl Valentin, a.a.O., S. 99.

하나의 현상으로 간주했다.[5] 그의 연기는 전형적인 카바레 연기에서 벗어나 지역과 시대에 밀접한 그 자신만의 독특한 양식을 지니고 있었다. 한편으로 그는 카바레티스트, 희극배우로서 다다이즘과 표현주의에 가까이 가 있다. 풍자적인 그의 작품이 보여 주는 유머는 특히 "언어 무정부주의"라고까지 불리우는 언어 예술에 기초한다. 발렌틴이 대부분의 다른 유머 작가와 다른 점은 어떤 주제를 핵심적인 언어로 풀어내는 방식과 달리 그의 언어 자체가 주제를 제공하고 언어가 논의의 출발점이 된다는 점이다. 그의 언어는 소통의 형식을 넘어 해부되고 철저한 논리 자체가 언어의 불합리함을 증명하기까지 하는 기발한 도구로 기능한다. 이러한 언어 예술로 그는 "언어의 찰리 채플린der Charlie Chaplin des Wortes"[6]으로 평가된다. 또한 깡마르고 큰 키의 그로테스트한 그의 몸이 만들어내는 독특한 몸짓 언어Körpersprache는 그의 작품이 가진 희극성을 뒷받침해 준다. 그러나 일상의 잡다한 일과 관료, 동시대의 삶 등과 끊임없이 싸움을 벌이는 그의 희극에는 어느 면에서 비극성과 비관주의가 담겨있다. 칼 발렌틴은 스스로를 해학가, 익살꾼, 극작가라 불렀다. 글쓰기와 연기를 함께 한 20세기 최초의 독어권 팝 예술가Pop-Künstler, 바이에른의 네스트로이, 민중 희극인으로서 발렌틴은 카바레 뿐만 아니라 희극 자체의 지평을 넓힌 전방위 예술가라 할 것이다.

자전거 타는 사람Der Radfahrer

[등장인물]
자전거 타는 사람 / 칼 발렌틴 / 경찰

경찰 : 잠깐!

(발렌틴이 눈을 가늘게 뜨고 경찰을 바라본다)

경찰 : 뭘 그렇게 보는 거요?

발렌틴 : 당신의 현명함이 눈이 부셔서 선그라스를 써야겠수다.

경찰 : 경적을 달고 다니다니, 자전거에는 종을 달아야 하는 거요. 경적은
　　　 자동차만 장치할 수 있어요, 자동차는 경적을 울리지 않으니까.

발렌틴 : (고무로 된 공모양의 경적을 꾹꾹 눌러본다) 내 경적도 소리 안나요.

경찰 : 경적이 소리가 안 나면, 그건 쓸모없는 거지.

발렌틴 : 천만에요 - 난 말로 하죠. 잘 들어 보쇼, 신호를 줘야 할 때마
　　　 다 말로 해요. "조심해!"

경찰 : 그리고 뒷바퀴에 하얀 선도 없어!

발렌틴 : 웬걸요! (자기 바지를 가리킨다)

경찰 : 그리고 후미등도 없잖아!

발렌틴 : 천만에! (주머니를 뒤진다) 여기!

경찰 : 주머니는 왜 뒤져? - 뒤에 있어야 되는 거 말요!

발렌틴 : (경찰의 바지를 잡는다) 여기?

경찰 : 아뇨 - 자전거 뒤에 말요 - 그런데 보니 이거 짐자전거네 - 벽돌
　　　 이잖소, 뭘 지을 거요?

발렌틴 : 짓다니 - 내가요? 아뇨! - 내가 뭘 짓는단 말요? - 이렇게 많이
　　　　짓고들 있는데.

경찰 : 그런데 왜 그 무거운 벽돌들을 자전거에 묶고 다니는 거요?

발렌틴 : 맞바람이 불 때 좀 더 쉽게 가려고요, 예들 들면 어제 이른 아
　　　　침에 아주 강한 바람이 불었는데, 그 때 난 벽돌이 없었거든요,
　　　　난 젠들링으로 올라가려고 했지요, 슈바빙에 내려 왔었으니까.

경찰 : 도대체 당신 이름이 뭐요?

발렌틴 : 브르들브름프트

경찰 : 뭐라고요?

발렌틴 : 브르들브름프트--

경찰 : 바들슈트룸프?

발렌틴 : 브르 - 들 -브름프트!

경찰 : 좀 똑바로 말해 봐요, 그 놈의 콧수염 속에서 웅얼대지 말고.

발렌틴 : (수염을 밑으로 잡아당기며) 브르들브름프트.

경찰 : 멍청한 이름 같으니! 가던 길이나 가쇼!

발렌틴 : (간다 - 그러다 다시 뒤돌아서 경찰에게 말한다) 이봐요, 경찰 아저씨--

경찰 : 뭐요, 또?

발렌틴 : 당신에게 우리 여동생의 심심한 인사를 전합니다.

경찰 : 고맙습니다 - 그런데 난 당신 여동생을 모르는데.

발렌틴 : 요렇게 키가 작고 짝달막한 - 걔 몰라요? 아이구, 내가 잘못 말
　　　　했어요, 내 말은, 우리 여동생에게 당신의 심심한 인사를 전할
　　　　까요?

경찰 : 하지만 난 당신 여동생을 전혀 모른다니까 - 도대체 당신 여동생

이름이 뭐요?
발렌틴 : 개 이름도 브르들브름프
트--[7]

7) Karl Valentin : *Karl Valentin's Ge-sammelte Werke*, München 1961, 109-110쪽.

칼 파르카스Karl Farkas(1893-1971)

카바레티스트 이외에도 연극배우, 카바레작가, 극단장, 시나리오 작가로도 활발히 활동했다. 빈의 카바레 <짐플Simpl>에서 사회자로 큰 역할을 했으며, 프리츠 그뢴바움과 함께 1920년대 초, 2인 진행 방식을 카바레에 도입하여 정치나 도덕보다는 오락적 재미에 바탕을 둔 새로운 카바레 형식을 발전시켰다. 이후 칼 파르카스는 최고의 카바레티스트로 평가 받으며 <짐플>의 얼굴과도 같았다. 1923년 레뷰 형식의 카바레 <빈, 조심해!Wien, gibt acht!>를 공연하고 1926년 <빈 다시 웃다 Wien lacht wieder>로 시리즈 형태의 카바레를 만들어 큰 성공을 거두었다. 1927년부터 <짐플>의 예술감독을 맡았다.

1938년 프랑스로, 그리고 이후에 미국으로 이주하여 뉴욕에서 "망명 카바레"를 대표하는 인물이 되었다. 1946년 다시 빈으로 돌아와 <짐플>의 예술감독직을 새롭게 맡았고 카바레 대본을 쓰는 일에 몰두하였다. 그는 자신의 카바레에 대해 이렇게 말한다. "난 우선 사람들이 웃게 만들고 싶습니다. 나중에 그들이 깊이 생각하게 된다면, 그건 좋지요. 도덕 기관으로서의 무대요? 제발, 그건 아닙니다!"

2인 카바레의 명 콤비였던 에른스트 발트브룬과 함께 공연한 2인 카바레 대표작 중의 하나인 <여자들끼리(쇠베를 부인과 베르거 부인) Frauen unter sich...(Frau Schöberl und Frau Berger)>를 보자.

> 무대 : 길거리. 쇠베를 부인과 베르거 부인이 만난다.
> 베르거 부인 역 - 칼 파르카스
> 쇠베를 부인 역 - 에른스트 발트브룬

베르거 부인: 쇠베를 여사!

쇠베를 부인: 베르거 여사! 이게 얼마만이유!

베르거 부인: 몇 년은 되었나 봐요! 얼굴 다 잊어버리겠어요.

쇠베를 부인: 나 변했죠?

"Frau Berger und Frau Schöberl"
11.6. 1966

베르거 부인: 그래요.

쇠베를 부인: 보기 좋게 변했나요?

베르거 부인: 여산 변해도 항상 멋지게 변하시니까...

쇠베를 부인: 농담도 잘 하셔! 난 그 옷만 보고도 여산지 금방 알아봤는데.

베르거 부인: (모욕감을 느끼고) 쇠베를 여사, 원 그럴 수가...

쇠베를 부인: (바로 말을 막으며) 언짢게 생각지 말아요. 그래도 그 모자 정말 맘에 드네요.

베르거 부인: 그래요? 모자를 쓰니 젊어 보이죠.

쇠베를 부인: 세상에나 - 모자가 그런 일도 하다니... 어쨌든 그 모자 정말 매력적이에요. 한 번 써 봐도 되요?

베르거 부인: (거절한다) 여기, 길에선 안되요!

쇠베를 부인: 그럼 우리 커피나 마시러 갈까요. 어차피 커피가 마시고 싶었으니까, 아침을 일찍 먹었거든요.

베르거 부인: 아뇨 - 난 모자 벗기 싫어요. 머리를 망가뜨리고 싶지 않아서.

쇠베를 부인: 여산 정말 놀라워요. 남편이 새 모자를 사게 만드는 게 얼마나 어려운지 잘 알거든요. 내가 뭐 좀 새 걸 사려 하면 우리 남편은 금방 안색을 바꾼다니까요, 피그말리온처럼.

베르거 부인: 카멜레온이겠죠!

쇠베를 부인: 그래도 내 남편 욕하지 말아요, 그건 내 소관이니까!

베르거 부인: 그럼요. 당신 남편이 얘기해 줬어요.

쇠베를 부인: 뭘요?

베르거 부인: 욕하는 게 당신 소관이라는 거 말예요. 남편한테 끊임없이 잔소리를 해댄다면서요?

쇠베를 부인: 그건 중상모략이에요. 우리 둘은 너무너무 잘 맞아요.

베르거 부인: 당신 남편 생각은 다르던데. 당신은 자기한테 안어울린대요.

쇠베를 부인: 얼간이 남편 같으니, 난 남편한테 너무나 잘 어울려요...

그 버릇 좀 고쳐야 할텐데. 첫 째로 항상 남의 말에 흔들리는 버릇말예요. 남편은 정말이지 귀가 가늘어서...

베르거 부인: 귀가 얇다고 해야 맞아요!

쇠베를 부인: 그렇게 맨날 내 말좀 고치지 말아요. 남편이 얼마나 이말 저말에 흔들리는지는 내가 더 잘 알아요. 남편은 또 맨날 더듬어요, 한 문장을 시작해 놓고 한참있다가 마지막까지 상관도 없는 말을 한다니까요 - 그러곤 손으로 얼굴을 문지르는 거예요 - (항상 해서 유명한 발트브룬의 전형적인 동작을 한다)

베르거 부인: (쇠베를 부인의 말을 보충해 준다) 발트브룬 처럼?

쇠베를 부인: 누구 - 처럼?

베르거 부인: 발트브룬!

쇠베를 부인: 그게 누군데?

베르거 부인: 아니, 모른단 말예요? 여사는 요제프슈타트 극장에 한 번도 안가 봤어요?

쇠베를 부인: 요제프슈타트엔 자주 갔죠, 하지만 극장엔 안가요. 여사는 자주 가나 보죠?

베르거 부인: 그럼요! 버나드 쇼의 작품을 할 때 부르크 극장에도 가 봤어요, 작품은 "피그말리온"...

쇠베를 부인: "카멜레온"이겠죠!

베르거 부인: 아뇨 - "피그말리온"이예요!

쇠베를 부인: 여사하곤 정말 힘들어요. 아까 내가 피그말리온이라 할 땐 "카멜레온"이라더니. 지금 내가 카멜레온이라니까 이제 와선 피그말리온이래...

베르거 부인: (화가 나서) 작품 제목이 "피그말리온"이라는 얘기죠! 연극은 훤해요.

쇠베를 부인: 연극할 땐 불 안 꺼요?

베르거 부인: 무슨 말이예요?

쇠베를 부인: 훤하다면서요?

베르거 부인: (전처럼 화내며) 연극을 잘 안다는 얘기예요, 내 말은! 그리고 난 사람들과 얘기를 나누려고 극장에 가요.

쇠베를 부인: 그러면 공연에 방해가 될 텐데?

베르거 부인: 공연 중에는 얘기 안하죠! 공연이 끝나고 말예요. 공연 후에 공연에 대해서 자기 생각을 피력할 수 있죠.

쇠베를 부인: 뭘 할 수 있다구요?

베르거 부인: 피력 한다구요.

쇠베를 부인: 제가 제대로 들은 건가요...

베르거 부인: 물론이죠. 예를 들면 텔레비전의 "문화산책" 방송에서 우리나라 문화생활에 관한 여러 가지 문제를 함께 앉아 -

쇠베를 부인: (베르거 부인의 말을 보충한다) 자기 얘기를 하죠.

베르거 부인: (화를 내며) 우리 문화 얘기를 하죠! 작품에 대해 정선된 전문가들이 나와서. 무대감독이나 -

쇠베를 부인: 그 사람들 정선된 사람들이에요?

베르거 부인: 난 그렇게 생각해요! 또 그래야 하고요, 이미 예전부터.

쇠베를 부인: (믿지 못하겠다는 듯) 그래요 - ?

베르거 부인: 그런 식으로 말하지 말아요! 괴테도 무대감독이었어요.

쇠베를 부인: 예. 하지만 괴테는 그러면서도 정신적인 일을 했지요... 제

말을 믿으세요, 그문젠 그렇게 소리칠 만한 요량이 아니에요.

베르거 부인: (수정해 준다) 요량이 아니라 문제의 요지가 안된다겠지요.

쇠베를 부인: 뭐라 하셨어요?

베르거 부인: 요지 말예요.

쇠베를 부인: 이쑤시개가 왜 필
요해요? 언제부터 대화
하는데 이쑤시개가 필요
했죠? 난 극장에 가는 것
보다 더 화급한 문제를 얘기하려 했어요. 경제문제 같은 거... 난
우리 집을 다 짊어지고 있다니까요. 우리 남편은 땡전 한 푼 버는
게 없어요. 그러면서도 옷 갈아입듯 맨날 직업을 바꾼다니까요. 달
마다 다른 일이에요! 지난 연말엔 굴뚝청소부 일을 다녔어요. 그걸
로 우리가 먹고 살 수 있겠어요? 전에는 임시로 우편배달부, 운전
기사, 마부 일을 했죠 - 맨날 달랐어요. 오래가는 법이 없어요 -

베르거 부인: (보충해 준다) 코미디언 둘이 나와 만담하는 동안만큼도 안된
다 이거죠. 우리도 늘 그래요. 새 장사를 그만두고 싶은데 그러면
어떻게 될지 정말 모르겠어요.

쇠베를 부인: 아, 예. 그래도 여산 최소한 그거라도 있죠. 장사는 잘 되
나요?

베르거 부인: 말도 말아요! 사람들이 와서는, 거위들을 이놈 저놈 건드
리기만 하고, 한 마리도 안사고 그냥 거버려요.

쇠베를 부인: 겨우 그 얘길 하고 싶은 거예요? 난 시집보낼 딸이 둘이나
있는 엄마예요!

베르거 부인: 여태 시집도 안가고 집에만 있어요? 벌써 할머니가 되셨을 텐데, 쇠베를 여사!

쇠베를 부인: 그러게 말이에요. 큰 딸은 애도 있는데, 남자는 떠나 버리곤 딸한테 자기 주소 주는 걸 잊어 버렸어요.

베르거 부인: 끔찍해라 - 사내들은 원래 그런 식이죠, 가진 거 -

쇠베를 부인: 그래요, 그러면서도 주지도 않는다니까요.

베르거 부인: 뭘요?

쇠베를 부인: 가진 거 말예요.

베르거 부인: 가진 거라곤 불알 두 쪽뿐이라고 말할려고 했었어요!

쇠베를 부인: 뭐라구요?

베르거 부인: 불알. 부-랄!

쇠베를 부인: 불알? 아, 그거 얼마나 좋은건데. 경험이 없으신가 봐. 그런데 여사도 딸이 하나 있지요?

베르거 부인: 아, 우리 딸 마릴린은 벌써 몇 달 전부터 사랑에 빠져 있어요. 일이 급속도로 진전됐지요. 우리 사위 될 사람은 정말 무대뽀라니까요. 엄청난 속도에요! 우리한테 처들어 와서는 다짜고짜 말하는 거예요. "따님을 제 아내로 주십쇼! 하지만 서론은 길게 하지 마십쇼, 밖에 차를 세워 뒀는데 집 앞이 주차금지 구역이라서"

쇠베를 부인: 그래서 그 남자한테 따님을 주실 건가요? 불쌍한 처녀...

베르거 부인: 무슨 말씀이세요 - 불쌍하다니? 다들 그 아일 부러워하고 있는데! 뭐든 걸 다 갖췄다구요. 지적이고 교양도 있고, 가정적이고 예쁘고 - 내 얼굴을 쏙 빼닮아서 -

쇠베를 부인: 다른 얼굴을 닮았더라면 더 좋았을 텐데. 우리 작은 딸은

섹시 어필하는 내 몸매를 물려받았지요.

베르거 부인: 몸매만큼은 물려주지 말았어야지.

쇠베를 부인: 그런 식으로 함부로 말씀하시다니! 내가 비키니 입은 모
　　　습을 보셨어야 할 텐데! 여름 내내 제 주위에 떼로 몰려들었다니
　　　까요.

베르거 부인: 모기가 말이죠...

쇠베를 부인: 날 흠모하는 사람들 말예요! 여사께 드리는 말씀이지만 -
　　　사실 남자 친구를 잔뜩 사귈 수도 있었어요. 제가 처녀 시절엔 말
　　　예요 - 어떤 귀공자가 애타게 날 쫓아다녔는데 - 아마 분명히 플
　　　레이 보이였을...

베르거 부인: 난 한 번도 꼬리쳐 본 일이 없어요. 지금도 전혀 그러지 않
　　　고. 내가 아는 남자는 지금 남편 하나뿐이죠. 다른 남자를 만나
　　　본 적이 한 번도 없어요!

쇠베를 부인: 그럴 수도 있겠네요. 여사께서 다른 남자를 만났더라면 지
　　　금 남편과 결혼하지 않았을 수도 있었을 텐데.

베르거 부인: 우리 남편에 관해선 아무 말도 마세요! 물론 우리 남편도
　　　결점은 있어요. 하지만 모든 남자는 아내가 만드는 거에요. 남편

은 다듬지 않은 재료라구요, 완
제품이 아니라! 그렇기 때문에
우리 여자들을 주도적 위치에
놓는 트렌드가 생기고 있는 거
지요.

쇠베를 부인: 뭐가 생긴다구요?

베르거 부인: 트렌드! 트렌드란 동향이란 뜻이에요.

쇠베를 부인: 트렌드가 동향이란 뜻이라구요?

베르거 부인: 그래요. 그건 우리가 미국에서 들여온 표현이죠. 십대 애들이 잘 쓰는 것처럼, 디스크 자키, 스트립티즈, 뭐 이런 말 같은 거. 미국인들은 우리 땅 보다 우리말에 남겨 놓은 것이 더 많죠. 어쨌든 우리 여성들이 더 힘을 갖게 되는 트렌드가 생겨나고 있어요, 그래서 우리는 우리가 남자들보다 모든 일을 더 잘할 수 있다는 걸 증명하게 될 거예요.

쇠베를 부인: 맞았어요. 그 말씀 정말 멋졌어요. 여사께서 하신 말씀, 정말 마음에 드는군요. 우리 여자들은 남자들을 완벽하게 대신할 수 있을 거예요.

베르거 부인: 그럼요. 그리고 우리 두 사람은 같은 자리에서 이렇게 토론하면서 시작하는 거지요. 우리가 아니었다면 우리 남편들이 여기서 만났을 수도 있겠지만. 우리 남편 -

쇠베를 부인: (보충한다) 그리고 우리 남편이. 우리 남편이 마침 빈에 없다는 것이 좋군요. 우리 남편은 지금 휴가 여행 중이에요. 그런데 어제서야 겨우 그림엽서를 보냈지 뭐예요, 트렌드 사람들을 만났다고.

베르거 부인: 트렌드 사람?

쇠베를 부인: 동향사람, 트렌드가 동향이란 뜻이라면서요? 남편은 3일 전에 떠났는데, 글쎄 우연히 멋진 트렌드 사람을 만났다는군요.

베르거 부인: (화를 내며) 여사 - 쇠베를 여사!

쇠베를 부인: (재빨리) 동향 사람. 다른 말 하실 필요 전혀 없으세요. 난

전적으로 여사의 말에 찬성입니다. 우리 여성들이 주도권을 가져
야죠.

베르거 부인: 우린 이미 그러고 있어요. 벌써 새 정부에 여자가....

쇠베를 부인: 아니, 언제 정부를 두셨어요? 그런데 또 다른 여자가 생겼
나...

베르거 부인: 그 정부가 아니라니까요!

쇠베를 부인: 아니면 또 다른 정부?

베르거 부인: 아뇨! 정부의 여성...

쇠베를 부인: 아, 그 정부한테 여자들이 많았나요?

베르거 부인: 정말 알아듣지 못하는 거에요? 내 말은 내각에 여성이 장
관직을 차지했다는 말예요.

쇠베를 부인: 뭘 차지해요?

베르거 부인: 장관의 직책요! 관할권을 가진 첫 번째 여성으로서 말이죠.
이건 정말 획기적인 일이에요. 남자들 사이에 유일한 여성으로
들어간 거죠.

쇠베를 부인: 그런데 그 여자 트렌드에요?

베르거 부인: 트렌드라니 무슨 말이에요?

쇠베를 부인: 동향. 트렌드는 동향이라면서요? 벌써 잊으셨어요? 내 말
은 정부에 트렌드 여성이 있으면…

베르거 부인: 관둬요. 그 여성은 여러 곳에 발기인…

쇠베를 부인: 이상하군요.

베르거 부인: 뭐가요?

쇠베를 부인: 그 여자 발기도 해요? 그것도 여러 곳에서?

베르거 부인: 무슨 말을 하는 거에요? 여러 정책 모임, 그런 걸 일으켜
세운다구요.

쇠베를 부인: (말을 가로막는다) 잠깐만요. 우리 여기 계속 서 있을 수는 없
겠죠? 여긴 바람이 너무 불어요.

베르거 부인: 그래요, 나도 시간이 없어요. 우리 집 수도관이 터져서 남
편이 그걸 손가락으로 막고 서 있거든요. 빨리 배관공을 데리고
돌아가야 해요. 그 전에 양장점에 들러야겠어요.

쇠베를 부인: 좋아요. 나도 피부 미용실에 가야해요. 얼굴을 더 다듬어
야 하거든요.

베르거 부인: 가죽을 벗기시게요?

쇠베를 부인: (화가 나) 여사! 그런 식으로 말하지 말라니까요!

베르거 부인: 뭘요? 뭘 말씀이세요?

쇠베를 부인: 당신의 그 유치한 말놀음 말예요. 사춘기세요? 내 말 알아
들어요?

베르거 부인: (비꼬며) 그런데 쇠베를 여사, 여산 외국어 사용하면 안될
거 같아요. 뜻을 아는 게 없잖아요.

쇠베를 부인: (흥분하여) 무슨 뜻인지 다 알아요! 당신이 그렇게 날 파 뒤집
어 놓을 수 있다고 생각하신다면 오산일 걸요. 잘난 체 하기는.

베르거 부인: (화가 나) 쇠베를 여사, 참는 것도 한계가 있어요! 내가 여기
서, 사실 친한 것도 아니고 성만 아는 당신을 계몽하려고 노력
하고 있는데, 그건 감사할 일이죠!

쇠베를 부인: 그럼 여사는 성을 모른단 말예요? 아이구 안타까워라. 난
애도 둘이고, 그래서 성을 잘 알죠. 하지만 여사는 똑똑한 체만

한단 말이죠. 당신 남편 베르거 씨처럼 교양이 높은 체 거드럭거
리긴.

베르거 부인: (흥분하여) 여사는 남편 쇠베를 씨처럼 도대체 말을 못 알아
듣잖아요.

쇠베를 부인: 그렇게 열받지 마세요. 오줌 싸실라. 늙은 함지박 같으니.

베르거 부인: (흥분하여) 당신은 골 빈 살덩이야! 여사를 처음 봤을 때 알
아 봤죠!

쇠베를 부인: (흥분하여) 나도 여사를 -

베르거 부인: 이러면 싸움이 끝이 없겠군요 -

두 사람이 함께: 남편과 같이 있을 때처럼!

쇠베를 부인: (갑자기 조용히) 자, 보세요, 제가 아까 말씀드렸죠, 오늘 날
우리 여자들이 우리 남편들을 완성한다고... (노래한다) 그래요, 사
랑하는 여자 / 바로 그렇게 / 우리 남편들이 만들었죠!

베르거 부인: 그렇게 말하면 정말 멍청해 -

두 사람이 함께: 그러면 정말 - 사람들이 웃
어요!⁸⁾

8) Hans Veigl(Hrsg.) : *Karl Farkas ins eigene Nest*, Wien 1991, S. 140-149.

테레제 기제Therese Giehse(1898-1975)

테레제 기제는 독일에서 걸출한 연기력을 인정받은 연극 배우이자 카
바레티스트이다. 특히 기제는 얼마 되지 않는 여성 카바레티스트들 중 카
바레의 발전에 많은 기여를 한 인물로 평가 받는다.

테레제 기제는 1925년부터 <뮌헨 캄머
슈필레>에서 배우로 활동했고, 1933년 뮌
헨에서 에리카 만과 함께 카바레 극단 <후
추분쇄기>를 창단하였다. 기제는 1933년 4
월, <후추분쇄기>와 함께 스위스 취리히로
이주한다. 기제는 1933년 1월 극단의 창단
공연부터 1937년 초까지 <후추분쇄기>의
대표 배우로서 히틀러의 나치즘에 저항하는
망명 카바레를 이끌었다. 뛰어난 샹송 해석가이기도 했던 기제의 출연 대
표작은 대부분 에리카 만이 텍스트를 쓴 작품으로 <X 부인Frau X>, <어
리석음이 말한다Die Dummheit spricht>, <어부의 아내Des Fischers
Fru> 등이 있다.

1937년 <후추분쇄기>가 해체된 후 테레제 기제는 취리히 샤우슈필하
우스Zürcher Schauspielhaus에서 배우로 활동한다. 이 극장에서 기제
는 1941년 브레히트의 <억척어멈Mutter Courage> 초연에 억척어멈 역
을 맡아 열연했다. 1948년부터는 베를린 앙상블 단원으로 활동하고,
1950년부터는 다시 <뮌헨 캄머슈필레>에서, 그리고 1970년부터는 베를
린의 <샤우뷔네>에서 배우로 활동했다. 기제는 특히 <뮌헨 캄머슈필레>
에서 브레히트의 텍스트를 이용한 솔로 카바레를 공연하여 호평받았다.
브레히트는 테레제 기제를 "유럽의 가장 위대한 여배우"라 칭했다.

마고 리온Margo Lion(1900-1989)

마고 리온은 10년 정도의 짧은 활동 기간에
도 불구하고 독일 카바레 및 레뷰 무대에서 독자
적인 위치를 차지한 여성 카바레티스트이다.

마고 리온은 상인이었던 프랑스인 아버지를
따라 1차 세계 대전 후 베를린에 와 카바레 작가
였던 마르셀루스 쉬퍼Marcellus Schiffer를 만
나면서 카바레를 알게 되었다. 마고 리온은 그와
함께 관람한 베를린의 한 카바레에 매료되었으며 그에게 자신을 위한 샹
송을 써 줄 것을 부탁했다. 마르셀루스 쉬퍼는 리온에게 독일어 샹송 <유
행의 방향Die Linie der Mode>을 써 주었다. 리온은 이 노래로 1923년
11월, 투르데 헤스터베르크가 이끄는 베를린의 카바레 <거친 무대>에 카
바레 가수로 데뷔할 수 있었다.

<거친 무대> 데뷔 이후 리온은 베를린의 카바레 무대와 레뷰극장에서
일약 유명 가수가 되었다. 리온은 특이하다 할 수 있는 가늘고 긴 몸매와
패러디에 대한 독특한 재능으로 독일 샹송과 카바레 무대에서 가장 중요
한 패러디 샹송 여가수 중 한 사람이 되었다.

리온의 독특한 노래 스타일은 독일의 대표적 여가수 마를레네 디트리
히Marlene Dietrich에게도 큰 영향을 미쳤다. 디트리히는 "나는 마고 리
온에 매료되었고 매일 저녁 무대 뒤에 숨어서 리온의 노래를 들었다"라고
말하며 리온을 당시 최고의 가수로 평했다. 리온의 노래로 <창녀들의 대

화Hetärengesprache>, <모든 것이 속임수Alles Schwindel>, <만일 최고의 여자 친구가 ...Wenn die beste Freundin...>, <신부Die Braut> 등이 베를린의 레뷰 무대 대표곡이다.

남편이었던 마르셀루스 쉬퍼가 자살한 뒤 1932년 리온은 파리로 돌아갔다. 리온은 1932년 프랑스어로 영화화된 브레히트의 <서푼짜리 오페라Dreigroschen-oper>(감독: G. W. Pabst)에 제니 Jenny 역으로 출연해 선풍을 일으켰다. 1940년

쉬퍼-스폴리안스키의 레뷰 〈모든 것이 속임수〉에서의 마고 리온 (1931)

대 중반 이후 리온은 프랑스의 영화 및 텔레비전 배우로서 확고한 자리를 차지했다.

마고 리온은 1977년 9월 7일, 45년만에 다시 베를린의 무대에 섰다. <베를린 축제주간 Berliner Festwoche> 행사에 리온은 <르네상스 테아터Renaissance-Theater> 무대에서 자신의 유명한 샹송을 불렀다. 피아노는 <창녀들의 대화>를 작곡해 주었던 옛 동료 미샤 스폴리안스키Mischa Spoliansky가 맡았다.

마고 리온 (1924)

베르너 핑크Werner Finck(1902-1978)

베르너 핑크는 1902년 5월 2일, 괴를리츠 Görlitz에서 약사의 아들로 태어났다. 드레스덴에서 공예학교를 다닌 후, 1925년에서 1928년까지 분츠라우Bunzlau와 다름슈타트에서 연극배우로 활동했으며 1929년에 베를린으로 이주하였다. 그해에 베를린에서 카바레 <지하납골당>을 만들고 1935년까지 단장으로 활동하였다. 1935년에 국가사회주의자들은 이 카바레를 폐쇄하고 핑크를 체포하였다. 핑크는 잠시 동안 에스터베겐 강제노동수용소에 수용되었고 일년간 직업활동을 금지 당했다. 1937년 4월부터 그는 <익살꾼 카바레>에서 다시 무대에 설 수 있었다. 1939년에 그는 또 다시 있을지도 모르는 자신의 체포를 피해 스스로 자원 입대하였고 2차 세계대전을 여러 전선에서 보내야 했다. 전쟁 후 핑크는 1947년 스위스 취리히에 카바레 <霧笛 Nebelhorn>을 만들고, 1948년에 슈투트가르트에, 그리고 1951년 함부르크에 카바레 <쥐덫>을 창설하였다. 그는 함부르크의 <쥐덫>에서는 카바레 공연만 하였으나 슈트트가르트의 <쥐덫>에서는 카바레뿐만 아니라 풍자적인 연극도 공연하였다. 1951년에는 슈투트가르트의 <쥐덫>을 이끌고 6개월간 남미공연 여행을 하기도 하였다. 그는 연극배우로서의 활동이외에 1946년 이후로는 카바레 공연의 사회 양식을 새롭게 발전시켰다. 그는 자신의 개인적 인생사를 과거의 역사와 연결시키면서 권력자의 가면을 벗기는 작품들을 선보였다. 그러나 그는 풍자를 통한 공격보다는 유머를 통해 진실을 이야기하는 형식을 택했다. 핑크의 작품이 갖는 장점이자 강점은 언어유희와 암시, 그리고 언어의 이중의미 등을 이용하고 완전하지 못한 문장을 사용함으로써 관객의 사고과정을 활성화하는데 있었다. 사실 이러한 방식은 30년대에 나치로 하여금 의혹을 갖게 만든 빌미가 되기고 하였고 핑크 자신의 입장에서 보자면 나치의 독재망을 빠져 나가기 위한 방법이기도 했다. 그가 즐겨 다루었던 주제는 독일의 군국주의였다. 나치의 독재가 종식된 후, 그의 작품이 지니고 있었던 정치적 파괴력은 시대의 변화에 따라 어쩔 수 없이 그 효력을 잃었다. 그러나 그는 여전히 시대풍자 카바레의 위대한 개척자로 평가받는다. 그는 그 어느 카바레 사회자보다도 카바레에 철학적 차원을 부여한 인물이었기 때문이다. 사회자의 형식을 이용한 그의 일인극 카바레 중 중요한 작품으로는 <순수 비이성 비판Kritik der reinen Unvernunft>(1946-1949), <전혀 새롭지 않은 것이 최고Am besten nichts Neues>(1953), <순진한 군인이 침묵한다Der brave Soldat schweigt>(1963), <당신들은 웃겠지-내겐 진지한 일이지만Sie werden lachen - mir ist es ernst>(1970) 등이 있다.

우리가 민주주의를 제대로 이용할 수 없음에도 민주주의를 제공 받는다
는 사실은 분명합니다. 그래서 우리는 민주주의를 값싸게 얻는 것입니
다. 하지만 우리가 부유하고 배부르다면 민주주의는 제공되지 않습니다.
그렇게 되면 그것, 민주주의는 또다시 없는 것이지요.

우리가 다시 배 부르고 양분을 얻으면... 그러면 힘이 생기지요. 바로 우
리 안에 힘이 생기게 되는 것입니다. 자, 그런데 그 힘을 어떻게 쓸지 모
르는 사람들이 있습니다. 그 사람들은 힘이 생기면 그 힘을 가지고 무엇
을 할지 전혀 모릅니다. 잠시라도 그 문제를 생각할 줄도 전혀 모르는
것입니다.

우리의 가슴에는 두 가지 정신이 있습니다. 괴테로부터 두 가지 정신을
받은 우리 독일인들 - 그 정신의 중앙엔 "아아"하는 감탄사가 자리하고
있지요. 그 두 정신은 서로를 반영합니다. 그런데 그 두 정신은 여전히
우리의 밖에 존재합니다. 여러분들께서 두 가지 플랜, 즉 마샬 플랜과
몰로토프 플랜을 생각하신다면. 그러면 우리의 가슴엔 다시 두 개의 정
신이 자리합니다. 먼저 마샬 플랜이 만들어졌습니다. 그때 모든 사람들
의 표정은 환해졌지요. 그리고 얼마 지나지 않아 두 번째 플랜이 생깁니
다, 몰로토프가 계획을 세웠지요. 그 계획 하나만 있었더라면, 아니면

마샬 하나뿐이었다면, 그러면... 하지만 두 가지가 다... 어떤 것을 선택할지 결정해야 합니다. 강요는 없습니다. "이젠 몰로토프 차례야." - "이젠 마샬 차례야." 이젠 "너희들이 결정해!" 이제 결정이 됩니다. 하지만 되지 않습니다. 플랜 하나는 우리에게 독립으로부터의 자유를 보장하고, 다른 하나는 우리에게 자유로부터의 독립을 보장합니다. 참 멋지게 계획되었습니다. 우리는 결정할 수가 없습니다, 왜냐하면 우리는... 우리는 명예와 존엄성을 위해 결정할 수가 없습니다. 결정을 해도 식량을 위해서이지요.

그것을 공급하는 것은 누구입니까? 그 구호물자를. 한 편으로 우리는 그것을 받길 원하지 않습니다. 다른 한편으로 우리는 그것을 받아야만 합니다. 다시 두 개의 정신이 존재합니다. "방어력이 없으면 명예도 없다"란 말이 다시 효력을 얻기까지 상당한 시간이 걸릴 것입니다. 원래 다음과 같이 말해야 했을 것입니다. "구호가 없으면 방어력도 없다." 하지만 국민들이 다시 활기차게 살아갈 날이 당연히 올 것입니다. "그래, 이젠 이런 건 어떨까? 전혀 군인이 없는 거 말야? 그래도 우린 군인이지 - 국민이라는 군인?" 이렇게 말할 날이 말입니다. 물론 이런 것은 저지당할 것입니다. 그러면 "희망은 없고 그저 즐겁기만 한 자들"이 엄청나게 존재할 것입니다.

그들은 유머로 저지할 것입니다. 얼마간은 바보 같은 목소리로 말이죠. 우리가 이루고자 했던 것은 이것이었죠. "희망은 없고 그저 즐겁기만 한 자들"이 국민을 바보로 만들 계획을 갖는 것 말입니다. 그것이 첫째 목적입니다.

"왜?" 많은 애국자들이 놀라서 말할 겁니다. "왜?... 바보로... 우린... 난 결코 바보가 되진 않아." 하지만 그런 사람은 이미 바보입니다. 하지만 난 그런 사람에게 말해 줄 수 있습니다, 그 단어는 오늘 날 너무 가혹하게 들린다고 말입니다. 예전에 "바보"란 말은 다른 뜻이었습니다. 옛말에서는 말이죠. 의미변화가 있었습니다. 그 말은 원래 "정직", "진실"과 같은 말이었습니다. 어째서 오늘날 그 말이 "바보"라는 의미로 격하되었는지는 저도 모릅니다. 어쩌면 누군가가 너무 정직하고 진실해서 어느 날 바보 같았는지도 모르죠. 어쨌든 우리는 한 번 생각해 보아야 합니다. 우리는 이미 1933년에 바보같은 국민이 아니었을까. 여러분, 한 번 생각해 보십시오, 그때 그들 모두가 행진하던 것을, 허식으로 가득한 채, 깃발을 들고 - 그리고 그들은 확실하고도 기운차게 노래를 불렀지요.

국민들이 웃었어야 했습니다. 아무도 총질은 할 수 없지요. 웃는 사람들일 뿐인데요. 총은 안되지요. 그랬더라면 우리는 우리가 견뎌야 했던 것을 상당히 덜 수 있을 것입니다.[9]

9) Werner Finck: Kleinstucke in 5 Bden, Bd. 4, hrsg. v. Volker Kühn, Hamburg 2001, S. 98-99.

후고 비너Hugo Wiener(1904-1993)

후고 비너는 오스트리아에서 가장 다양한 재능을 보인 작가 중 하나이다. 그는 작곡가이면서, 오페라 및 오페레타 각본 작가, 샹송 작가, 시나리오 작가, 카바레 작가였다.

그의 아버지가 피아니스트였던 관계로 음악에 관심이 많았던 후고 비너는 빈에서 음악을 공부했고 이미 대학시절 라이
문트 극장과 아폴로 극장의 부지휘자가 되었고 아
마추어 극단에서 배우로로 활동했다. 1926년에 비
너는 카바레 <지옥Holle>의 음악 감독을 맡았으나
극단의 파산으로 오래 활동할 수 없었고 1928년 레
뷰극장 <페미나Femina>의 전속 작가가 되었다.
비너는 이 극장에서 10년간 65개의 프로그램을 집필했고 1938년까지 여
러 오페레타 작품을 썼다.

1938년 <페미나>가 콜롬비아에서 초청공연을 하게 되어 후고 비너는
이를 위해 두 편의 레뷰 작품을 쓰고 콜롬비아, 보고타로 이주한다. <페
미나>에는 걸출한 카바레 여가수 시씨 크라너Cissy Kraner가 있었고, 후
고 비너는 그녀와 사랑에 빠진다. 초청 공연이 끝나고 <페미나>가 해체
된 후에 비너와 크라너는 베네주엘라의 카라카스로 가 머문다. 두 사람은
1943년 결혼하고 그 해 5월, <조니의 뮤직 박스Johnny's Music Box>
라는 작은 바를 연다. 여기에서 비너는 피아노를 연주하고 크라너는 5개
국어로 샹송을 부르는 공동 공연을 하였다.

두 사람은 1948년 빈로 돌아왔으며 비너는 칼 파르카스와 함께 카바
레 <짐플>의 전속 작가가 되었다. 1965년까지 그는 칼 파르카스와 함께
<짐플>의 거의 모든 레뷰 작품의 텍스트를 썼고 수 많은 샹송을 썼으며
크라너의 독특한 노래로 큰 성공을 거두었다. 1971년 파르카스가 죽은
후 비너는 3년간 혼자 <짐플>의 공연 텍스트를 맡았고 카바레 이외에도
많은 희극 작품과 오페라 번안극, 시나리오를 썼고 ZDF의 인기 방송 <음

악이 함께 하는 즐거움Spaß mit Musik>의 작가로 활동했다.

비너는 100편이 넘는 카바레 프로그람과 600편 이상의 상송을 남겼다. 그는 영국, 스위스, 이스라엘, 남아케리카 등지에서 공연을 하였고 1982년에는 그의 음악 희극 <똑똑한 엄마Die kluge Mama>가 쾰른에서 초연되어 오스트리아라는 지역성을 넘어서는 작가로 인정 받았다. 카바레 작품집으로 대표적인 것은 <2인 카바레Doppelconférence>, <짐플 대표 작품선Das Beste aus dem Simpl>이 있다. 오스트리아 명예십자훈장, 빈 시 명예십자훈장 및 명예메달을 받았으며 그의 이름을 딴 소예술상Kleinkunstpreis이 수여되고 있다.

전철에서In der Straßenbahn

일요일. 전철은 반쯤 승객이 차 있다. 한쪽 의자에 의사인 라이너 박사가 앉아 신문을 읽고 있다. 그의 옆엔 두 자리가 비어있다. 라이너의 맞은 편에는 슈탕글이 앉아 있다. 전철이 한 정거장에 멈춘다.

차장: (밖에 대고 소리친다.) 승차!

레보비치가 손자인 부비를 데리고 올라탄다. 부비는 대략 일곱 살 쯤이다.

레보비치: 어서 타, 부비 - 저기 자리가 있다!

부비: (운다.) 안타. 그냥 여기 있을 거야!

레보비치: (화가 나) 어서 타, 안 그러면 때려 준다. 무지 아플 걸! (부비를 억지로 끌고 탄다.)

슈탕글: (반갑게 놀라와하며 그를 부른다.) 레보비치 씨!

레보비치: 안녕하십니까, 슈탕글 씨! 축구경기 보러 가시나요?

슈탕글: 네. 여기 앉으세요!

레보비치가 라이너 옆에 앉는다. 라이너가 기분나쁜 듯 그를 쳐다본다.

레보비치: (부비에게) 여기 앉아라! (아이를 자기 옆에 끌어다 앉힌다.)

슈탕글: (묻는다.) 손자에요?

레보비치: 예.

슈탕글: 애한테 왜 그렇게 소리치세요? 애는 사랑으로 다뤄야지요.

레보비치: 이런 개구쟁이 놈을요? 어제 제 이모 생일이었는데 그 때 이 놈을 한 번 보셨어야 할텐데.

슈탕글: 나쁜 행동이라도 했나요?

레보비치: "나쁜"이 뭐에요? 이 녀석 행동 때문에 지 이모 눈꼬리가 잔 뜩 올라갔는데 그게 아직까지 내려오지 않고 있어요!

슈탕글: (아이에게 몸을 돌린다.) 꼬마야, 학교 다니니?

부비: 예. 1학년. (즐거워한다.) 어제 품행 성적 "양"을 받았어요.

레보비치: (놀라서) 뭐? 왜?

부비: 선생님이요, 하루 중에 서로 다른 때를 뭐라 그러냐고 하시구요, 그 때를 뜻하는 말이 붙은 다른 말을 말해 보라고 하셨거든요. 내 친구 후버는요 밤부엉이라고 했어요, 딴 애는요, 아침체조라고 했 어요.

레보비치: (뭔가 나쁜 것을 예상하며) 그래서 넌 뭐라 했는데?

부비: 낮거리요!

승객들이 웃는다. 레보비치가 아이에게 꿀밤을 준다.

부비: (울음을 터뜨린다.) 왜 화내? 양 받은 게 할아버지야, 나야?

라이너 박사: (화난 표정으로 부비를 쳐다본다.) 못된 녀석!

레보비치: 당신 뭔데 우리 손자한테 그래요?

라이너 박사: 이런 애를 데리고 전철을 타지 말아야죠! 시끄럽게 떠드는
게 듣기 좋은 줄 아십니까? 가뜩이나 살기도 힘든데!

레보비치: 뭐 하시는 분인데요? 보험이라도 팔러 다닙니까?

라이너 박사: (마지못해 대답한다.) 의사요.

슈탕글: (재빨리 대화에 끼어든다.) 의사? 아이구 잘 됐네! 며칠 전부터 병원
에 가려고 했는데 그러질 못했어요. 혹시 신경안정제 좀 처방해
줄 수 있나요? 일주일 전부터 잠을 못자요. 밤새도록 뒤척거리고
눈을 감을 수가 없어요.

레보비치: 잠 잘 수 있으면 좋겠어요? 잠자고 싶으면 두 눈을 딱 감으면
되는데. 하지만 아마 여기 의사 양반이 뭔가 가르쳐줄지도 모르죠.

라이너 박사: 난 전철에서 처방 안해요.

부비: (갑자기) 난 밖에 본다! (신을 신은 채 의자로 기어 올라가다가 라이너 박사의
바지를 밟는다.)

라이너 박사: 저리 가! (화를 내며 바지를 털면서 비켜 앉는다. 그래서 레보비츠 옆
에 바짝 붙어 앉게 된다.)

레보비치: (부비에게 소리친다.) 얌전히 있지 않으면 때려 준다!

슈탕글: 내가 저 녀석하고 얘기해 보지! 아이한테는 뭔가 약속을 해야
해. (극히 상냥하게 부비에게 말한다.) 이리 와 봐라, 꼬마야. 잘못한 거
나한테 얘기하면 1 실링 준다!

부비: 그러면 가격을 좀 더 올리셔야 할걸요. 시금치 한 번 먹으면 1실 링 받기로 되 있거든요! (슈탕글에게 가 그의 옆에 앉는다.)

그 사이에 차장이 레보비치에게 다가 온다.

차장: 차표요.

레보비치: 어린이 표 한 장.

차장: 선생 것은요?

레보비치: 난 이미 일주일용 차표가 있어요.

차장: 보여 주십쇼.

레보비치: (단념하고) 좋아요, 어른표 한 장 주쇼!

전철이 다시 정거장에 도착한다. 차장이 정거장 이름을 소리친다. 바론이 승차하며 차 장에게 차표를 보여준다. 차장이 "감사합니다" 라고 한다.

바론: (반갑게 놀라와 하며. 콧소리를 내며 말한다.) 레보비치 씨!

레보비치: 안녕하십니까, 바론 씨!

슈탕글: 잘 지내시죠, 바론 씨?

바론: 모두 축구 보러 가시나요?

슈탕글: 예.

바론: 저도요. (조금 떨어진 곳, 빈 자리에 앉는다.) 내가 축구클럽 "황제" 에 계 속 있어야 할지 잘 모르겠어요.

슈탕글: 우승해 본 적 있나요?

바론: 모르겠어요. 회원 가입한 지 겨우 2년 됐는걸요.

레보비치: 난 지금 그저 애를 위해서 가는 거에요. 난 축구에 관심없어 요. 젊었을 때 딱 한 번 축구를 해 봤지요, 학교 다닐 때. 그때 선

생님이 말했어요. "중요한 건 다리가 아니라 머리야! 공이 너한테
오면 네 머리가 몸한테 말하는 거야. 뛰어! 달려! 공을 놓지지 마!
상대를 막아! 달려! 빨리! 더 빨리! 슛!"

바론: 그래서 어떻게 됐어요?

레보비치: 내 몸이 말하더군요. "내가???"

부비: 난 축구 좋아하는데! (벌떡 일어나서 가상의 공을 찬다. 그러다가 라이너 박
사의 정강이뼈를 걷어찬다.) 뻥!

라이너 박사: (소리지른다.) 아야! 지겨워 죽겠네!

레보비치: (부비에게) 또 그러면 때려준다! (슈서를이 탄다. 전철이 움직인다.) 아
이쿠! 아가씨한테 넘어질 뻔 했네! 아, 슈서를 씨!

슈탕글: 오스트리아 대 라피드 경기 보러 가십니까?

슈서를: 물론이죠! 난 예전부터 라피드 팬입니다. (앉는다. 네 신사가 전철
칸 네 곳에 따로 떨어져 앉게 된다. 그러면서도 대화를 계속한다.)

부비: 라피드 팬이라구요? 정말 축구를 모르시네요!

슈서를: (놀라서) 웬 녀석이야?

레보비치: 내 손자요.

슈서를: (재빨리 말한다.) 참 귀엽네! (부비에게 친절해 보이려고 애쓴다.) 너 크면
뭐가 되고 싶니?

부비: 화장실 청소 아줌마요!

슈서를: 왜 그렇게 멍청한 대답을 하지?

부비: 멍청한 질문하시니깐요!

레보비치: (당황하여) 때려 준다...

슈탕글: 애한테 그렇게 계속 야단치지 마세요, 레보비치 씨! (바론에게) 제

말이 옳죠, 바론 씨?

바론: 백퍼센트 옳죠. 애가 놀라잖아요. (부비에게 몸을 돌린다.) 이리 와 봐,
꼬마야! 너 계산할 수 있어?

부비: 그럼요.

바론: 그럼 말해 봐. 한 쌍이면 몇이지?

부비: 한 쌍이면 둘이죠.

바론: 대단한데. 그럼 결혼한 두 쌍이 모이면 뭐가 될까?

부비: 그룹섹스요.

바론: (놀라서 딸꾹질을 한다.)

레보비치: 그 녀석한텐 얻을 게 없어요.

바론: 아뇨, 아뇨. 인내심을 잃으면 안돼죠. 이런 아이를 잘 못다루시니
까 그렇죠. 예를 들면 애하고 같이 책을 읽어 보셨나요? 그건 아
이들 정신에 아주 유익하죠. 내가 이 녀석 만한 나이였을 때 난 프
리드리히 쉴러가 책을 몇 권이나 썼는 지 잘 알고 있었어요. (부비
에게) 너도 알아?

부비: 그걸 어떻게 알아요? 그 사람 책 만든 사람이나 알지!

레보비치: (화가 나 소리친다.) 이 녀석아, 그렇게 멍청한 생각 하지 말아!
(바론에게) 그래도 이 녀석은 유명한 말들을 나 보다 더 잘 알아요.
한 번 물어보세요, 바론 씨.

바론: 원하신다면. (부비에게) 잘 들어, 꼬마야! "아름다운 날은 가버렸네"
이건 누가 말했지?

부비: 엄마가요. 아빠가 출장갔다 돌아 왔을 때!

레보비치: (당황하여) 너 때려 준다!

라이너 박사: (끙끙거린다) 끔찍한 녀석 같으니!

슈서를: (라이너 박사에게, 도전적인 어투로) 뭐 잘못된 거라도 있으세요?

라이너 박사: 아니, 뭐...

바론: (레보비치에게) 날 믿어요, 레보비치 씨, 이 녀석도 문학의 아름다움
　　　을 알게 될 거예요. 예를 들면 괴테.

레보비치: 아, 그러면 좋죠!

바론: 괴테를 읽어 보셨나요?

레보비치: 아뇨. 사람들이 괴테를 읽지는 않지만 - 칭송은 하죠.

부비: (다시 의자로 기어올라 바깥 길을 가리킨다.) 봐요, 할아버지 - 개다!

레보비치: (밖을 내다본다.) 저거 선생 개 아닌가요, 슈서를 씨?

슈서를: (똑같이 내다본다.) 아, 어디요? 우리 개는 훨씬 더 커요.

슈탕글: 그렇게 큰 개는 비싸게 먹힐텐데. 내 말은... 사료 말예요.

슈서를: 내 개는 귀리만 먹어요.

슈탕글: 귀리? 개가? 그게 어떻게 그럴 수 있죠?

슈서를: (자랑스럽게) 난 심리학자거든요. 내가 그 녀석을 설득시켰죠, "넌
　　　말이다", 이렇게.

승객들 웃음이 터진다. 전철이 다시 한 정거장에 도착한다. 차장이 정거장 이름을 소리
친다. 몇몇 승객과 함께 파파넥 씨가 승차한다.

파파넥: (큰 소리로) 이 놈에 노아의 방주가 벌써 꽉 찼나?

슈서를: 파파넥 씨! (그를 부른다.) 이쪽으로 오쇼! 원숭이를 위한 자리가
　　　하나 있어요.

파파넥: (가면서) 고마워요, 슈서를 씨! 당신 보고 원숭이들이 다 모인 줄
　　　알았지! (다른 사람들을 알아본다.) 안녕들 하시오!

파파넥이 라이너 박사 옆 빈 자리에 앉는다. 그래서 파파넥과 레보비치 간의 대화는 라이너 박사를 사이에 두고 이루어지게 된다.

차장: 차표요!

파파넥: 여기요. (차장에게 차표를 준다.)

차장: (잠시 살펴본 후) 이건 어제 건데요!

파파넥: 그래서요? 이 전철도 오늘 건 아니잖소! 차표 한 장 주쇼!

차장: (파파넥에게 차표를 주고 가 버린다.)

파파넥: (라이너 박사를 너머 레보비치에게 묻는다.) 돌레찰이 끔찍한 일 당한
　　　 거 들었어요?

레보비치: (흥미에 차) 아뇨! 무슨 일인데요?

파파넥: 내 마누라가 그 자식하고 눈 맞아 도망갔어요!

레보비치: 그럴 리가!

파파넥: 우리 옆집 사람이 봤대요. 마누라가 자기 물건을 내 트렁크에
　　　 담아가지고 가 버리는 거. 그래서 경찰한테 갔었죠, 고소하려고.

레보비치: 부인이 돌아오길 바라세요?

파파넥: 마누라요? 아니죠, 내 트렁크가 돌아 와야죠! 마누라한테 고맙
　　　 죠, 얼마나 자유로운지! (두 사람이 웃는다. 파파넥은 웃으면서 라이너 박
　　　 사의 허벅지를 친다.)

라이너 박사: (불쾌해 하며 헛기침을 한다.)

파파넥: (라이너 박사에게 몸을 돌리며) 어, 뭐야? 나한테 대고 기침하지 마쇼,
　　　 당신 세균이 내 목구멍으로 들어오잖아요!

라이너 박사: (무척 화가 나서 레보비츠에게) 나하고 자리 바꾸지 않겠소?

레보비치: 좋아요. (두 사람은 자리를 바꾼다. 라이너 박사는 구석자리에 앉게 되고

레보비치는 라이너 박사 옆에, 파파넥은 레보비치 옆에 앉게 된다.)

부비: 안녕하세요, 파파넥 할아버지!

파파넥: (그제서야 아이를 알아본다.) 너도 있었네, 이 녀석!

레보비치: 잠시 우리 집에 있어요. 딸애가 친구 집에 휴가를 가서.

파파넥: 그럼 부인께선?

레보비치: 휴가 후 휴가를 간 셈이요. 지난 휴가 때 피로를 풀어야 한다나.

슈탕글: (끼어든다.) 레보비치 씨, 요샌 우리 식당에 통 오시지 않으니 정
말 이상하네. 우리 집사람이 물어보래요. 혹시 뭐 마음에 안드신
게 있는지.

레보비치: 마음에 안드는 건 없어요. 그냥 지난 번에 생선이 싱싱하지
않아서.

슈탕글: 그럴 리가 없는데, 레보비치 씨. 분명히 기억하는데, 생선은 그
날 잡은 게 올라온 거에요.

레보비치: 아마 걸어서 올라왔나 보지.

슈탕글: 그러고 보니 생선은 안드시잖아요. 우리집은 고기 요리도 있어
요. 로스구이 같은 거.

레보비치: 로스구이? 댁네 로스구이는 내가 먹어 본 것 중에 제일 질기
던데.

파파넥: (끼어든다.) 거기서 돈까스는 안 먹어 보신 모양이구만! (웃는다.)

슈탕글: 당신은 조용히 하세요, 파파넥 씨! (레보비치에게) 레보비치 씨, 비
프스테이크 드시러 한 번 다시 오세요.

레보비치: 아뇨, 지난 번에 먹었던 건 썰어지지도 않았어요. 바꿔달라고
했는데 와 보시지도 않았잖아요.

슈탕글: 당신이 다 헤쳐놨으니까. 그러지 말고 한 번 오세요. 입맛에 맞게 잘해 드릴게.

슈서를: (파파넥이 차가 있으면서도 전철을 탔다는 사실을 깨닫고) 그런데 오늘 차는 어디 두셨나요, 파파넥 씨?

파파넥: 수리센터에요.

슈서를: (웃는다.) 그 고물을? 그게 말이었다면 당장 도살감이었을 거요.

파파넥: (모욕을 당한 듯) 그걸 잡아먹던 말든 상관마세요, 예?! 난 전철이 편해요!

슈서를: 모스크바 전철을 한 번 타 보셔야 하는데! 이건 겨우 한 정거장 가는데 5분이나 걸려!

파파넥: 그럼 걸어 가시지 그랬소? (웃는다)

슈서를: 그렇게 빈정대지 말아요! 당신 부인이 왜 도망갔는지 이유가 분명하군요!

파파넥: (위협적으로) 당신!

바론: 조용히들 해요! 전철 안에서 왜 싸우고들 그래! 그러지 말고 내가 그 사이에 부비한테 가르친 걸 좀 들어들 봐요! 얘는 단수와 복수의 차이도 몰랐어요. 자, 부비? 한 남자가 할 일이 없어 창문을 내다본다, 그러면 뭐지?

부비: 단수요.

바론: 잘 했어. 그럼 네 남자가 할 일이 없어 창문을 내다본다, 이건?

부비: 할아버지 친구들, 딱이네!

파파넥: (큰 소리로 웃으며 레보비치의 오른쪽 허벅지를 친다.) 에구, 귀여운 녀석! (부비가 함께 웃는다.)

바론: (조금 실망하여) 그럼 다음 질문. 시점에 대해서. 내가 "지금"이라고 하면, 부비, 그게 어떤 시점이냐?

부비: 끔찍한 시점.

파파넥: (아까처럼 웃는다.) 에구, 귀여운 녀석! (부비가 함께 웃는 동안 또 다시 레보비치의 오른쪽 허벅지를 친다.)

레보비치: (화가 나) 다른 쪽 허벅지도 내드릴까?

바론: (포기하지 않는다. 부비에게) 내가 말야, 부비, 난 멋진 남자야, 이러면 시제는?

부비: 할아버지 한텐 과거죠!

파파넥: (훨씬 더 크게 웃는다) 에구, 귀여운 녀석! (레보비치의 다른 쪽 다리를 치려고 한다. 레보비치가 피한다. 그래서 다른 사람에겐 신경쓰지 않고 신문을 읽던 라이너 박사를 친다.)

라이너 박사: (버럭 화를 내며) 이런 뻔뻔한!

레보비치: (여전히 웃으면서 손뼉을 치는 부비에게) 너 때려 준다...

바론: (단념하며) 당신 말이 옳아, 이런 녀석은 정말 때려 줘야 해.

슈서를: (악의있는 어투로) 이런 애들은 늘상! 정말 자본주의적이야!

파파넥: (레보비치에게) 저 사람 말 들으셨소?

레보비치: (그를 진정시키려고 한다.) 그냥 놔 둬요! 슈서를 씨는 자본주의와 공산주의의 차이점 조차 몰라요.

슈서를: 그래요? 그럼 나한테 좀 알려주쇼!

레보비치: 공산주의에선 모든 것이 국가 소유고 자본주의에선 모든 것이 마누라 소유지!

슈서를: (의기양양하게) 우리가 마누라를 돌보니까!

파파넥: 당신이 돌본다고? 공산주의에서 지배적인 건 그래도 기술 뿐이야!

슈서를: 맞는 말이오, 파시스트 같으니! 그래도 우리는 "사랑"이란 말을 중요하게 쓰지. 왜 그런지 아세요?

파파넥: 그게 당신한텐 손으로 할 수 있는 유일한 거니까!

슈탕글: 진정들 해요! 우린 지금 축구 경기를 보러 가는 거잖아요. 그렇게 계속 싸우면 안돼요!

파파넥: 슈탕글 씨, 옳은 말씀이십니다! 우리 오스트리아 팀이 이기도록 파이팅이나 한 번 합시다.

슈서를: (화내며) 당신도 오스트리아 사람이야? 그건 파시스트 보다 더 기분나쁜데!

차장: (지나가며) 무슨 일입니까? 좀 조용히 해 주세요!

파파넥: 닥쳐요!

차장: (화내며) 당신! 공무원명예훼손이야!

파파넥: 옛날에나 그런 게 있었지. 지금은 그런 거 없어!

차장: 두고 봅시다! 고소하겠어!

라이너 박사: 내가 증인이 되어 주겠소. 적으시오, 곳홀트 라이너 박사, 벨덴 거주.

레보비치: (갑자기) 벨덴? 벨덴에 사세요? (부비에게) 들었냐, 부비? 이분이 벨덴에 사신대! (라이너 박사에게) 거기 츠비슈츠 여관 아세요?

라이너 박사: 츠비슈츠? 내 병원 바로 옆인데.

레보비치: (더욱 신이나, 부비에게) 들었냐, 부비? 츠비슈츠 여관을 아신단다! (라이너에게) 그럼 쉬베글러 랑 결혼한 데이지 롤링어를 분명 아시겠네요?

라이너 박사: 데이지 쉬베글러? 당연히 알지요.

레보비치: (더욱 신이나, 부비에게) 들었냐, 부비? 데이지 쉬베글러를 아신단
다! (라이너 박사에게) 그러면 그 여자친구도 잘 아시겠네, 잉에! 예
쁘고 금발머리!

라이너 박사: 잉에? 잉에를 모르는 사람이 어딨어요? 벨덴 남자 모두가
다 그 여자랑 뭔일이 있었는데!

레보비치: (부비에게, 신나서) 들었냐, 부비? 네
엄마를 아신단다!!

10) Hugo Wiener: *Das Beste aus dem
Simpl*, Wien 1973, S. 177-196.

블랙 아웃 [10]

에리카 만Erika Mann(1905-1969)

1905년 11월 9일 뮌헨에서 태어난 에리카 만은 여성 카바레티스트로
서 뿐만 아니라 작가로, 연극배우로 독일 카바레 역사에 중요한 위치를
차지하고 있는 인물이다. 에리카 만은 토마스 만Thomas Mann의 딸로
이미 20세이던 1925년부터 오빠인 클라우스 만Klaus Mann, 그리고 남
편이었던 구스타프 그륀트겐스Gustaf Gründgens와 함께 연극 활동을
시작하였다. 구스타프와는 1928년까지 결혼 생활을 유지하였다.

1933년 1월, 에리카 만은 뮌헨에서 카바레 극단 <후추분쇄기>를 창단
하였으나 히틀러의 국가 사회주의를 피해 그 해 3월 극단을 이끌고 스위
스 취리히로 이주한다. 이미 1931년 뮌헨에서 평화와 자유를 위한 국제

1920년대말의 에리카 만

여성동맹의 한 모임에서 나치에 대해 강한 공격을 ·가해 나치 언론으로부터 혹독한 비난을 받고 나치 의 증오 대상이 되었던 에리카 만[11]은 나치 독

11) Vgl. Reinhard Hippen: Satire gegen Hitler, a.a.O., S. 17.

일에 머물러 있을 수 없었으며, 1933년 10월부터 스위스에서 본격적인 카바레 공연을 하기 시작했 다. 동화를 이용한 교묘한 풍자와 비판을 통해 히틀러와 히틀러를 받아들 인 독일인의 우매함을 공격하는 독특한 카바레로 에리카 만은 망명 카바 레의 대표적 인물로 평가 받는다.

여배우 테레제 기제의 공연으로 유명해진 <X 부인Frau X>이외에 <행복한 한스Hans im Glück>, <거짓말 나라의 왕자Der Prinz von Lügenland> 등이 그녀의 중요한 카바레 텍스트로 간주되며 이 작품들은 또한 카바레 샹송 텍스트로 서 역사적 가치가 있는 것으 로 평가된다. 이 중 1934년 10월 스위스 바젤에서 공연 했던 그녀의 3번째 프로그람 에 삽입된 <거짓말 나라의 왕자>를 보자.

동화작가를 연기하는 에리카 만

나는 거짓말 나라의 왕자,
나무들도 허릴 숙인다고 거짓말 하지,
사랑하는 하나님, 모든 거짓말쟁이들이 벽에게도 거짓말 하는데
나는 어떻게 거짓말을 할까요

내 거짓말은 상상력도 풍부해
하늘에서 파란물이 떨어질 만큼.
허공이 온통 거짓으로 우글거리는 게 보이지?
거짓말 연못에서 바람이 불어온단다.

이제 사랑스런 여름이 가까이 오고,
나무에는 어느 새 싹이 돋고,
예쁜 제비꽃 노랗게 초원을 둘러싸는데,
전쟁에선 아무도 다친 이 없네.

<거짓말 나라의 왕자>역의 에리카 만
하, 하, 너희들도 그렇게 생각하지, 난 알아.
너희들 얼굴에서 그걸 읽을 수 있지.
그것이 거짓이었음에도
그것은 너희들 앞에선 마치 진실처럼 서 있네.

거짓말은 멋져,
거짓말은 훌륭해,

거짓말은 행운을 가져오고,
거짓말은 용기를 내게 하고,
거짓말은 멋지고 긴 다리를 가졌어,
거짓말은 풍요롭게 만들고,
거짓말은 섬세해,
진실처럼 작용해
널 깨끗이 씻어 주고,
줄 묶인 강아지처럼 고분고분 돌아다
니지.

내 고향 거짓말 나라에서는
아무도 진실을 말해선 안돼, -
거짓의 실로 짜여진 알록달록한 그물이
우리의 위대한 제국을 감싸고 있지.

우리에겐 그게 좋아, 우린 잘 지내지,
우린 적을 죽여도 되거든.
높디 높으신 교단이 우리에게 허락해 주셨어,
거짓말의 광채를 가득, 거짓말할 용기를 가득.
어쩌다 한 번 거짓말하는 사람은 아무도 믿지 않지만,
항상 거짓말하는 사람은 모두가 믿지.
결국 세상은 믿게 되지,
그가 순수한 진실을 말했다고.

거짓말이 옳아,
거짓말은 쉬워,
일이 잘 되면
다 좋은 거야,
거짓말은 우리의 목적을 위한 수단.
거짓말은 거짓말 나라에
영광을 가져다주지,
거짓말은 화려하고
우아해,
멍청한 진실이 칙칙한 옷을 입고 다니지.

난 거짓말 나라에서 온 왕자,
난 진실을 참아낼 거야.
거짓말 담장 뒤에 숨어서
진실의 폭풍을 견뎌낼 거야.

난 독을 섞고, 불을 일으키지,
그렇게 내 나라를 전쟁으로부터 보호해.
날 믿지 않는 자, 거짓으로 벌하리,
바로 내가, 거짓말 나라의 왕자가.

세상은 나한테 너그러워,
그러다가 몰락할 텐데.

폐허 위에서 내가 소리 지르는 소리가 들리지,

그 책임은 다른 이들에게 있어!

거짓말은 부드러워,

거짓말은 섬세해

너희들을 조용하게 만들고,

노래불러 너희들을 잠재우지,

깨어나면 끔찍하겠지만.

그런 일이 없도록 조심해!

(여기에서 배우는 앞으로 걸어 나와 모자를 벗어 뒤쪽 네 열의 관객에게 던진다.)

그들을 믿지 마

거짓말 면전에

진실을 던져 버려!

진실은 혼자서도 잘 할 수 있으

니![12]

12) Helga Keiser-Hayne: *Erika Mann und ihr politisches Kabarett <Die Pfeffermühle> 1933-1937*, Hamburg 1995, 150-151쪽.

히틀러의 파시즘을 조롱하는 이 샹송은 에리카 만을 독일 망명 카바레의 대표자로 만들었다. 사실 에리카 만에게는 왕자도, 이름뿐인 나라도 필요가 없었다. 에리카 만은 1936년 영국 작가 오든W. H. Auden과 결혼하고 <후추분쇄기>가 활동을 중단한 1937년 미국에서 저널리스트로 활동하기도 했다. 이후 그녀는 카바레 텍스트뿐만 아니라 청소년 문학, 단편소설, 에세이 등 많은 작품을 남겼다.

엘지 아텐호퍼Elsie Attenhofer(1909-1999)

엘지 아텐호퍼는 스위스 카바레를 대표하는 여류 카바레티스트이자 카바레 작가이다. 프랑스에서 미술을 공부한 후 스위스에서 막스 베르너 렌츠Max Werner Lenz를 만났고 그는 엘지 아텐호퍼를 <카바레 오이절임>에 소개했다. 아텐호퍼는 여기에서 막스 베르너 렌츠의 샹송 <무알콜 처녀Das alkoholfreie Mädchen>로 카바레 무대에 데뷔했다. <카바레 오이절임>에서 4년간 활동한 후, 아텐호퍼는 1938년 처음으로 자신의 솔로 카바레 무대에 섰다.

이후 자신이 직접 텍스트를 쓴 솔로 카바레와 막스 베르너 렌츠, 발터 레쉬Walter Lesch 등이 텍스트를 쓴 솔로 카바레를 공연하였다. 아텐호퍼는 스위스 뿐만 아니라 독일과 오스트리아에서 많은 초청공연을 하여 독일어권의 여성 카바레티스트로 대표적 인물이 되었다. 그녀는 1947년까지 때때로 <카바레 오이절임> 무대에 올라 <카바레 오이절임>이 스위스 카바레의 중심이 되는 데 기여하였다. 또한 그녀는 1948년에 스스로 젊은 카바레티스트들과 <카바레 모래시계Cabaret Sanduhr>를 창단하여 공연하기도 하였다.

막스 베르너 렌츠가 그녀에게 써 준 <유럽-연합Europa-Union>은 그녀의 대표작으로 꼽힌다. 이 작품은 유럽의 시사적 문제들을 작은 장면으로 조립하고 변형시킨 카바레로 1980년대 중반에도 인기있는 프로그람이

었다. 또한 그녀가 쓴 작품 <누가 첫 번
째 돌을 던지는가?Wer wirft den ersten
Stein?>은 반유태주의에 저항하는 사투
리극Dialektstück으로 높은 평가를 받
았다. 1980년대 초까지 카바레티스트로
서, 특히 독보적인 여류 솔로 카바레티
스트로서 아텐호퍼는 스위스 카바레를
대표했다. 그녀가 1975년에 편찬하여
출판한 <오이절임 - 한 카바레에 대한
추억Cornichon - Erinnerung an ein

〈엘지 아텐호퍼〉, 한스 팔크 Hans Falk 그
림, 1950.

Cabaret>은 스위스 카바레사에 있어서 중요한 사료로 평가된다.

게오르그 크라이슬러Georg Kreisler(1922 -)

1922년 7월 18일, 오스트리아 빈에서 출
생한 게오르그 크라이슬러는 정치적 성향의
작곡가 겸 가수, 카바레티스트로서 오스트리
아 카바레를 대표하는 인물 중 한 사람이다.
그는 1938년 가족과 함께 미국으로 이민하였
으며 남 캘리포니아 대학에서 지휘와 작곡을
공부했다. 그는 헐리우드에서 영화 음악가로

활동하였고, 1942년부터 1945년까지 미군으로 복무하면서 군인들을 위한 뮤지컬을 제작해 공연하기도 하였다. 뉴욕에서는 밤무대에 가수로 출연하여 샹송을 불렀으며 라디오와 텔레비전 방송을 위한 노랫말을 썼다. 그의 노래는 양식면에서 피아노를 치며 풍자적인 노래를 들려주었던 하버드의 수학교수 톰 레러Tom Lehrer의 영향을 받은 것으로 평가된다.

1955년 빈로 돌아온 크라이슬러는 미국에서의 경험을 자신의 샹송 창작에 소재로 이용하였다. 그는 특히 카바레 샹송의 대표자로서 게르하르트 브론너, 칼 메르츠, 헬무트 크발팅어, 페터 벨레 등과 공동 작업을 통해 1950년대 오스트리아 카바레를 발전시킨 주역이다. 그의 노래는 죽음과 허무를 소재로한 음산하고 그로테스크한 것으로 블랙유머의 특징을 지닌다. 이러한 그의 노래 경향은 새로우면서도 빈의 분위기를 전형적으로 담아낸 독특한 것으로 평가받았다. 1960년대 중반까지 그의 노래는 상당히 체념적인 분위기를 나타냈으나 그 이후 자유를 옹호하고 구체제의 복구와 신나치즘에 저항하는 참여 정신을 담음으로써 정치적 성향을 나타냈다. 그러나 이 같은 정치적 노래에도 그의 특출한 언어감각과 유머는 사라지지 않았다. 그는 여전히 오스트리아 카바레의 의미 있는 시인으로서, 냉소적이고 공격적인 "노래쟁이Liedermacher"로서 카바레티스트의 본보기가 되고 있다.

<공원 비둘기 독살하기Tauberln vergiften im Park>(1955/56), <늙은 아줌마 둘이 탱고를 춘다Zwei alte Tanten tanzen Tango>(1970년대), <착한 늙은이 프란츠Der guate alte Franz>(1970년대) 등의 작품이 블랙 유머 노래의 대표작으로 간주되며 <이상한 노래들Seltsame

Gesänge>, <무시무시한 노래Lieder zum Fürchten>, <비아리아혈통
의 아리아Nichtarische Arien> 등의 작품모음집이 있다.

성교 Der Geschlechtsverkehr

이상적인 카바레를 위한 스케치

사회자

중요한 사회적 현상 중 하나는 성교입니다. 가장 널리 퍼져있는 이 형식
은 남자와 여자 사이에서 이루어집니다. 여자가 어떤 모습인지 누구나
알고 있습니다. 스스로 여자이거나, 아니면 한 여자를 사귀려고 여러 번
시도했기 때문이지요. 만일 어떤 남자 분이 여자를 한 사람도 못 사귀고
그것을 증명하실 수 있다면, 이 극장을 나가서도 좋습니다. 그러면 입장
료를 돌려드립니다. 극장을 나가시는 분이 아무도 없으므로, 우리는 모
두가 다 여자가 어떤 모습인지 알고 있다고 동의할 수 있겠습니다. 그리
고 예를 들어 여자는 이런 모습이라고 말한다면 그건 전혀 새로울 것이
없다는 것도 동의할 수 있겠습니다.

(한 여자가 나체로 등장한다)

남자가 어떤 모습인지 누구나 알고 있습니다. 스스로 남자이거나, 아니
면 한 남자를 사귀려고 여러 번 시도했기 때문이지요. 만일 어떤 여자
분이 남자를 한 사람도 못 사귀고 그것을 증명하실 수 있다면, 이 극장
을 나가서도 좋습니다. 그러면 입장료를 돌려드립니다. 극장을 나가시

는 분이 아무도 없으므로, 우리 모두는 남자가 어떤 모습인지 알고 있다고 동의할 수 있겠습니다. 그리고 예를 들어 남자는 이런 모습이라고 말한다면 그건 전혀 새로울 것이 없다는 것도 동의할 수 있겠습니다.

(한 남자가 나체로 등장한다)

성교가 무엇인지 누구나 알고 있습니다. 왜냐하면 어떤 분은 이미 자기 자신을 그 일에 이용했거나, 아니면 그 일을 해 보려고 시도했기 때문이지요. 그래서 그 분은 자신이 그 일에 어떻게 이용되는지도 알고 있습니다. 여기에 누군가 아직 한 번도 성교를 해 보시지 않은 분이 계시다면, 그리고 또한 그 일을 한 번도 시도해 보지 못한 분이 계시다면, 그리고 그것을 증명하실 수 있다면, 그런 분은 이 극장을 나가셔도 좋습니다. 하지만 입장료는 돌려드리지 않습니다. 그런 분은 적어도 인생에서 유일한 경험을 하셨기 때문입니다. 하지만 극장을 나가시는 분이 아무도 없으므로, 우리는 모두 다 성교가 어떤 모습인지 알고 있다는 것에 동의할 수 있겠습니다. 그리고 예를 들어 성교가 이런 모습일 수 있다고 말한다면 그건 전혀 새로울 것이 없다는 것도 동의할 수 있겠습니다.

(나체의 두 남녀가 성교한다)

카톨릭 교회는 성교란 유일하게 종의 번식을 위해서만 행해져야 한다는 의견에 공식적으로 동의하고 있습니다. (성교가 멈춘다) 이 이상한 입장은 언급할 가치야 있겠습니다만 결코 유념할 가치는 없습니다. (성교가 다시 시작된다) 여기에서 지금 보여드리고 있는 것처럼, 두 이성 간의 성교에 있어서는 네 가지 가능성이 존재합니다. 남자는 좋은 데 여자는 싫은 경우. (두 남녀는 그 경우를 시연한다) 아니면 여자는 좋은데 남자는 싫은 경우.

(두 남녀는 그 경우를 시연한다) 아니면 두 사람 다 싫은 경우. (성교가 중단된다) 아니면 둘 다 좋은 경우. (성교가 다시 시작된다) 또한 관객 여러분께도 네 가지 가능성이 존재하지요. 그것이 좋은 경우, 아니면 싫은 경우. 세 번째로는 어느 분껜 그게 너무 불만이어서 화를 내는 경우도 있을 수 있겠습니다. 그리고 네 번째로 어느 분은 그걸 너무 좋아해서 같이 하는 게 정말 좋다고 자꾸 달려드는 경우가 있을 수 있겠습니다. 자, 여러분들 중엔 이 시연이 마음에 들지 않는 분이 계시겠지요. 그런 분들껜 멈추도록 호의를 베풀어 드립니다. (성교가 중단된다) 하지만 또한 여러분들 중엔 그런 분도 계실 텐데 - (성교가 다시 시작된다) - 이 시연이 정말 혐오스러운 분들 말입니다. 그런 분들을 위해서도 우린 멈추어야 하겠지요. (성교가 중단된다) 하지만 여러분들 중 몇 분이 그런 분이실텐데 - (성교가 다시 시작된다) - 이 시연을 보고 함께 하고 싶은 자극을 받는 분들 말입니다. 아니면 적어도 함께 할 위험이 있는 그런 분들 말입니다. 그런 분들을 위해서도 우리는 멈추어야 하겠지요 - (성교가 중단된다) - 왜냐하면 법은 공공장소에서 성교하는 행위를 금하고 있으니까요. 그래서 우리는 어쨌든 멈추어야만 합니다. 그런데, 보십시오, 신사숙녀 여러분, 이게 바로 성교를 하는데 가장 불편한 점입니다.[13]

13) Walter Rösler(Hrsg.): *Gehn ma halt a bisserl unter. Kabarett in Wien von den Anfängen bis heute*, Berlin 1993, S. 397-398.

로리오Loriot(1923 -)

로리오는 1923년 11월 12일, 독일 브란덴부르크 출생으로 본명은 베른하르트 픽토르 크리스토프 칼 폰 뷜로우Bern-hard Victor Christoph Carl von Bülow이다. 프로이센 외교관 가문 출신으로 2차 세계 대전 때는 장교로서 탱크 중대를 지휘했다. 전쟁 후 로리오는 벌목꾼으로 일하기도 했으며 함부르크 예술학교 Kunstakademie in Hamburg에서 공부했다. 그는 1949년에 함부르크의 잡지 <거리Die Straße>에 만화를 발표하며 만화가로 활동했다. 1960년대 말부터 1970년대 초까지 그는 TV 만화를 제작했으며 자신의 만화 작품을 카바레로 발표하게 되었다.

　로리오는 만화가, 카바레티스트, 카바레 작가, 카바레 연출가로서 다방면에 재능을 보인 예술인에 속한다. 그의 만화가 들어간 카바레 작품집은 베스트셀러가 되었으며 그의 카바레는 주로 정치가와 소시민의 일상, 그리고 매체에 대한 풍자로 이루어진다. 그러나 그의 풍자는 직접 공격을 피한 부드러운 비판이며 독일에서는 어느 누구도 그의 재치를 따라갈 수 없다는 평가를 받는다. 특히 일상과 매체에 대한 그의 풍자는 구체적이며 과도하지 않은 그의 유머는 우리들 자신의 모습을 조용히 되돌아보게 만든다. 남의 마음을 아프게 하고 그것을 즐기는 것은 로리오의 비판 방식이 아니다. 그의 작품 <정치와 TV Politik und TV>는 정치인과 매체의 속성을 실랄하게 비판하면서도 유머의 깊이를 잃지 않는 수작이다.

> 여성 진행자 : TV 보도가 선거전과 선거의 결과에 영향을 미친다는 주장이 계속 제기되고 있습니다. 오늘 우리는 두 정당의 저명한 간부이신 두 분을 스튜디오에 모시고 심각한 이 문제의 본질에 대해 토론해 보고자 합니다. 그라우프너 씨는 독일사회민주당(SPD) 수뇌부의 한 분이시고... 뮐러-마이젠바흐 씨는 독일기독교민주동맹과 기독교사회연맹(CDU/CSU)의 선거정책 공동책임자이십니다. 그리고 저는 기록실 편집인으로서 본 방송국을 대표합니다.
>
> 뮐러-마이젠바흐 : 플뢰츠만 박사님, 사회자이신 박사님께서 제 말을 막으시기 전에 전 다음과 같은 사항을 분명히 해 두고자 합니다. 첫째, CDU/CSU는 이번 선거에서 승리할 것입니다. 둘째, 만일 우리가 선거에서 패한다면 그건 전적으로 균형을 잃고 왜곡된 편파 보도에 의한 것이란 사실입니다. 그밖에 저는...
>
> 여성 진행자 : (말을 가로 막는다) ...뮐러-마이젠바흐 씨, 여기서 말을 막을 사람은 아무도 없습니다...
>
> 그라우프너 : 바로잡아야 할 것이 있습니다. 즉 SPD가 이번 선거에서 승리할 것입니다. 그리고 균형을 잃은 TV 방송의 편파성에도 불구하고...
>
> 뮐러-마이젠바흐 : 잠깐만요, 그라우프너 씨, 우연히 제게 통계가 있군요... (읽는다) ...최근 2주일 동안 사회민주당/자유민주당(SPD/FDP) 연합 정치인들은 TV에 41번 출연하였고, 출연시간은 총 502초입

니다. 이에 비해서 기독교민주동맹/기독교사회연맹(CDU/CSU) 정
치인들은 40번 출연에 총 484초입니다. 18초나 적습니다, 이건 거
의 3분이나 적다는 얘깁니다!

그라우프너 : 초에요, 뮐러-마이젠바흐 씨, 분이 아니라 초라구요!

뮐러-마이젠바흐 : 18!... 18초라구요, 그러니까 3... 아, 우리는 그렇게
쩨쩨하진 않습니다... 어쨌든 이 터무니 없는 편파 방송으로 이득을
보고 있는 건 연합정당이라 이겁니다...

그라우프너 : 이득을 본다구요? 하하! 플뢰츠만 박사님, SPD 정당대회
때 어째서 귀 방송국 카메라가 마침 손가락을 코에 대고 있던 우리
동료 의원 크리겔 씨를 14초간 비췄는지 혹시 설명해 주실 수 있겠
습니까...

여성 진행자 : 코에 대고 있었던 것이 아니라 "코를 쑤시고 있던" 이죠,
그라우프너 씨, 코를 쑤시고 있었던 겁니다. 그리고 그건 SPD 전당
대회 동안 우리가 우리 시청자들의 지루함을 달래 주었던 유일한
14초였죠.

뮐러-마이젠바흐 : 아하! SPD에겐 14초나! 그런데 왜 귀 방송국은 유럽
에너지회의에 대한 보도에서 CDU/CSU를 대표해 참석한 위원들
에겐 12초만 할당하셨죠?

여성 진행자 : 그건 위원님들께서 주무시고 계셨기 때문이에요, 뮐러-마
이젠바흐 씨. 그 모습이 갑자기 평상시와는 너무도 달리 공감을 주
어서 말이죠, 아마 우리가 단잠을 주무시는 CDU 의원님들을 12초
이상 카메라에 잡았다면 SPD가 난리를 쳤겠지요.

뮐러-마이젠바흐 : 당연하죠! CDU/CSU 정치가들이 공감을 주지 못한

다면 TV를 꺼버려야죠!

그라우프너 : (시계를 본다) ...저는 뮐러-마이젠바흐 씨가 이 방송에서 저
　　　보다 3배나 더 화면에 나갔다는 점을 지적해 드리고 싶습니다. 그
　　　래서 이제 사회민주주의 선거 전략의 핵심 내용을 TV 화면을 통해
　　　알려드려도 좋으리라 생각합니다만...

여성 진행자 : 물론이죠, 그라우프너 씨. 4초 드리지요... 자, 말씀해 보
　　　세요!

그라우프너 : (카메라를 보고) ...우리나라 민주주의 정치를 책임지며...

뮐러-마이젠바흐 : 여기에서 자유로운 대담이 당정책 차원에서 이용되
　　　는 것에 강력히 항의합니다...

여성 진행자 : 그러면 뮐러-마이제바흐 씨, CDU의 선거전략 모토를 위
　　　해 3초를 드리지요...자!

뮐러-마이젠바흐 : (카메라를 보고) 자유와 지속 발전의 기대를...

여성 진행자 : 너무 길군요... 그라우프너 씨, 말씀하신 것을 아주 짧게
　　　해서 다시 한 번...

그라우프너 : 우리나라 민주주의 정치를 책임지며...?

여성 진행자 : 예, 아주 짧게... 자!

그라우프너 : (카메라를 보고) ...우리..민주..정치..책...

여성 진행자 : 조금 더 짧게...

그라우프너 : ...우민정책!...

여성 진행자 : 뮐러-마이젠바흐 씨, 자유와 지속 발전의 기대를 3분의 1
　　　초로... 자!

뮐러-마이젠바흐 : (카메라를 보고) ...자지발기...

여성 진행자 : (카메라를 보고) …이상 마치면서, 시청자 여러분, 균형 잡힌 즐거운 저녁 보내시기 바랍니다…[14]

볼프강 노이쓰Wolfgang Neuss(1923-1989)

1923년 12월 3일, 브레스라우Breslau에서 태어난 볼프강 노이쓰는 연극 및 영화배우, 작가로서도 뛰어난 재능을 보이고 사회 참여를 적극적으로 실천한 독일 최고의 카바레티스트 중 한 명으로 평가받는다.

그는 군복무 중이던 1941년, 부상자들을 위한 공연을 하기 위해 군인병원에 들어가려고 자신의 왼손 검지 손가락을 총으로 쏘았다. 결국 그는 군인병원에서 공연을 할 수 있었으며 5년간의 군복무를 마치고 1949년까지 쇼 사회자, 기획자로서 독일 북서부에서 많은 쇼를 연출하였다. 노이쓰는 1951년 에카르트 하흐펠트Eckart Hachfeld가 쓴 <팀파니 치는 남자Der Mann an der Pauke>로 일약 유명해진다. 이후 반파시즘, 반공산주의 경향의 카바레 공연을 하였다. 1952년에는 카바레 극장 <호저>에서 카바레 프로그램 <베를린 대륙Festland Berlin>을 연출하였고, 1953년부터는 많은 고전 및 현대 희극에서 배우 및 연출 작업을 하였다.

노이쓰는 1953년부터 연기파트너 볼프강 뮐러Wolfgang Müller와 함께 공연한다. 이 두 사람의 합동공연으로 50년대에 유명했던 작품은 <문과 경첩 사이Zwischen Tür und Angel>(1953), <빨래는 다른 데 널어라!Hangt die Wasche weg!>(1955) 등이 있으며 두 사람은 1955년, 뮤지컬 <Kiss me Kate>에도 주연으로 출연한다. 이후 영화, TV 영화, 연극 등에서 두 사람의 공동 작업이 계속된다. 1955년 이후 노이쓰는 50편이 넘는 영화에 출연하였는데 이 중 <우리는 신동Wir Wunderkinder>(1958, 볼프강 뮐러와 공동출연), <로제마리 아가씨Das Mädchen Rosemarie>(1958), <검사님을 위한 장미Rosen für Staatsanwalt>(1959)는 풍자영화로 가치를 인정받는다. 이밖에 풍자적 경향의 TV 영화로 <듣기 싫은 사람은 TV를 봐야해Wer nicht hören will, muss fernsehen>(1960, 볼프강 뮐러와 공동 출연), 연극으로 희극 <한 마리 말 위의 세 남자Drei Mann auf einem Pferd>(1957, 볼프강 뮐러와 공동 출연), <은하수를 아시나요?Kennen Sie Milchstraße?>(1958, 볼프강 뮐러와 공동 출연)가 있다. 노이쓰는 또한 직접 희극을 쓰기도 했다: <사랑 없이는 그렇게 하지 마Tu's nicht ohne Liebe>(1958년 뮌헨 레지덴츠테아터 공연), <파리의 두 베를린 사람Zwei Berliner in Paris>(1959, 베를린 코미디 극장, 직접 연출).

1960년 4월, 노이쓰의 연기 파트너였던 볼프강 뮐러가 불의의 비행기 추락사고로 사망한다. 이후 노이쓰는 홀로 작업해야 했다. 1963년 노이쓰는 <최근의 소문Das jüngste Gerücht>(부제: "통속정치에 대한 풍자

Satire über Trivialpolitik")으로 자신의 첫 번째 정치 솔로카바레를 선보인다. 이 작품은 LP판으로 녹음되어 출시되었고 1964년 "독일 레코드 비평상"을 받았다. 60년대는 노이쓰에게 있어서 자신의 카바레 활동의 전성기였다. 그의 공연은 매회 매진되었다. 그는 신문과 노래가 혼합된 형식으로 독일 정당들의 정략적 연합과 서베를린의 우월성 주장에 대해 날카로운 조롱과 냉소적 공격을 가했다. 노이쓰는 이미 체제비판가가 되어 있었다. 그는 1965년, 동독 정부로부터 시민권을 박탈당해 동독으로 돌아갈 길이 막힌 동독의 시인 볼프 비어만Wolf Biermann과 함께 부활절 시위에 참여했고, 베트남의 미군에게 기부금을 낼 것을 고시한 서베를린 신문 West-Berliner Zeitung에 항의하는 잡지를 간행하기도 하였다. 1969년 페터 차덱Peter Zadek이 연출한 TV 영화 <붉은 살인Rotmord>에 출연한 후 노이쓰는 이렇다 할 카바레 공연을 하지 못했다. 1973년 잠시 카바레 극장 <호저>의 무대에 서기도 했으나 이후 이어진 작업이 없었다. 1976년 이후 노이쓰는 빈민구제 기금을 받아 생활하였고, 1979년과 1984년에는 대마초 소지 혐의로 실형을 받기도 하였다. 그러나 그는 카바레인들에게 언어적 위트의 정신적 스승이었고, 의식적으로 소비를 포기하고 금욕적으로 생활한 사람의 표본이기도 했다. 1983년 12월, 당시 대통령직을 제안 받았던 리하르트 폰 바이체커Richard von Weizsäcker와의 ZDF-토크쇼는 노이쓰의 언어적 재능을 증명한 전설적 장면에 속한다. 노이쓰의 언어는 프로그램 사회자와 바이체커를 완전히 압도하여 사회자는 노이쓰에게 항복할 수밖에 없었으며 바이체커는 마치 스스로를 인터뷰하는 것과 같은 상황이 벌어졌던 것이다.

위트와 거침없는 풍자의 공격으로 최고의 카바레티스트로 인정받던 볼프강 노이쓰는 1989년 5월 5일 샤롯텐부르크의 자기 집에서 사망하여, 5월 19일, 베를린 첼렌도르프 공동묘지에 안장되었다. 자리는 그의 연기 파트너였던 볼프강 뮐러 곁이었다.

다음은 노이쓰가 1970년 헤센 라디오 방송의 한 풍자 프로그램에서 발표한 작품이다.

우리는 너무 많이 안다
Wir wissen zuviel

안녕하십니까, 라디오 애청자 여러분!

여러분들은 지금 산업 일선에 있을 수도 있겠군요. 그러면 여러분께 그냥 지나가는 말을 하고 싶진 않습니다. 주문사항이 대단합니다. 하지만 인간들은 그와 반대로 사소해졌지요. 교양에 관해 얘기가 많습니다.

전 사소한 사람입니다. 전 이렇게 말하죠. "내가 모르는 것은 날 흥분시키지 않는다."

좀 더 대단한 사람은 이렇게 말하죠. "자, 그렇게 과장하지 말게나. 교양의 폭발이란 건 난폭하지. 사소한 사람도 기술이 필요로 하는 것만큼은 알아야지. 더 이상은 필요 없고."

그러면 우리 한 번 솔직해 봅시다: 그의 말이 틀렸나요, 아니면 내 말이 틀렸나요? 사소한 사람이 틀린 겁니까, 대단한 사람이 틀린 겁니까? 너무 많이 안다는 건 해가 됩니다. 건강에만 좋지 않은 것이 아니죠. 국가에도 안 좋고, 사업하시는 분께도 안 좋고, 노동 투사께도 안 좋고. 여성에게도, 어린이에게도 안 좋죠.

한 번 상상해 보십쇼. 지금 청취하고 계신 여러분들이 제가, 지금 여기에서 말하고 있는 제가 마르크스주의자라는 사실을 아신다면 말입니다. 그러면 여러분들은 라디오를 꺼버릴 겁니다. 그러면 제게도 안 좋고 여러분들도 안 좋은 거죠. 더 좋은 건, 여러분들께서 이렇게 생각하시는 겁니다, "저 사람은 그냥 저렇게 하고 있는 장사꾼 광대야, 사실 그는 돈을 벌려는 거지. 그것으로 충분해. 그리고 저 자는 교양 얘길 하면서도 자긴 그렇질 못하군." 옳은 말입니다. 인류는 전체적으로 19세기 이후로 계몽되었습니다. 그런데 왜 또?

좋습니다, 컴퓨터를 다루는 일, 그건 할 줄 알아야죠.

그러기 위해서 난 뭐가 필요하죠?

단추를 누릅니다.... 그러면 그 물건이 작동하죠.

이제 몇 가지 적어 넣습니다, 생년월일, 출생지, 이름, 가족상황.

2분 후에 모든 것이 나옵니다: 1923년 12월 3일생, 브레슬라우 출생, 이름-노이쓰 한스 볼프강 오토. 기혼. 한 번 보시죠. 그의 이름이 한스 오토라는 걸 아직 몰랐었군. 결혼도 했군. 그런데 자식은 몇??

다시 한 번 키를 누릅니다: 하나. 끝.

이걸로 충분합니다. 그리고 어느 날 그 아이는 자기 아버지가 누구였는지 알게 되겠지요. 그리고 단추를 누릅니다. 그러면 아이는 자기 이름이 뭔지 알게 됩니다. 충분하죠.

어째서 우리 같은 사람들이 캄보디아와 태국에 왜 아직도 컴퓨터가 없는지 자세히 알아야 하는 겁니까? 누군가가 그걸 알고 있다면 그걸로 족

하죠. 제가 하고 싶은 말은, 오늘날 사람들이 너무 많이 알고 있다는 겁니다. 예를 들면 북아메리카의 닉슨 대통령 말이죠. 그 사람은 부담이 너무 많죠.

그가 알고 있는 모든 것, 그건 이루 다 말할 수도 없어요. 그 사람은 항상 두피에 종기가 나있죠. 양심의 가책 때문이죠. 그 사람은 자기가 대통령이라는 사실만 알고 있으면 충분해요. 페루에서 일어난 지진 - 좋습니다, 그 사람은 그것도 알아야 한답니다. 하지만 어째서 그 지진이 어디서 발원했는지까지 알아야 한답니까? 그건 아마도 프랑스 사람들이나 알겠죠. 그걸로 충분한 겁니다.

여러분들이 그것을 알았더라면?

경비행기를 모는 사람이 누가 급강하 폭격기를 몰았는지 왜 알아야 합니까? 그것이 그에게 그저 열등감을 불러일으킬 수도 있겠지요. 그 사람은 이스라엘로 날아갈 거라 해 둡시다.

아랍인이 시오니즘이 뭔지 왜 알아야 합니까? 그는 그것을 느끼기만 하면 족합니다.

우라늄이 뭐죠? 좋습니다, 그건 모두가 알고 있죠. 하지만 수소는 뭐죠? 보십쇼, 그건 과산화수소로 머리를 노랗게 물들인 금발 아가씨들이나 알고 있는 거죠. 그리고 모두가 다 조금씩 알고 있다면, 그러면 그게 옳은 겁니다.

예를 들어, 전 여기서 누가 청취하고 있는지 모릅니다. 하지만 전 많은 사람들이 TV를 보고 있다는 걸 알고 있죠.

그게 불안하게 만드는군요. 하지만 불안해하는 사람은 착한 사람입니다. 단지 난쟁이 요정들만 모든 걸 알고 있죠. 여러분과 같은 사람들은 손해

15) Wolfgang Neuss: Wir wissen zu viel. In: Volker Kühn(Hrsg.): *Kleinkunststücke in 5 Bden, Bd. 5, Hierzulande. Kabarett in dieser Zeit ab 1970*, Berlin 1994, S. 115-116.

볼 게 없어요. 뭐든지 안다는 건 제약이에요.
끝.
제가 진작 그렇게 말씀드렸잖아요.[15]

디터 힐데브란트Dieter Hildebrandt(1927 -)

디터 힐데브란트는 농업학교교장의 아들로 1927년 5월 23일, 니더슐리지엔의 분츠라우Bunzlau에서 태어났다. 그는 10대를 전쟁과 함께 보냈다. 16세 때는 베를린에서 포병으로 지냈고 18세 때는 영국 군대의 포로가 되기도 했다. 1947년에 아비투어를 마쳤으나 그 후 2년간은 미군의 PX 창고 노동자로 일했다.

힐데브란트는 1950년에 뮌헨 대학에 등록하여 문학과 예술사, 연극학을 공부한다. 드라마투르그, 연출자가 되기 위함이었다. 그리고 별도로 뮌헨에서 배우 수업을 받았다. 노동자, 우산장수 등 여러 일을 해가며 대학에 다니던 그는 1952년 뮌헨의 정치-문학 카바레 <작은 자유Kleine Freiheit>에서 좌석안내원으로 일하게 되었으며 여기에서 카바레티스트 클라우스 페터 슈라이너Klaus Peter Schreiner를 만나 작업을 함께 하게 된다.

힐데브란트는 1955년 뮌헨대학의 스튜디오무대에서 활동하던 한스 귀도 베버Hans Guido Weber, 게르하르트 포티카Gerhard Potyka와 알게되어 이들, 그리고 클라우스 페터 슈라이너와 함께 대학 카바레 프로그램 <이름없는 사람들Die Namen-losen>을 만들었다. 이들은 이 작품을 1955년 2월 17일, 슈바빙 지역에서 초연했고 큰 성공을 거두었다. 이 공연의 성공으로 그는 대학을 10

디터 힐데브란트 2003

학기만에 그만두고 학업을 중단하였으며 전문 카바레티스트 및 카바레작가로의 길을 걷게 되었다. 1956년 12월부터 1972년까지 그는 뮌헨의 대표적 카바레 <뮌헨 폭소 사격단>의 카바레 작가로 활동한다. 1973년부터 1979년까지는 ZDF의 월간 풍자 프로그램 <지방 소식Notizen aus der Provinz>을 진행하고 1980년 6월부터 자유 베를린 방송(SFB)의 풍자 프로그램 <와이퍼Scheibenwischer>를 진행함으로써 TV 카바레 분야에서 두각을 나타냈다. 그는 이 프로그램을 23년간 성공적으로 맡아 TV 카바레를 하나의 문화 현장으로 만들어냈다.

그의 중요한 카바레 작업으로는 1974년부터 1982년까지 8년간 베르너 슈나이더와 함께 한 2인 카바레이다. 두 사람이 함께 만든 이 2인 프로그램은 실랄한 정치 풍자로 많은 호응을 얻었다. 1979년 작품 <더 이상 질문은 없다Keine Frage mehr>, 1981년 작품 <공연시즌의 끝Ende der Spielzeit>은 특히 성공적이었다.

힐데브란트[16]는 수 많은 라디오 프로그램과 텔레비전 프로그램에 출연하여 방

16) 작가 홈페이지: http://www.dieterhidebrandt.com

송을 통한 카바레의 저변확대에 크게 기여했으며 지성을 갖춘 예리한 정치-사회 비판으로 현대판 오일렌슈피겔Eulenspiegel(14세기에 널리 알려졌던 장난꾼 이름)로 평가 받는다. 그의 카바레 앞에서는 어떤 정치인도 자유롭지 못했다. 그는 카바레를 수단으로 독일사회민주당 SPD을 지지하며 평화운동을 벌이고 있으며 독일어권에서 가장 유명하고 인기있는 카바레티스트로 확고한 자리를 차지하고 있다. 그는 1983년 <와이퍼>로 베를린 예술상Berliner Kunstpreis을 수상했으며 1986년에는 만하임 시가 수여하는 쉴러 상을, 1997년엔 뮌히하우젠 상, 2004년엔 아돌프 그림메 상을 받았다.

반유태주의?
Antisemitismus?

우리들 중 누군가가 독일에 아직도 반유태주의자가 존재할 가능성이 있다고 생각하는 사람이 있을 거라고 주장한다면 우리는 그에 반대해야 한다고 생각합니다.

이 주제에 대해 표명되는 우리의 공공의 생각은 너무 대충대충 하는 식입니다. 심각한 이 문제가 점점 더 가정법으로 변하고 있습니다. 말하자면 이런 식이지요: 도대체 그런 것을 생각할 수 있다면? 그런 게 가능하다면?

사실이 그럴 것이라고 제가 믿고 싶을까요? 제가 그걸 안다하더라도 말입니다.

저는 믿고 싶지 않을 것입니다.

도대체 우리가 있는 이곳은 어디일까요?

그럴 수 있을 거라는 가능성이 존재한다면 지난 주에 국회가 마지막 한 자리까지 다 차야만 했을 텐데요? 그 문제는 논의될 수 있었을텐데도 국회는 마치 실패한 공연의 극장처럼 텅 비었었지요.

누군가 이 민족은 그때그때 마다 지원을 받아서 과거란 쓸모없는 것일 수 있다고 믿고 싶어할 수도 있겠습니다만 그럴 때마다 우리는 미래를 생각해야 할 거라는 반론이 즉각 제기되었지요. 아우슈비츠와 부헨발트가 존재할 수 있었을 거라는 데부터 시작해야 한다 하더라도 우리에겐 그 지긋지긋한 의무와 책임이 있을 텐데요.... 그렇지요, 우리에겐 의무와 책임이 있을 것입니다. 더욱이 그 일에 관해 아무것도 알고 싶어하지 않을 젊은이들에게도 말입니다. 그리고 그 젊은이들은 그런 입장을 유지한 채 멋지게 늙어 버렸지요. 대부분이 벌써 예순입니다.

우리가 실제로 그럴 수 있었을까라는 문제에 대한 논의를 이젠 그만두어야 하지 않을까? 그대신 우리가 살해했던 사람들에 대한 애도를 시작해야 할텐데? 이제 이런 질문을 할 가능성이 나타날 수도 있겠지요.

그리고 벌써 새로운 가정법이 나타나고 있습니다.

그렇게 하는 사람은 표를 얼마나 얻을 수 있을까요?

수상이 이스라엘을 방문하면서 자기가 어디에서 지워버렸는지 모르는 것 같은 인상을 전달하는 이 나라에서 말입니다.

잠재의식 속에 헬무트 콜은 반유태주의자들의 적일 수 없을 거라는 의문은 결코 제기 될 수 없을 지도 모릅니다.

늦게 태어난 은총이 그로 하여금 무엇이 자신을 기다리고 있는가에 대해 준비하지 못하도록 만들었을 수도 있다는 생각은 의도 자체가 나쁜 책임전가일 것입니다.

여기 이 나라에서 끊이지 않는 그의 인기도는 이 주제에 대한 그의 범접할 수 없는 무지의 정도와 관련이 있지는 않은지 편견이 없는 분석가가 연구해 보는 것이 생산적일 것입니다.

그렇다면 그는 이렇게 생각할 수도 있을 것입니다. "과거를 받아들이는 정치가에겐 미래가 없을 것이다". 그렇다면 다음과 같은 결론에 이를 수밖에 없을 것입니다. 우리나라에서 인기를 얻고 싶은 사람은 무식해야만 할 것이다.

이 주제에 관한 논의보다 갑상선 종양이 더 불필요한 것일 수 있겠습니까? 주민의 모든 바람을 다 만족시켜주고 싶다는 어떤 시장의 의견을 따르는 것이 가능하다면 부유한 유태인들을 때려 죽여야 할 것입니다. 그리고 그를 강제로 몰아낸 다음엔 독일기독교민주동맹(CDU)이 자기 기만적인 소수를 위해 그를 희생시켰을 것이라 생각하겠지요. 그런 정치인을 주민들에게서 털어냈다라는 것이 가능한 일일까요?

그런데 그런 정치인은 이런 상황을 "문맥에서 벗어나 있다"라고 주장한답니다.

그렇다면 물어보고 싶습니다.

"부유한 유태인을 때려 죽여야 할텐데"라는 문구는 어떤 문맥에서 옳다는 얘깁니까?

우리가 이 문구에서 동의하는 부분이 있다면, 완벽하게 직설법으로 표현할 수 있을 우리의 반유태주의가 가정법으로 표현되고 있다는 사실일 것입니다.

하지만 이래서는 안되는 일입니다. 우리 독일인들은 세상을, 다른 민족을 지배했습니다, 북해와 자연까지도... 하지만 결코 가정법을 지배하지는 못했지요.[17]

17) Dieter Hildebrandt: *Was bleibt mir übrig*, München 1986, S. 298-300.

헬무트 크발팅어Helmut Qualtinger(1928-1986)

1928년 10월 8일 빈Wien에서 태어난 크발팅어는 오스트리아의 대표적인 카바레티스트이자 배우이며 작가이다. 원래 의학을 공부했고 영화비평가, 저널리스트로도 활동했다. 1940년대 중반 이후부터 연극 및 카바레 활동을 시작했다. 크발팅어는 1946년 대학의 스튜디오 무대에 처음 서기 시작했고 그 해에 카바레 극단 <사랑하는 아우구스틴 Lieber Augustin>의 무대에 섰다. 여기에서 그와 오랜 시간 함께 작업하게 되는 칼 메르츠 Carl Merz를 만난다.

크발팅어는 1947년 대학 스튜디오 무대에서 동료들과 함께 쓴 레뷰 형식의 문학 카바레 <찡그린 얼굴Die Grimasse>에 배우로도 출연하여 본격적인 카바레 작업을 시작했다. 이후 미하엘 켈만Michael Kehlmann, 칼 메르츠, 게르하르트 브론너Gerhard Bronner(음악담당)와 함께 슈니츨러 Schnitzler의 <윤무Reigen>를 현대적으로 패러디한 <윤무 51 Reigen 51>을 공연하여 성공을 거둔다. 이 성공으로 네 사람은 하나의 팀을 이루어 1961년까지 수준 높은 카바레를 선보이며 오스트리아 카바레를 크게 발전시켰다. 1952년 이들이 공연한 <머리 앞 가설무대Brettl vor'm Kopf>는 15개의 짧은 장면Nummer들로 이루어진 레뷰형식의 프로그램으로 당시 빈 카바레의 전성기를 만들어냈다. 크발팅어의 많은 카바레 텍스트 중 <인류의 존엄성은 너희들 손에Der Menschheit Würde ist in Eure Hand gegeben>가 훌륭한 작품으로 평가받는다.

그러나 무엇보다도 크발팅어를 중요한 카바레티스트이자 작가로 만든 작품은 칼 메르츠와 공동 작업으로 쓴 일인극 <칼 씨Der Herr Karl>(1961)이다. 이 작품은 빈 사람들의 전형적인 기회주의적 성격을 독특하게 비판한 것으로 큰 성공을 거두어 그의 대표작이 되었으며 TV 영화로도 만들어졌고 미국과 프랑스에서도 공연되었다.

크발팅어는 카바레이외에 연극과 영화, TV극의 배우로도 많은 활동을 했다. 그는 네스트로이, 호르바트, 프리쉬, 클라이스트 등 수많은 연극 작품에 출연하고 연출로도 활동했으며 1977년 요한 네스트로이 상을 수상하기도 하였다. 1980년대에는 작품 낭독 순회공연에 적극적으로 참여하여 알려지지 않은 많은 현대 작품을 소개하는데 기여하였다. 크발팅어는

카바레티스가 갖추어야 할 연기력, 글쓰기의 능력, 그리고 탁월한 분석력을 모두 갖춘 위대한 예술가로서 오스트리아의 지역성을 뛰어 넘는 독일어권 카바레의 대표자로 평가받고 있다.

칼 씨 Herr Karl 역의 크발팅어.

부르크극장 공연연습
Burgtheater-Probe

배우 1 : 카바레티스트의 습관은 연극 패러디야.

배우 2 : 으응 - 맞아. 연극을 모르는 것들이 그걸 웃긴다고 하지, 안 그
래? 수지?

여배우 : 몰라 - 난 이 무대 저 무대 불려 다니는데... 불행한 건 단지,
연극 패러디가 너무 많아서 이젠 정말 원작이 없다는 거야.

배우 2 : 그래, 맞아. 우린 절망 가운데 관객까지 패러디했지.

배우 1 : 그런데 그때 분명 크발팅어가 서부영화 되게 좋아했지.

배우 2 : 아냐 - 액션영화야. 미치겠네....

여배우 : 잠깐만. 나한테 생각이 있어. 난 우리가 연극도, 관객도 패러디
하지 않는 것에 찬성이야, 우린...

배우 1 : 좌석안내원을 패러디할까?

여배우 : 정말 멍청하긴! 우리 한 번 공연연습을 패러디해 보는 거야!

배우 1 : 공연연습은 별론데. 그래도 한다면, 어떤 특정한 연습이어야
할텐데, 그게 재밌을 걸. 예를 들면 시민 극장의 연습이라던가.

여배우 : 그건 재미없어. 슬퍼. 하지만 스칼라 극장의 연습은 혹시.

배우 2 : 그걸 본 사람은 아무도 없어.

여배우 : 도대체 왜? 걔네들 몇 달 전부터 소련군 돈 받아서 동네방네
돌며 공연하고 있는데.

배우 1 : 넌 소련 애들이 우리 카바레 방송 들을 거라 믿어?

배우 2 : 아니! 안믿지! 하지만 혹시 뢰빙어 극장의 연습은 어떨까?

여배우 : 그럴려면 시골 소리가 필요해. 너희들 시골 소리 낼 수 있어?

배우 1 : 그럼, 물론이지.

여배우 : 그럼 해 봐.

배우 1 : 좋아, 너 시골 소리라 했지. 기다려, 잠깐 집중 좀 하고. 좋아 -
생각났다. (도착하는 자동차 소리를 낸다). 어때?

여배우 : 그건 자동차 소리잖아.

배우 1 : 버스였어.

여배우 : 그건 시골 소리가 아냐.

배우 1 : 왜? 촌구석에도 버스 다녀.

여배우 : 그래도 그건 시골 소리가 아냐.

배우 1 : 잠깐, 생각났다! (엔진 소리를 낸다.)

여배우 : 똑같잖아.

배우 1 : 전혀 아니지. 이번엔 탈곡기 소리였어.

여배우 : 하지만! 관둬!

배우 1 : 아냐, 또 생각났다! 트랙터! (트랙터 소리를 낸다.)

여배우 : 시골 소리는 양계장이나 젖소 소리 같은 거지. 너 젖소 흉내낼
수 있어?

배우 1 : 물론이지. 젖소 눈깔만. 하지만 크발팅어는 여가수도 흉내낼
수 있지.

여배우 : 그건 기껏해야 빈 콘서트하우스에나 어울릴 걸. 그래, 그래, 난
제대로 된 무대에 서 봤으면 좋겠어. 자체 극단에, 고유의 분위
기, 그리고 고유의 관객들이 있는 무대...

배우 2 : 아이스 쇼.

배우 1 : 너 스케이트 있어?

배우 2 : 아니. 하지만 의상은 있어! 그거면 충분해.

여배우 : 너희 둘 다 바보야! 뭐 좀 품위 있는 걸 제안해 봐!

배우 2 : 니가 웃을 지 모르지만 - 로나혀

여배우 : 거기가 어떤 덴데?

배우 1 : 거긴 항상 똑같은 특징에, 항상 똑같은 극단에, 항상 똑같은 관
객이 오는 아주 품위 있는 건물이 하나 있지...

배우 2 : 근데 연출도 항상 똑같냐?

배우 1 : 때로는... 어쨌든 부르크 극장 - 그건 할 수 있겠다 - 관객들은
무슨 일이 어떻게 일어나는지 보는 거야...

여배우 : 너희들, 그게 재밌을 거라고 생각해?

배우 2 : 항상 그런 건 아니겠지만. 하지만 멋지고, 의미있고, 예술적인
연습 말고도 모든 극장은, 그러니까 그저... 그러니까 패러디할
수 있는 연습을 하고 있지. 우리 이렇게 정하자. 오후 공연 전
에 하는 등장 연습 - 그걸 우리가 연기해 보는 거야. 자, 부르
크 극장 공연연습.

공연연습

여배우 : (젊고 대단한 집중력을 갖고 있다) 네 겹으로 막혔어! 저쪽 길 - 빠져
나가야 해 - 이제 처음으로 생각났어. 도둑놈들! (한숨 쉰다) 빠져
나가야 해 - 이제 처음으로 생각났어. 도둑놈들! (침묵)

연출 : (조급하게) 호프라트 씨, 당신 등장해야지!

배우 1 : (화차를 타고 들어온다, 비장하게) 이십년을 기다렸습니다, 여왕 폐
하. 전 엄격한 의무를 지고 성장했습니다 -

연출 : (화를 내며) 아냐, 틀렸어! - 완전히 틀렸어 - 우린 지금 "군도"를 연
습 중이야!

배우 1 : "군도"? - 알아요, 알아, 연출 선생... 난 차라리 주더만 작품을
제일 잘 하는데.

연출 : (여배우에게) 자, 다시 요점을 설명하겠어요. 무대 뒷배경에 롤러가
서 있고 -

여배우 : 그 사람 어디 있는데요?

연출 : 영화에 나와 - 당신 앞에는 슈프터를레가 진을 치고 있어요 -

여배우 : 그도 영화에 나오나요?

연출 : 아니 - 민중오페라 극장에 -

여배우 : 그러면 다른 도적들은요?

연출 : ...하루종일 세무서에서 바쁘지.

여배우 : 슈피겔베르크는 어떻게 된 거죠?

연출 : 뢰빙거 극장에서 어린이 동화를 공연하고 있어.

배우 1 : (전혀 관심이 없다가) 나도 뢰빙어 역을 하게 해 줘! (계속 존다)

연출 : 이제 무대에서 나가 주시겠습니까, 호프라트 씨? - 당신이 등장하
는 부분을 다시 연습합시다. - 당신 대사는 뭔지 알고 계시죠?

배우 1 : 예, 예, 물론이죠... 나한텐 인간적인 게 결코 낯설지 않지.... (화
차를 타고 나가면서 발렌슈타인의 독백을 혼자 중얼거린다)

연출 : 그게 도대체 무슨 대사요?

배우 1 : 아슬란이 내게 불러 줬는데....

여배우 : (연출의 신호에 따라) 네 겹으로 막혔어! 저쪽 길 - 빠져 나가야 해
    - 이제 처음으로 생각났어. 도둑놈들!

배우 1 : (화차를 타고 들어오며) 폐하, 사상의 자유를 주옵소서!

연출 : (절망하여) 아냐, 아냐! - 호프라트 씨, 당신 대사는 "가련한 자를
    불쌍히 여기소서, 불쌍히 여기소서"야.

배우 1 : 차라리 이렇게 말할까... 우리가 중대 16개를 조달했소...

연출 : (으르렁거린다) "가련한 자를 불쌍히 여기소서, 불쌍히 여기소서"!

배우 1 : 나한테 그렇게 악쓰지 마슈... 난 다른 사람들에게 신호가 되는
    대사를 해 주었소... 카인츠에게, 바우마이스터에게, 라이머스
    에게, 존넨탈에게....

여배우 : 그리고 뢰벨링에게도?

배우 1 : 아니, 난 당시에 브로드웨이 배우가 아니었어 -

연출 : 좀 진정하시길 부탁드려도 될까요? - 다시 한 번 장면을 설명하
    겠습니다. 여기에 고풍스런 의자가 있습니다.

배우 1 : 그게 어디 있소?

연출 : 힐베르트가 가져 왔어요 - 계속 갑시다. 저기 앞에는 아마도 나
    무가 한 그루 있을 겁니다 -

여배우 : 그걸로 뭐하시게요?

연출 : 그건 문화협회에서 열리는 강연의 밤을 -

여배우 : 맙소사, 도대체 당신은 누구죠?

연출 : 아카데미 극장 매점주인이오. - 장면을 다시 해 봅시다.... 호프라
    트 씨, 좀 집중하세요!

배우 1 : (화차를 타고 나가며) 알았소, 되게 어렵네. 저런 놈을 너무 자주

본단 말야, 다른 연출도 많은데.

연출 : 자, 다시 한 번.

여배우 : (연출의 신호에 따라) 네 겹으로 막혔어! 저쪽 길 - 빠져 나가야 해
          - 이제 처음으로 생각났어. 도둑놈들!

(사이. 그런 다음 무대 뒤쪽에서 호프라트가 "예더만! 예더만! 예더만!" 하고 내지르는 소
리가 들린다)

연출 : 완전히 미쳐가는군! 정말 끝까지 제때 등장하지 않을 건가? (으르
          렁거린다) 다 처음부터! - 이번엔 좀 제때 등장해 봐요, 호프라트
          씨!

여배우 : (신호에 따라) 네 겹으로 막혔어! 저쪽 길 - 빠져 나가야 해 - 이
          제 처음으로 생각났어. 도둑놈들!

(기대에 가득 찬 사이. 그런데 반유태주의 깃발을 든 배우 2가 다른 쪽에서 등장한다)

배우 2 : (약간 취해서) 해 진 후에는 목이 말라!

여배우 : 미안해요, 국가대표 배우께서는 오늘 아카데미 극장에서 연습
          을 -

배우 2 : 건방지게! 그게 나랑 무슨 상관이야, 젊은 여자애가 되바라져
          가지고 - 난 모든 작품에 다 맞아! - 내 목소리가 멋지게 울리
          면, 그러면 그게 존재하는 거지, 위대한 예술이 - 인간적 존
          재... 독일의 영혼.... 진심이...

(천천히 독백하기 시작한다)

나는 긴 잠을 잘 생각이네 -

퀴스나하트로 가는 다른 길을 없어 -

아, 난 철학과 법학과 의학을 공부했네 -

칼날과 같이 자신을 호되게 다루는 -

열정적인 노력으로 공부하고 -

이제 나 여기 있네, 나 가련한 바보 -

그리고 브루투스는 존경할만한 사람이었지 -

젊은 때는 말이 먼저인 법 -

눈물이 고이고, 세상은 날 다시 -

내 고귀한 아가씨, 제가 감히 그래도 -

오, 주여, 당신이 또다시 가까이 나오시어 -

너희에게 팔을 빌리고 안내를 청하는 것은 -

넌 단지 본능만 의식할 뿐 -

아, 결코 다른 자를 사귀지 말라 -

아란훼즈의 아름다운 날들은 이제 끝이로다 -

인간에겐 사랑을, 신에겐 경외심을 -

죽음 - 잠 - (알아들을 수 없는 말을 계속 중얼거린다)

(분위기가 가라앉는 침묵)

배우 1 : (독백이 진행되는 동안 살며시 화차를 끌고 들어와 미친 것 처럼 박수를 치
         기 시작한다. 신나게 격양되어) 알았다! 알았다!

연출 : 뭘?

배우 1 : 코르트너가 정말 대단한 배우라는 걸...

연출 : 자, 다시 집중해서.

여배우 : 네 겹으로 막혔어! 저쪽 길 - 빠져 나가야 해 - 이제 처음으로
　　　　생각났어. 도둑놈들!

배우 1 : 가련한 자를 불쌍히 여기소서, 불쌍히 여기소서!

연출 : 아주 좋았어! 드디어 해내셨군! 호프라트 씨! 하지만 내가 아니라
　　　　여자를 향해 대사를 해야죠.

배우 1 : 아니, 아니, 난 당신을 향해 말해야 되겠어! 이제 난 가야겠소.
　　　　현대 연극예술에 관해 강의해야 할 것이 있어서! (퇴장)

연출 : 또 봅시다, 호프라트 씨!

배우 1 : 아듀, 아듀.

연출 : 그럼 이제 마지막으로 장면을 - 우리 둘 뿐이군. 자, 그녀는 앉아
　　　　있다!

여배우 : 네 겹으로 막혔어! 저쪽 길... 나도 가야 해요. 방송국에 방송할
　　　　게 있어서. 시보를 알려야 하거든요! (퇴장) 아듀...

연출 : (하품한다) 안녕.

무대감독 : (들어온다) 배우가 아무도 없네?

연출 : 그래요, 무대감독.

무대감독 : 내가 알거 없지! 프란츨! 프레들!

프란츨: 옛!

무대감독 : 막 내려 놔! 삼십분 후에 입장이
　　　　다. 그런데 오늘 공연이 뭐요?

연출 : "군도"! 청소년 연극.[18]

18) Helmut Qualtinger: *"Brettl vor dem Kopf" und andere Texte fürs Kabarett*, Wien 1996, S. 7-13.

로레 크라이너Lore Krainer(1930 -)

로레 크라이너는 1930년 그라츠Graz 출생으로 오스트리아의 대표적인 여류 카바레티스트 중 한 사람으로 샹송작가, 작곡가로도 많은 작품을 남겼다.

그녀는 일찍이 피아노 수업을 받았고 그라츠 음악대학에서 피아노를 전공했다. 그 후 몇 년간 노이버-가우더낙Neuber-Gaudernak 연극 학교에 출강하기도 했으나 오락 분야로 활동 영역을 바꾸고 순회 공연을 다녔다. 그녀는 가수인 남편과 함께 15년간 스위스에서 피아니스트와 연예인으로 활동했고, 1968년 그라츠로 돌아와 레스토랑을 열고 거기에서 직접 피아노를 치며 노래를 불렀다. 1972년 카바레티스트 게르하르트 브론너Gerhard Bronner에게 발탁되어 카바레 <박쥐>의 단원으로 무대에 섰다. 1973년, 샹송을 위주로 한 카바레 <날개 하나인 페가수스Pegasus mit einem Flügel>로 인정을 받았다. 1974년 빈로 거처를 옮기고, 1975년에 게르다 클리멕Gerda Klimek과 함께 카바레 레뷰 <여자, 여자, 여자Weiber, Werber, Weiber>를 쓰고, 에디트 라이러Edith Leyrer, 마리안네 코파츠Marianne Kopatz와 함께 직접 공연하였다. 대표작인 이 작품 이외에도 그녀는 수많은 솔로 카바레 텍스트와 샹송을 썼으며 지금까지 10장의 음반 및 많은 싱글 음반을 냈다.

로레 크라이너는 라디오 카바레 방송인 <구글후프Guglhupf>를 만들어 방송을 하면서 명성을 얻었으며 카바레 이외에 연극과 음악극에도 많은 기여를 하였다. 빈 시가 수여하는 네스트로이 상, 슈타이어마르크 주가 수여하는 황금 명예훈장 등을 수상하였고 현재 자유롭게 작가로, 작곡가로, 그리고 카바레티스트로 활동하고 있다.

베르너 슈나이더Werner Schneyder(1937 -)

베르너 슈나이더는 1937년 1월 25일, 오스트리아 그라츠Graz 출생으로 카바레티스트이면서 시나리오 작가, 연출가, 방송 진행자로도 활동하고 있다. 그는 빈 Wien 대학에서 신문방송학과 예술사를 공부했고 학생 시절 기자로 활동하면서 바에서는 가수로 무대에 서기도 했다. 대학 졸업 후 그는 3년간 광고 작가로 일했고 잘츠부르크Salzburg와 린츠Linz의 극장에서 드라마투르그로 연극 활동을 하였다. 1965년 이후 슈나이더는 TV 쇼와 연속방송극 작가, 라디오 방송 작가, 시나리오 작가로서 전업 작가의 길에 들어섰다.

1974년, 슈나이더는 독일의 저명한 카바레티스트 디터 힐데브란트를 만나 그와 듀오 카바레티스트로서 8년간 정치-풍자 카바레를 만들면서 오스트리아를 비롯한 독일어권 카바레의 대표적인 카바레티스트로 성장했다. 1980년대 중반에는 동독 지역에서도 초청 공연을 가졌다. 그가 본격적으로 카바레 작업을 한 시기는 여러 음악가들과 함께 공연하는 솔로 카바레티스트로 무대에 선 1981년 이후라 할 수 있다. <3인조 악단과 함께 하는 솔로Solo mit Trio>(1981), <4중주와 함께 하는 솔로Solo mit Quartett>(1983), <한 문장 한 문장씩Satz für Satz>(1984), <앵콜 Zugabe>(1986), <이미 말짱해Schon wieder nüchtern>(1989), <거절 그리고/또는 결정적 상황들Absage und/oder Momente>(1991), <이별의 저녁Abschiedsabend>(1994) 등이 그의 대표적 카바레 프로그램이다. 그의 카바레의 핵심은 무엇보다도 풍자이다.

최근 슈나이더가 집중하고 있는 작업은 풍자 프로그램이 결합된 낭독 공연 및 샹송 공연이다. <조롱과 경멸Spott & Hohn>, <시와 포도주 Poesie und Wein>, <베르너 슈나이더가 베르너 슈나이더를 읽다Werner Schneyder liest Werner Schneyder>는 이 같은 형식의 대표적 공연이라 할 수 있다.

슈나이더의 문학적 작업은 카바레 텍스트 뿐만 아니라 아포리즘, 단편소설, 풍자 산문, 시 등 다양하다. 1984년에 독일 소예술상 Deutscher Kleinkunstpreis을 수상했으며, 현재 빈에 거주하며 작가로, TV 오락 프로그램 진행자로, 연극 연출가로 활발한 활동을 하고 있다.

풍자 Satire

TV 방송 진행자가 한 풍자가를 인터뷰한다.

진행자 : 안녕하십니까, 시청자 여러분! 오늘 우리의 프로그램 "꿈의 직
　　　　업"에서는 여러분들께 풍자 씨를 소개합니다. 풍자 씨는 - 에,
　　　　모르는 분들을 위해 말씀드리자면 - 풍자가이십니다. 풍자 씨,
　　　　풍자 씨께서는 시작을 어떻게 하시는 지 - 그러니까 좀 간단하게
　　　　질문드리자면, 언제 일어나십니까?

풍자 씨 : 침대에서 신문을 읽고 난 다음에요. 하지만 그런 다음에도 내
　　　　가 일어나야 한다는 걸 나 자신에게 납득시키려면 정말 힘이 듭
　　　　니다.

진행자 : 하지만 선생님께서는 일어나시겠죠. 선생님의 자아는 정말 대
　　　　단하십니다.

풍자 씨 : 하지만 벌써 이를 닦을 때면 내 자아는 흔들립니다. 왜냐하면
　　　　- 하필이면 내가 왜 이 치약을 써야 하는지 그 이유를 말해주는
　　　　멍청한 TV 광고가 떠오르기 때문이지요.

진행자 : 선생님은 광고인들을 바보라 간주하시는 데, 광고인들이 선생
　　　　님을 그 바보라고 생각할까봐 겁이 나십니까?

풍자 씨 : 예.

진행자 : 선생님은 공격적인 분이십니다. 선생님은 그들의 이빨을 박살
　　　　내고 싶으시지요.

풍자 씨 : 그렇게 되면 유감스럽게도, 그들이 자기들 의치에 어떤 특수

치약을 쓰는지 내가 금방 알게 될 텐데.

진행자 : 친애하는 시청자 여러분, 여러분들께선 풍자가는 우울하면서
　　　　도 화를 내며 하루를 시작한다는 사실을 보고 계십니다. 원기는
　　　　어떻게 회복하시나요? 아침 식사로?

풍자 씨 : 체중계는 더 이상 안되겠습니다. 식용육 산업의 의미 상승 및
　　　　수입 증가 방법에 대해, 그리고 우리의 밭에 거름을 주는 방식에
　　　　대해, 그리고 자칭 요리사라고 떠들면서 통조림만 내놓는 그 깡
　　　　통따개들의 비열한 행위에 대해 끈질기게 정보를 수집하는 사람
　　　　인 내가, 하필이면 그런 내가 왜 체중이 늘어나는지, 난 매일 자
　　　　문합니다.

진행자 : 그런 비슷한 경우, 선생님께서는 고민되는 모든 일을 글로 털
　　　　어 놓으시는군요.

풍자 씨 : 털어 놓는 게 아니라 그 고민 위에다 쓰는 거지요. 고민 위에
　　　　덮어 쓰는 겁니다. 그런 다음엔 글쓰기는 충분치 않다는 생각을
　　　　하게 됩니다.

진행자 : 선생님께선 정치가가 될 결심을 하실 수도 있을 텐데요.

풍자 씨 : 그건 이미 누군가가 결심했죠. 그건 아무런 소용이 없어요.

진행자 : 좋습니다. 선생님께서는 선생님의 우편물을 잘 처리하셔야 할
　　　　텐데요, 통계에 의하면 풍자가는 핵에너지와 군비확장에 반대하
　　　　는 사람들로부터 매일 25통의 기부금 청구서를 받는답니다. 선
　　　　생님은 그걸 어떻게 해결하십니까?

풍자 씨 : 가끔 그 중에서 한 장 제비뽑기를 하지요.

진행자 : 문학 심포지움이나 문화정책 심포지움에 매일 초대되신다면

그걸 잘 이용하시겠습니까?

풍자 씨 : 기꺼이 갈겁니다. 그런데 우리 가족은 뭘 먹지요? 난 심포지움 뷔페 음식을 집에 가져갈 수 없을 텐데요.

진행자 : 우리는 지금 건강합니다만, 산책을 하십니까?

풍자 씨 : 자전거를 탑니다.

진행자 : 자전거 타기를 즐기시는군요.

풍자 씨 : 즐기지요! 즐기고 말구요! 비행기는 하늘을 더럽히고, 개들은 땅을 더럽힙니다. 이 세상은 개와, 그리고 개와 산책을 해야만 하는 사람들로 이루어진 듯 보입니다. 그 나머지는 비행기를 타고 다니고.

진행자 : 선생님은 개를 싫어하나 보죠?

풍자 씨 : 전혀 그렇지 않아요. 하지만 난 자전거를 탈 때조차 알고 있죠, 우리 사회에서 매일 판매대에 오르는 완벽한 개사료만 처먹어도 얼마나 많은 사람들이 굶어 죽지 않을지 말입니다.

진행자 : 집에 가서서도 갖춰 입고 계십니까?

풍자 씨 : 뭐 땜에 갖춰 입습니까? 훈장 달 일이라도 있습니까? 난 뭔가 써야 합니다.

진행자 : 그러면 선생님 가족들과 함께 식사를 하시고, 그런 다음 쓰십니까?

풍자 씨 : 자고 싶지 않을 때면.

진행자 : 선생님의 밤은 긴가요?

풍자 씨 : 대부분.

진행자 : 왜요?

풍자 씨 : 자주 어떤 정치 돌대가리한테 그가 바로 그런 놈이라는 걸 설
　　　　명해 주고 싶어서죠.

진행자 : 그 자는 정말 너무도 멍청해서 날이 샐 때까지 선생님의 설명
　　　　을 이해하지 못한 모양이군요.

풍자 씨 : 그밖에 전혀 잠을 잘 수 없기도 합니다. 맞은편에서 낡은 건
　　　　물을 커다란 차고로 만들고 있기 때문이지요.

진행자 : 신사, 숙녀 여러분, 여러분들은 지금 "꿈의 직업"을 시청하고
　　　　계십니다! 우리가 유념해야 할 것은 직장...

풍자 씨 : 직장, 똥길이죠! 여러분께 맹세합니다만, 난 저녁이면 자주...

진행자 : 싸시죠?

풍자 씨 : 어떻게 그런 생각을?

진행자 : 차라리 먹는...

풍자 씨 : 오늘은 안 먹어요, 이미 점심때 먹었죠.

진행자 : 이따금 TV 보시죠?

풍자 씨 : 때때로. 교체 프로그램을 보죠.

진행자 : 무슨 말씀이신지?

풍자 씨 : 에, 예를 들면, 첫 프로그램에서 이 나라가 탱크를 어디에 팔
　　　　아먹는지 알게 되구요, 그 다음 프로그램에는 그런 걸 모를 거라
　　　　는 듯 떠드는 사람들이 등장하는 거죠.

진행자 : TV를 본 다음 잠자리에 드십니까?

풍자 씨 : 난 잠을 못잡니다.

진행자 : 그럼 뭐 하십니까?

풍자 씨 : 심야뉴스를 시청합니다.

19) Werner Schneyder: ***Wut und Liebe***, München 1985, S. 218-220.

진행자 : 왜죠?

풍자 씨 : 내가 왜 잠을 잘 수 없는지 알기 위해서죠.[19]

루카스 레제타리츠Lukas Resetarits(1947 -)

루카스 레제타리츠는 에르빈 슈타인하우어와 함께 오스트리아 카바레의 개척자로 평가된다. 그는 특히 오스트리아의 첫 번째 솔로 카바레티스트로서 오스트리아 카바레의 새로운 방향을 열어준 인물로 평가된다.

1947년 10월 14일, 부르겐란트에서 태어난 루카스 레제타리츠는 1951년부터 빈에서 성장했다. 1965년 대학에서 심리학과 철학을 공부하기 시작했고, 그 후 록 가수 활동을 하기도 했다. 그는 1974년부터 빈의 정치적 가요 그룹 <나비들Die Schmetterlinge>의 쇼 프로그램을 위한 텍스트를 쓰기 시작했고, 특히 1977년 <나비들>의 유러비전 송 <붐 붐 부메랑Boom Boom Boomerang>의 가사를 썼다. 레제타리츠는 1975년 카바레 극단 <카이프Keif>에 참여하여 볼프강 토이췰Wolfgang Teuschl과 함께 공동으로 세 편의 공연 텍스트를 썼다. 이후 1977년

ORF TV 카바레에 출연하면서 오스트리아 TV 카바레의 대표자로 성장했다. 특히 1987년부터 직접 텍스트를 쓰고 주연 카바레티스트로 출연한 TV 카바레 <D.O.R.F>로 유명해졌다. 그는 카바레 뿐만 아니라 연극과 영화에서도 활발한 활동을 했다.

그의 주요 카바레 프로그램으로는 <우선 제목없이Vorläufig ohne Titel>(1983), <열번째 프로그램Das 10. Programm>(1986), <정말 멍청한 Zu blöd>(1989), <난 그렇게 자유롭다Ich bin so frei>(1990), <잔치벌일 이유가 없다Kein Grund zum Feiern>(1997), <난 춤추지 않아Ich tanze nicht>(1999) 등이 있다.

1981, 1983, 1984년 오스트리아 소예술상Österreichischer Klein kunstpreis을 3번 수상했고 1985년에는 독일 소예술상Deutscher Kleinkunstpreis을 수상했다.

위기에 관한 아버지와 아들의 대화
Vater und Sohn uber die Krise

아들: 아빠.

아버지: 왜?

아들: 위기가 뭐에요?

아버지: 위기는 예를 들면, 복화술 묘기를 보여야 하는데 그게 전혀 안 되는 거야.

아들: 에이, 그런게 위기라구요?

아버지: 그러니까, 그건 말이지, 요즘엔 크라이시스(Crisis)라고 하지. 영어야.

아들: 그러면 영국 사람들은 왜 그걸 만들었어요?

아버지: 아니, 만든 게 아니고, 그냥 예전부터 그렇게 말해 왔지.

아들: 그럼 도대체 그 위기가 뭐에요?

아버지: 응, 그건 설명하기 어려운데, 위기라는 게 온다고 하면 대부분은 경제 위기야. 네가 이해할 수 있도록 비유로 설명해 볼게. 국가라는 배가 흔들리면 그게 위기야.

아들: 그게 무슨 배야?

아버지: 국가란 말이지 모든 게 다 들어있는 보트야. 그 국가가 경제 속을 항해하고 있는데, 그게, 경제가 파도를 일으키면, 예를 들면 말이지, 그러면 물결이 막 일겠지, 그러면 국가가 흔들리겠지.

아들: 파도치고 흔들리는 거, 그게 위기에요?

아버지: 비유로 말하자면 그렇다는 거지! 물론 또 증권에 부딪칠 수도 있지.

아들: 증권에 부딪치고, 경제가 파도를 일으키고, 국가가 흔들리면, 그게 위기에요?

아버지: 비유적, 비유적으로 말하자면 그렇다는 거야! 이해가 잘 안되면 학문적으로 설명해 줘야 겠군. 국가가 벌어들이는 것보다 지출이 더 많으면, 국가가 수출보다 수입이 더 많으면, 그러면 학문적으로 보자면, 국가는 위험에 노출되는데, 그게 위기야. 국제수지가 경상수지와 불일치하고, 그래서 인플레이션, 스태그네이션, 불경기, 출자, 혁신, 자동화, 생산, 제약, 소비, 국채전환, 제휴....

아들: 하나도 모르겠어요.

아버지: 나도 그래. 사람들도 다 그래. 위기를 정확하게 아는 사람은 거의 없을 거야. 하지만 설명을 더 해야겠다. 어쩌면 내가 뭔가 잊은 게 있을 지도 모르니까. 기다려 봐, 잠깐 생각 좀 하고. 뭐가 더 있었는데, 우리한테 부족해서, 그래서 위기가 만들어지는 거. 그게 뭐더라... 아, 맞다, 알았다. 달라....

아들: ...뭐가 달라요?

아버지: 그게 아니고, 그건 외환인데 돈이야, 나한텐 없지만 필요한 거.

아들: 필요하면 사면 되잖아요.

아버지: 사면 된다고?

아들: 그게 없으면 위기라면서요.

아버지: 응, 응, 그리고 또 수출의 어려움 때문이기도 하지.

아들: 수출? 그게 뭔데요?

아버지: 외국에 파는 거, 그 수출이 잘 안되는 거야.

아들: 아하, 그게 잘 안되는 거요.

아버지: 그래, 그게 잘 안되는 거야, 호경기 때와는 달리 말야. 그래서 수출을 통해 돈을 돌려야 하는 거지.

아들: 어떻게 돌려요? 묘기네.

아버지: 비유적으로 말하면! 또 적당하게 주사도 놔 주는 거야, 소위 경기활성화조치로 말야.

아들: 그럼 그 소위 경기활성화조치에는 어떤 약이 들어 있어요?

아버지: 응, 주로 돈이지. 그걸 경제라는 몸에 주사 놓는 거야, 일자리가 생길 희망을 가지고 말이지. 하지만 대부분 일자리가 느는 일은

안생겨. 주사에서 나온 약이 그냥 흘러나가 버리기 때문이야. 그래도 일자리가 하나, 둘 생길 때까지 계속 주사를 놔야 해.

아들: 그런데 왜 주사를 가지고 그렇게 해요?

아버지: 그건 아주 중요한 거야. 기업을 하는 사람들이나 경제를 맡은 사람들이 뭔가 끌고 갈 힘을 다시 얻을 수 있게.

아들: 뭘 끌고 가요? 말이나 소 같은 걸 끌고 가요?

아버지: 그런 게 아니고, 그 사람들은 우리, 우리같이 일자리를 구하는 사람들을 짊어지는 거야, 그리고 그 사람들 자신의 위험성도. 아빠한테 필요한 것은 일을 하는 거지만 아빠는 그 사람들 처럼 짊어질 것은 아무 것도 없지. 지게꾼 같은 거하고는 다른 거야. 아까 말한 주사를 안 놓으면 그 사람들은 끌고 갈 힘이 없게 될 거야.

아들: 무슨 힘이요?

아버지: 모든 것을 끌고 갈 힘이지, 그건 그러니까 그런 거야.

아들: 무슨 그런 거요?

아버지: 지금 바로 생각이 안나는데. 그건... 이윤이야!

아들: 이윤? 그건 어떤 힘인데요?

아버지: 이윤, 그건 보이지 않는 힘인데, 그걸 가지고 있는 사람들은 그게 없다고 주장하지.

아들: 그런데 아빠는 그게 있다는 걸 어떻게 알아요?

아버지: 응, 나도 잘은 몰라, 나도 이윤을 본 적이 없기 때문이야. 부가가치는 알고 있지.

아들: 뭐라구요? 부랄같이?

아버지: 부가가치, 부 가 가 치! 그건 말야, 일을 한 사람이 만들어낸 건

데, 생산 과정에서 남은 거야. 그래서 그걸 남긴 사람은 그거에 대한 세금을 내야 하는 거지. 그건 행위자 책임 원칙이라는 건데 실용적이지. 그게 부가세야.

아들: 뭐라구요?

아버지: 부 가 세!

아들: 웃기는 이름이야.

아버지: 그건 내가 만든 명칭이 아니고 모든 영수증에는 다 나와있어. 세금과 관련해서 웃기는 명칭은 아주 많아. 세금계산서를 한 번 들여다 봐라, 세금에 대한 웃기는 이름이 어떤 게 있는지. 위기를 막기 위한 가장 확실한 방법은 경험 상 적당한 세계전쟁이지. 그렇게 되면 첫째, 완전고용이 보장되지. 자연스러운 결손으로 필요한 인원이 모자라게 되니까. 둘째, 세계전쟁이 일어나면 정말 많은 것이 부숴지거든. 그래서 경제적, 긍정적으로 볼 수도 있는데 모든 것을 다시 만들어야 하기 때문이야. 그렇게 되면 경제가 제대로 활성화되는 거지, 비유적으로 말하자면 말야. 봐라, 최근에 무기를 아주 발전시켰거든, 경제적으론 그렇게 유용하지도 않은데 말야, 그 중성자 폭탄 말야. 그게 사람들을 쓸어 버리면, 긍정적으로 봐서, 그렇게 되면 일자리가 날 테니까 말야, 그런데 그게 부숴버릴 수 있는 게 너무 적은 가봐. 그래서 그걸 군사적으로 배치하려 하지 않는 거야. 친구들한테 들었는데, 벌써 관심있는 사람들은 연락을 했다는 거야, 세든 사람하고 문제가 있는 빈의 몇몇 건물주들이 벌써 문의를 했대. 그 사람들이 그 폭탄을 던져 버리면 건물엔 흠집하나 내지 않고 세든 사람들을 쓸어 버릴 수

있다는 거지. 그러니까 일종의 강제퇴거 폭탄이야.

아들: 아빠, 그 전쟁말야, 그럼 그건 모든 사람들한테 다 좋은 거야?

아버지: 전쟁에서 살아남지 못한 사람들 한텐 아니지만. 하지만 다른 사
람들한텐 아주 좋지. 전쟁이 끝나고 나면 항상 경제기적이 오니까.

아들: 그게 뭔데요?

아버지: 경제기적이란, 그건 전쟁이 끝난 다음에 모든 사람들이 다 놀라
는 거야, 경제만 빼고 모든 것이 다 사라져 버리니까. 그게 바로
전쟁이 끝난 다음에 오는 긍정적인 면이지.

아들: 아빠, 물어보고 싶은 것이 있었는데, 그럼 위기도 좋은 면이 있어요?

아버지: 응, 물론이지. 위기가 가지고 있는 가장 좋은 점은, 사람들이 위
기가 오기 전에 갖게 되는 게 있는데, 말하자면 위기에 대한 불안
이지. 사람들은 불안을 갖게 됨으로써 방어를 하게 되는 거야. 그
렇게 되면 다른 데 신경쓸 겨를이 없어 나라가 조용하고 평화로
워지는 거야.

아들: 나하고 똑같네요. 내가 막 떼쓰면 아빠가 그러잖아요, 망태기 할
아버지 온다. 그러면 난 무서워서 얌전해지고.

아버지: 맞다, 맞아! 이젠 너도 많이 컸으니 알려줘야 겠구나. 이제 말하
는 건데, 망태기 할아버지는 없단다.

아들: 에이.

아버지: 하지만 위기란 있지.

20) Lukas Resetarits: *Rekapituliere. 10 Programme und 1*, Wien 1987, S. 50-52.

아들: 우이, 이제 정말 무서운 것 같아요.

아버지: 그럴 거다, 결국은 너도 어른이 될
테니까![20]

에르빈 슈타인하우어Erwin Steinhauer(1951 -)

1951년 9월 19일 빈에서 태어난 에르빈 슈타인하우어는 루카스 레제타리츠Lukas Resetarits와 더불어 새로운 오스트리아 카바레의 개척자로 평가된다. 그는 카바레 <짐플> 만이 오스트리아 카바레의 명맥을 유지하고 있던 1970년 중반 오스트리아 카바레를 활성화 했다.

대학에서 역사와 독문학을 전공한 에르빈 슈타인하우어는 1974년 5월 한 카바레 프로그람 텍스트를 쓰면서 카바레 작업을 시작했다. 그는 오스트리아 카바레 <카이프Keif>의 창단멤버로서 1974년부터 1976년까지 이 카바레 극단에서 작가 및 배우로 5편의 프로그람을 만들었다. 이후 ORF(오스트리아 라디오방송)의 TV 카바레 프로그람 작업에 참여하고 배우로서 루카스 레제타리츠와 함께 <아직 질문해도 되겠지Man wird ja noch fragen dürfen>(1978)라는 제목의 프로그람을 만들어 호평 받았다. 그 외에 슈타인하우어는 <앙상블 극장>, <짐플> 등 빈의 여러 카바레 극장에서 작업하였고 1980년에는 쾰른의 방송국WDR에 <웃기는 이들을 위한 솔로Solo für Spaßvogel>로 독일 TV 카바레 무대에 데뷔했다.

슈타인하우어는 1982년부터 1992년까지 피아니스트 아르투어 라우버Arthur Lauber와 함께 7편의 정치-시대비판 솔로카바레를 공연했다. 이 시기의 프로그람 중 <해고! - 일자리 콘서트Entlassen! - Ein Arbeitsplatz-

Konzert>(1982), <머리 들어! 물이 우리 입까지 올라왔어Kopf hoch!
Das Wasser steht uns bis zum Mund>(1983), <카페 플렘 플렘Café
Plem Plem>(1984), <진정 진심으로Ganz im Ernst>(1986), <발정기의
끝Ende der Brunftzeit>(1987)이 좋은 평가를 받았다. 1986년에 그는
오스트리아 소예술상Österreichischer Kleinkunstpreis을 수상했다.

슈타인하우어는 카바레 작가, 카바레 배우로서 뿐만 아니라 연극 배우
로서도 인정받는 예술가이다. 그는 1982년부터 1988년까지 부르크테아
터Burgtheater의 연극 작업에 참여했으며 크발팅어의 <칼 씨Der Herr
Karl>에서 훌륭한 연기를 보여 1986/87 시즌 오스트리아 연극협회 상을
수상했다. 그는 그밖에 수많은 텔레비전 프로그램과 연속극에 출연하고
있으며 현재 소속에 구애받지 않는 배우로서 빈에서 활발한 활동을 하고
있다.

식용-육검사 Fleischbeschau

A, B, C, D, E는 돼지들이다.

도축자가 커다란 통과 걸상으로 책상과 앉을 자리를 만든다.

수의사 : (등장한다) 자, 알프레드 씨, 지금 저것들 잔뜩 처먹었겠죠, 귀찮
은 돼지 새끼들 같으니, 자선단체에 온 것은 아니니까! 자, 우
리 비용이 얼마나 들었는지 영수증 좀 살펴볼까요.

도축자 : 이미 대령했습니다요, 박사님.

수의사 : 자료를 좀 깨끗하게 해서 내 놔야지!

도축자 : (나가며) 알아 모시겠습니다. 항상 깨끗하게.

수의사 : (서류와 그 밖의 것들을 똑바로 놓는다) 새로 잡아온 것들도 늘 똑같
        아. 수의사도 돼지 인생이지. 예전엔 그래도 수의사였지만, 지
        금은 늙은 돼지 신세나 다를 바 없군... (나간다)

도축자가 채찍을 들고 등장한다. 그의 뒤를 따라 A, B, E가 들어온다.

도축자 : 고기 검사 대열로! 돈칠이!

A : 옛!

도축자 : 돈팔이!

B : 옛!

도축자 : 돈구!

E : 옛!

도축자 : 자, 이제 너희들은 성스러운 검사를 위해 정렬했다. 박사님의
        눈앞에서 은총을 얻기 위해서다. 머리 숙이고 기도 해!

A : 싸구려 정육점에 가지 않도록, 그리고 가죽이 벗겨지지 않도록

A, B, E : 우리들을 지켜 주소서!

B : 반항해도

A, B, E : 다치지 않도록 해 주소서!

E : 우리가 맛있다는 말은 말도 안됩니다.

A, B, E : 우리 청을 들어 주소서!

A : 하나님 -

A, B, E : 우리를 생각하소서!

A : 부처님 -

A, B, E : 우릴 위해 기름 좀 처 주소서!

A : 신령님 -

A, B, E : 우리에게 붙어 주소서!

A : 용왕님!

A, B, E : 우릴 구해 주소서!

A : 이 세상 모든 성스러운 암소님들도

A, B, E : 우릴 위해 부탁해 주소서!

춤을 춘다

B : 사회운동가님들, 언론인 여러분, 성스러운 시장 분들, 소비자 단체
　　에 계신 분들, 주부님들, 돼지고기 좋아하시는 분들, 돈 좋아하
　　시는 분들

A, B, E : 이건 금기에 관한 춤이랍니다 -

E : 우린 드림팀이죠.

A, B, E : 이건 금기에 관한 춤이랍니다 -

A : 포크와 칼, 칼과 포크

A, B, E : 이건 금기에 관한 춤이랍니다 -

수의사 : (등장한다) 자, 됐다. 잠깐 좀 나가 있어라.

도축자는 A, B, E와 함께 나간다

수의사 : (고무장갑을 낀다) 모조리 도살장으로 보내려니... 거, 참 (박수를 친
　　다) 자, 신의 이름으로.

도축자가 A와 함께 들어온다.

수의사 : 자, 좀 볼까. (잠시 검사한다) 아하, 여기 (A의 무릎을 잡아본다) 아주
　　　좋은 비계를 지녔군... (A에게) 넌 누구 소유냐?

A : 전 우리 사장님 소유고 사장님을 위해 아주 좋은 가격을 받고 싶습
　　니다. 성공만이 중요하죠.

수의사 : 아하, 성실하게 준비되었군. 성공은 무엇에 달려 있지?

A : 순서입죠. 우리 사장님이 먼저, 그 다음엔 우리 같은 놈입죠. 순서
　　가 거꾸로 되면 돼지 같은 놈 사장...

수의사 : 훌륭해, 훌륭해... 이런 놈은 먹고 즐기기에 적당하지, 기생충
　　　없음!

도축자가 A에게 도장을 찍는다.

수의사 : 다음! (B가 들어온다)

수의사 : (잠시 B를 검사한다. B의 팔꿈치를 잡아 본다) 음... 이놈은 여기에 비
　　　계가 더 많군... 아주 잘 된 돼지야.

B : 옛!

수의사 : 넌 어떻게 이렇게 잘 됐냐?

B : 그거야... 우선 몇 년간 똥돼지로...

수의사 : 그런 다음?

B : 그런 다음요? 그런 다음 그냥 그렇게 똥만 먹고...

수의사 : 아주 좋아... 건강하고 기생충 없음!

도축자가 B에게 도장을 찍는다.

수의사 : 다음! (C가 들어온다)

C : (서툰 외국인 발음으로) 오우, 명하셔써 여기 대령해써...

수의사 : 아하, 수입이군.

C : 오우, 박사니, 잘몬 생각이에요, 나는 수입사니 아니에요, 고나늘 피
해 온 망명 돼지에요.

수의사 : 좋아! 그럼 우리나라가 마음에 드나?

C : (콧노래를 부르며 자기 자신을 가리킨다) 예스, 수의사 선새님, 나는 자유가
좋아요, 나는 자유주의자에요, 박사님...

수의사 : 좋아... 우려할 필요 없겠어, 기생충 없음!

도축자가 C에게 도장을 찍는다.

수의사 : 다음!.... 다음!!!!

도축자가 나가서 D를 데리고 들어온다.

수의사 : 여러 번 청해야 들어주는 것도 좋아하지. 난 인내심이 있거든.
고기 검사할 땐 병난 것 같은 생각이 드나?

D : 예.

수의사 : 뭐라구? (혼자말로) 이 놈, 뭔가 이상하군! (D에게) 그럼, 뭐가 문
젠가?

D : 저는 사탕발림 같은 건 안 합니다.

수의사 : 이 놈, 간이 부었군. 인슐린 결핍에다. 이봐, 이놈에게 약 좀 주
시오. 믿을 만 한 걸로.

도축자가 D에게 병에서 약을 따라준다.

수의사 : 자, 이제 좀 편안한가?

D : 믿는 자는 복될 지어다.

수의사 : 이것 보게! (혼자말로) 야생돼지로군, 급진적이야... (D에게) 자, 자, 자... 과격파를 공직에 금지시키는 걸 어떻게 생각하나?

D : 하... 어디에나 똥이지만 어디서건 그 누런 오물 냄새를 맡을 순 없겠지요.

수의사 : 이제 모든 게 분명해졌어! 전염병이 분명해. 전염성이 정말 강해. 도축자 양반, 이놈을 격리시키고 주사를 놓으시오. 긴급 도살!

도축자가 D를 끌고 나간다.

수의사 : 다음 들어와! 거기 두드리는 놈은 누구야? 아, 특등품이군! 꼬치구이 하기에 딱 좋은 돼지야, 타고 났어! 맛있어 보이는 이 이중턱! 부드러운 털! 잘 빠진 유선형 몸매! 넌 어떻게 이런 유선형 몸매를 갖게 되었나?

E : 매일 매일 대세에 순응하여 빠다를 치고 있습죠.

수의사 : 좋아, 아주 좋아. 도축자 양반! (도축자가 들어온다) 이 돼지를 최상품에 올리시오, 최고 가격을 보장받을 수 있겠어. 비용도 안 들이고 애쓸 필요도 없겠는걸!

도축자 : 알아 모시겠습니다, 박사님! (E에게) 가자!

수의사 : (E를 쓰다듬는다) 넌 영양가 최고상도 탈 수 있을게다...[21]

21) Helmut A. Niederle(Hrsg.): *Café Plem Plem. 15 Jahre Kabarett 1974-1989. Erwin Steinbauer*, Wien 1989, S. 39-41.

브루노 요나스 Bruno Jonas(1952 -)

1952년 파싸우 Passau에서 출생한 브루노 요나스는 카바레 작가, 방송 작가, 배우, 연출가로서 현재 독일에서 가장 활발한 활동을 하고 있는 카바레티스트 중 하나이다.

그는 아비투어와 군대체복무를 마친 후, 1975년에 뮌헨 대학에 입학하여 독문학, 철학, 역사학, 연극학을 공부했다. 사회 문제에 대한 그의 논의는 진지하며 그의 카바레 텍스트는 지식인들을 향해 있다. 카바레의 진지한 사회 참여는 그의 작품을 통해 드러난다.

그는 1976년부터 1978년까지 뮌헨의 라치오날테아터 Rationaltheater에서 작가 겸 배우로 활동했으며, 1979년 4월 <민족의 비탄에 붙여 Zur Klage der Nation>라는 작품으로 자신의 첫 번째 솔로 카바레를 공연했다. 같은 해, 카바레 극장 <편협한 희망을 가진 사회 Gesellschaft mit beschränkter Hoffnung>를 만들어, 이 극장에서 작가, 연출자, 배우로서 <지지받고 버림받고 Vertreten und verkauft>를 공연해 호평 받았다.

1980년, 두 번째 솔로 카바레 <완전 타락 Total verwahrlost>을 공연한 후, 1981년부터 새로운 카바레 극단 <뮌헨 폭소사격단> 단원으로 <포위당함 Umzingelt>(1981), <우리는 더 줄어든다 Wir werden weniger>(1982), <아무일도 않고 Auf Nummer Sicher>(1984)와 같은

작품을 쓰고 배우로도 출연했다. 1980년대에 브루노 요나스는 또한 라디오 브레멘의 방송 작가로 활발한 활동을 벌였다. 이후 그는 2000년부터 2003년까지 디터 힐데브란트의 TV 방송 카바레 <와이퍼>(SFB; 베를린 자유방송)에 고정 출연하여 명성을 얻었다.

그의 여덟 번째 솔로 카바레 <실제도 아니고 - 실재하지도 않는Nicht wirklich - nicht ganz da>은 컴퓨터를 매개로 한 현대 사회에서 인간의 본질적인 삶의 모습이 어떠한가를 보여주는 진지한 카바레로서 그의 대표작으로 간주된다. 이와 함께 또 다른 주요작으로 1987년에 쓰여진 <긍정적으로 도중에Positiv unterwegs>는 현대인과 현대사회의 정신적 경향을 진지하게 논의한 카바레로 카바레가 단순한 오락물이 아님을 증명한다. 작품 전문을 싣는다.

> 활발한 사람은 움직입니다. 움직이는 사람은 도중에 있죠. 다시 말해, 그런 사람은 집에 있지 않고 가는 중에 있다는 말입니다. 어디로 가고 있을까요? 집으로? 아니면 집에서 나온 걸까요? 아니면 고향으로 가는 도중일까요?
>
> 우리 모두는 언제나 도중에 있습니다. 어떤 사람은 천천히, 또 다른 사람은 그 보다 빨리 가고 있지요. 더 빨리 가고 있는 사람은 더 빨리 목적지에 도달합니다. 그건 자명한 일이죠. 질문은 이래야 할 겁니다: 우리는 어디로 가는 도중인가? 그런데 제가 가고자 하는 곳에 우리는 이미 도착해 있습니다. 내부로 향한 도중에 있지요. 모토는 "내적 망명"입니다.
>
> 뉴 에이지(New-Age) 세대들은 우리가 "긍정적 사고"를 통해 얻는 "새

로운 인식"에 관해 이야기합니다. 이에 대하여 분명히 알아야 할 것이 있습니다. 위대한 연결고리이며 운명의 빗장이고 마지막 움직임이며 의식의 발전기에 달린 철학적 속도조절바퀴인 세계정신은 우리들 내면에 깊이, 우리들 각자의 내면 깊이 자리하고 있습니다. 그렇기 때문에 뉴에이지는 또한 내면을 향한 출발, 세계정신을 향해 가는 도중, 그리고 우스운 의식을 밝혀내는 것을 의미하기도 합니다.

다만, 내면을 향한 길이 그저 길이라 말하는 건 누굽니까? 고속도로는 왜 안됩니까? 제가 드리는 말씀은, 우리 모두에게 반드시 필요한 것은 내면을 향한 고속도로라는 겁니다. 그 고속도로가 더 멀리, 그리고 더 편하게 확장되어 있을수록 우리는 더 빨리 목적지에 도달합니다. 뉴 에이지 세대는 우리들 각자의 내면에 넓게 펼쳐져 있는 미지의 땅, 그곳의 개선된 인프라구조에 찬성합니다. 내면을 향한 도중에 있었던 사람은 그 길이 너무 멀고, 너무 황량하며, 너무 길 수도 있다는 사실을 잘 알고 있습니다. 대부분은 사막만을 발견합니다. 자동차를 탄 사람은 당연히 걸어 가고 있는 사람보다 엄청나게 유리하지요. 순수하게 인류학적으로, 생물학적으로 보자면 명상이 자동적으로 이루어지면 그것이 긍정적 사고를 하도록 만들어 줍니다. 시속 260 킬로로 달릴 때 긍정적으로 생각하면 그걸 추진력 삼아 짧은 시간에 행복감이 나타나지요.

그 외에 제가 긍정적으로 자동차를 몰면서 발견한 것이 있는데 그게 무척 자동적입니다. 그런데 그것이 자동차 운전자를 성숙하게 만들 수 있습니다. 능숙하고 긍정적인 운전자로 말이죠. 세계정신은 우리 모두를 출생전부터 자동차 운전자로 만들어 놓았습니다. 말하자면 우리 안에 그 능력이 숨어있는 것이죠. 세계정신은 불멸의 현명함을 지니고 있나

봅니다. 자동차 운전자의 태도는 아주 철학적입니다. 자동차 운전자의 시선은 앞을 향해, 그러니까 앞쪽 시야를 유지하고 속도계를 향합니다. 뒤를 볼 때도 시선은 거울을 넘어 앞을 향합니다. 그러니까 뒤를 볼 때도 앞을 보는 것입니다. 그래서 자동차 운전자는 모든 방향을 볼 때 앞을 봅니다. 우리는 그것을 모순없는 시선이라 합니다. 간단히 말해서 유리창을 통해 보는 관조적 시선이라 할 수 있죠. 시선은 앞을 향해야만 한다는 것이 요점입니다. "앞을 향해"라는 것은 운전자에게는 언제나 최고의 원칙입니다. 이 "앞을 향해"는 언제나 변하지 않으며, 운전자에게 전부나 마찬가지입니다.

긍정적 운전에 대한 긍정적 사고의 단초를 토대로 새 시대에 들어갑니다. 자동차 운전하기와 생각하기 - 앞면은 같은데 뒷면은 다른 셈이죠. 포스트모던은 우리 뒤에 있습니다. 우리는 뉴 에이지의 중앙에 존재합니다. 우리는 포스트 뉴 에이지를 넘어 어제에 존재하는 내일의 지나간 미래에 도달합니다. 매일 우리를 기다리고 있는 것은 현재일 뿐입니다. 매일이라는 것은 오늘입니다. 우리의 내면에서 내일을 향해 오늘이 갑니다. 어제가 환하게 밝아옵니다![22]

22) Bruno Jonas: Positiv unterwegs, in: Volker Kühn(Hrsg.): *Hierzulande. Kabarett in dieser Zeit ab 1970*, Berlin 1994, S. 413-414.

레오 루카스Leo Lukas(1959 -)

카바레티스트, 카바레 작가, 작곡가, 연극 연출가 등 다방면으로 활동하고 있는 레오 루카스는 1959년 1월 8일 오스트리아 슈타이어마르크 주 쾨플라하Köflach에서 출생했다. 그라츠에서 신학을 공부했고 슈타이어마르크 지역 신문인 <클라이네 차이퉁Kleine Zeitung>의 문화비평가, 컬럼니스트로도 활동했다. 1970년대 말부터 공식적인 카바레 무대에 섰으며 1982년부터 1984년까지 그라츠에서 재즈 및 소예술Kleinkunst 무대인 <순수예술과 팅엘탕엘Feinkunstwerk & Tingeltangel>을 운영하면서 직접 무대에 서기도 하였다.

그가 카바레티스트로서 본격적인 활동을 시작한 때는 1984년이다. 이후 그는 수많은 솔로 프로그람 및 여러 음악가들과 공동 작업한 카바레 프로그람에 출연하였다. <루카스, 반격하다Der Lukas haut zurück>(1986), <얼간이들의 습격Die Invasion der Trotteln> (1986), <행복으로의 여행Eine Reise ins Glück>(1991), <전혀 모르겠는데요Keine Ahnung>(1993), <진심으로 축하합니다Herzlichen Glückwunsch>(1998), <여자를 행복하게 만드는 방법Wie man Frauen glücklich macht>(1999) 등.

레오 루카스[23]는 현재 빈에 거주하며 카바레 이외에, 어린이 뮤지컬, 영

화음악을 작곡하고 희곡, 시나리오, 소
설을 집필하고 있으며 라디오 및 TV 방
송 활동도 병행하고 있다.

23) 작가 홈페이지 : http://www.leolukas.
kultur.at/

그의 가장 큰 꿈은 지금 그의 고향에 있는 "한스-클뢰퍼 공원"의 이름
을 생전에 "레오-루카스 공원"으로 바꾸는 것이라 한다.

관계를 위한 탱고
Beziehungstango

도입

어제 난 밤새도록
아내와 함께 시간을 보냈습니다.
부부 사이에선 전혀 특별한 일이 아니라죠?
말씀해 보시죠! 이건 우리에겐 뭔가 다른 것이죠....

1.

우리 마누라의 남자 친구는
우리가 때때로 키스한다는 걸
알아선 안되죠.
아내의 남자 친구는
우리가 때때로
껴안고 애무한다는 걸 견딜 수 없답니다.

그 불쌍한 녀석은 질투심이 끔찍하죠.

거기엔 거의 이유가 없지요.

우리가 사랑한다 해도, 우린 그저 후딱 해치울 뿐

(때때로)

그것도 꽤 점잖 빼면서

2.

아내의 남자 친구는

우리가 때때로

서로 조롱한다는 걸 눈치 채서는 안되죠.

아내의 남자 친구는

때때로

우리가 서로 희롱하는 걸 보고 격분한 모습을 보입니다.

키스마크가 그를 하루 종일 신경 쓰게 만들죠

사타구니 털 하나가 밤새도록 그의 휴식을 앗아갑니다

그 불쌍한 녀석은 그저 그렇게 예민하죠.

때때로

그것이 기분 나쁩니다.

그는 벌써

염탐꾼 여섯을 내게 붙였고,

순진한 이웃 여자 열셋이

날 쫓고 있습니다.

소포나 편지를 받을 때면

벌써 뜯겨져 있지요.

요새 그들은 분명 이렇게 스스로 물을 겁니다.

"이걸 왜 뜯지 않고 나둬?"

3.

내 아내 남자 친구의 마누라는 못생겼어요

그리고 때때로

쉽게 신경질 내지요.

그래서 그 녀석은 내 아내로 자기 마누라를 배반하고

때때로

즐긴답니다.

내가 죽도록 싫은 게 딱 하나 있어요

단번에 죽여 버릴 수도 있을텐데

그건 내 여자 친구의 멍청한 남편 -

맘에 드는 구석이 하나도 없어.

그런 타입은 저-얼-대 불필요하죠. 그는 내 여자 친구를 편안히 놔둬야

해요!

그녀는 이미 오래전부터 그를 사랑하지 않죠! 그녀가 사랑하는 사람은 나!

한 여자는 한 남자만 사랑할 수 있어요.

다른 모든 일은 언제나 잘 되지 않고....

(천천히 페이드 아웃, 동시에 계속 욕하는 소리가 점차 들리지 않게 된다)

그래, 그래, 사랑이란

자주 첫 키스와 함께 끝나버리죠.

요구는 많아지고

크던 쾌락은 한 순간

24) Leo Lukas; Beziehungstango 타이핑
원고 사본(오스트리아 카바레 자료보관소
제공)

그런 다음 시시해지고, 얼굴은 멍청해 보이
고, 불만은 많아져요.

허튼 소리나 하게 되고,

하지만 그럼에도 끝이 온답니다 -

끝은 와야 하는 것이니까.[24]

토마스 라이스Thomas Reis(1963 -)

토마스 라이스는 1963년 프라이부르크에
서 태어나 현재 쾰른에 거주하며 활발한 카
바레 활동을 벌이고 있는 주목받는 카바레티
스트이자 작가이다. 그는 1985년부터 본격
적인 카바레티스트로 활동했다. 그 해 페터
폴머Peter Vollmer와 함께 카바레앙상블
"Duo Vital"을 결성하여 스스로 작품을 쓰
고 공연하기 시작했다. 1992년부터는 솔로 카
바레로 무대에 서고 있다. 그는 일찍부터 여러 매체의 주목을 받았으며
독일 카바레에서 가장 독창적이고 카바레 고유의 특성을 가장 잘 갖춘 작
가이자 카바레티스트로 평가받는다. 그는 지칠 줄 모르고 폭포처럼 떨어

져 내리는 언어의 위트로 삶의 핵심을 이야기하는 "게릴라"로, 인생의 모든 면을 사고할 줄 아는 천재적 사상가로 불린다.

그가 솔로 활동을 시작한 1992년 이후의 주요 작품은 다음과 같다.

<남자들에게 아직 꼬리가 있었을 때 Als Männer noch Schwänze hatten>(1992)

<망치 Der Hammer>(1994)

<마지막 순간의 라이스 Reis Last Minute>(1996)

<돼지가 정육점 주인이 되다 Ein Schwein wird Metzger>(1998)

<맹세코 내가 신을 도우리니! So wahr ich Gott helfe!>(2001)

<마흔 넘어 인생이 존재하는가? Gibt' s ein Leben über 40?>(2003)

토마스 라이스는 카바레 무대 활동 이외에도 독일의 거의 모든 TV와 라디오에서 풍자적인 방송 활동을 하고 있다.(WDR, SFB, SDR, HR, ZDF, 3sat, VOX, SAT.1, RTL 등).

솔로 카바레의 형식으로 40세 이후의 우리 삶을 생각하게 해 주는 작품, <마흔 넘어 인생이 존재하는가?>는 40세 이후에 경험할 수 있고 대화의 주제가 되는 것들, 시간이 지나면서 나타나는 사람의 별난 기질, 기벽 등이 소재이다.

나이 마흔이 되면 어떤 모습일까?

8시에 초대를 했는데 벌써 7시에 들이닥친다. 그런데 제대로 잔치를 벌여주지 않으면 분위기가 무르익기도 전에 가버린다. 시간이 한참 지나야 분위기를 타게 된다. 라디오에서 들어주는 최근 음악을 절대 이해하지 못한다. 이는 나이가 들어 나타나는 정신적 박약인가?

나이 70이 되어도 자신이 나중에 무엇을 할 것인지 자문한다. 나이 80에도 욕구를 채워주지 못하는 여자친구와 헤어지고 비로소 제대로 성생활을 마음껏 즐긴다. 우스꽝스러운 할아버지, 피어싱을 한 할머니, 나이가 들어도 애 같은 자식, 어린애 같은 부모, 경로우대증을 가진 사회학 전공 여대생 등에 대한 기발한 풍자가 이루어진다. 노후에 받게 될 연금, 이혼과 이혼에 들 비용, 마음은 그렇지 않으나 늙은이 취급을 받게 되는 자신, 영원한 청춘에 대한 희망, 시간이 지나면서 나타나는 몸의 결함, 헛된 노력, 쉬지 않고 일하고 있으나 그 결과가 편안한 노후를 보장해 주지 못할 경우에 대한 불안 등, 이 작품은 현재의 불안과 미래의 극복을 이야기한다. 또한 이 작품은 지나간 과거에 중점을 두는 삶에 대한 풍자이기도 하다.

이 작품은 걸출한 카바레티스트 토마스 라이스의 곡예와 같은 언어와 공격적인 유머로 현재까지 독일 각지의 카바레극장에서 인기를 끌고 있다.

7

카바레와 한국의
공연예술

카바레와 한국의 공연예술 7

자욱한 담배 연기 속에서 실컷 먹고 마시며 자발적인 시 낭송과 노래를 즐길 수 있었던 예술인 주점에서 출발한 카바레는 자유 그 자체였다. 그 정신적 전통은 현대 카바레에도 이어져 대부분의 카바레 극장은 편안하게 술을 마시며 공연을 관람할 수 있는 테이블 객석을 따로 마련해 놓고 있다. 극장 안에서는 금연이지만 로비로 나오면 바와 스탠딩 테이블에서 마음껏 담배도 피울 수 있다. 로비에서의 대화는 자유로우며 웃음은 거침이 없다. 공연 중에 객석에서 터지는 웃음은 모든 억압과 강요를 날려버리는 듯 힘차게 극장의 온 공간을 가득 메운다. 이 같은 자유와 살아 꿈틀대는 강한 생명력의 분위기 속에서 독일어권 카바레는 웃음과 비판을 통해 관객과 숨김없이 대화하는 공연 예술로 발전해 왔다. 그 웃음은 때로 천진하기도 하며 진지하기도 하다. 카바레에는 제한 없는 표현의 자유가 존재한다. 때문에 대부분 직설적이다. 복잡한 상상과 사고의 과정을 요구하는 연극적 환상은 카바레에 필요하지 않다. 이 같은 카바레의 특성으로 관객은 어렵지 않게 정신적 해방감을 체험할 수 있으며 고급 오락으로서의 예술을 경험한다.

카바레가 지니고 있는 자유와 개방성, 웃음과 진지함의 공존, 그리고 사회적, 정치적 참여의 적극성은 분명 한국의 공연 무대를 다양화하는데 좋은 본보기가 될 것이다. 특히 우리 연극 현장의 일부에서 번성하고 있는 단순한 상업적 오락물로서 웃음을 강요하는 개그 공연이나 삶의 현상에 대한 철학적 사고의 기반 없이 의미 없는 웃음만을 양산하는 연극에 독일어권 카바레는 웃음의 존재 이유와 삶과 연계된 예술의 의미를 생각하게 만드는 자극제가 될 수 있다.

독일어권의 카바레들은 시대에 따라 그 시기에 적합한 정치적, 사회적 문제들을 공연의 주제로 삼아 발달해 왔다. 따라서 카바레는 특히 다른 예술 분야보다도 사회참여의 성격이 뚜렷한 공연예술이며 아울러 그 소비층인 관객과의 의사소통 방식에 있어서도 다른 예술 분야와 비교해 볼 때 상당히 적극적이다. 매체의 발달로 공연예술의 입지가 좁아진 현재 상황에서 카바레는 공연예술의 사회적 역할, 그리고 공연예술과 관객의 새로운 관계 정립 문제에 새로운 시각을 제공해 줄 수 있을 것이다. 카바레는 노래, 춤, 판토마임, 인형극, 그림자극 등 타 예술장르를 생산적으로 수용함으로써 장르와 형식의 통합을 이루어내고 비언어적, 육체적 언어를 통해 관객과의 의사소통 범위를 확대하여 어느 면에서는 연극보다 앞선 표현 형식을 갖추고 있다. 또한 무엇보다 카바레는 공연자의 파트너를 다른 공연자가 아닌 관객으로 삼는 직접적 의사소통 형식으로 예술 소비자와 가장 적극적인 교통을 시도한다. 그리고 비 제도권의 예술로서 어느 예술보다 개방 적이고 자유롭다.[1]

1) 김광선: 세기 전환기의 카바렛: 공연예술 의 새로운 변화 - 프랑크 베데킨트 경우를 예 로, 뷔히너와 현대문학, 7집, 1994, 58쪽 이 하 참조.

이와 더불어 카바레티스트들은 대부분 배우, 연출, 극작을 겸하는 것이 특색이다. 현재 공연예술계는 화술의 완벽한 구사는 물론, 노래와 춤, 악기 연주까지 겸할 수 있는 완벽한 기능의 배우를 요구한다. 그러나 기능에 치우친 배우에 대한 요구는 텍스트 분석 능력이 미비한, 말하자면 기술만 가진 배우를 양산해 냈다. 카바레 공연을 위한 텍스트를 쓰고 스스로 연기하는 독어권 카바레 배우들의 넓은 예술활동 범위는 우리의 배우들에게도 자극제가 될 것이며 배우들의 발전을 위한 본보기를 제공할 것이다.

또한 카바레가 지니고 있는 대중성과 예술성, 말하자면 예술과 오락을 연계한 무형식의 자유로운 공연 양식은 우리 연극의 대중성 확보, 이를 발판으로 하는 서울, 대학로의 지역성 탈피, 그리고 나아가 공연 예술을 통한 보다 민주적인 문화발전을 이루는 데 좋은 본보기가 될 것이다. 연극의 사회적 기능 강화와 재정 문제의 극복, 관객의 참여도 강화, 그리고 배우의 기능 강화에 카바레는 하나의 예로서 훌륭한 토대를 마련해 줄 것으로 보인다.

| 참고 문헌 |

Amouzadeh, Petra : *Pädagogische Aspekte des Kabaretts*, Gießen 1998.

Bayerdörfer, Hans-Peter: In eigener Sache? - Jüdische Stimmen im deutschen und österreichischen Kabarett der Zwischenkriegszeit: Fritz Grünbaum-Fritz Löhner-Walter Mehring. In: Johanne McNally, Peter Sprengel(Hrsg.): *Hundert Jahre Kabarett*, Würzburg 2003, S. 64-86.

Brecht, Bertolt: *Werke. Große kommentierte Berliner und Frankfurter Ausgabe in 30 Bänden, Bd. 21, 22-2*, Frankfurt am Main 1992f.

Budzinski, Klaus: 99 Jahre deutsche Kabarett - und was nun? In: Sigrid Bauschinger(Hrsg.): *Literarisches und politisches Kabarett von 1901 bis 1999*, Tübingen 2000, S. 15-19.

Budzinski, Klaus: *Das Kabarett Zeitkritik - gesprochen, gesungen, gespielt - von der Jahrhundertwende bis heute* (Hermes Handlexikon), Düsseldorf 1985.

Budzinski, Klaus: *Pfeffer ins Getriede. So ist und wurde das Kabarett*, München 1982.

Chisholm, David: Die Anfänge des literarischen Kabaretts in Berlin. In: Sigrid Bauschinger(Hrsg.): *Literarisches und politisches Kabarett von 1901 bis 1999*, Tübingen 2000, S. 21-37.

Farkas, Karl: Frauen unter sich... In: Hans Veigl(Hrsg.): *Karl Farkas ins eigene Nest*, Wien 1991, S. 140-149.

Fink, Iris: *Von Travnicek bis Hinterholz 8. Kabarett in Österreich ab 1945 - von A bis Zugabe*, Graz 2000.

Fleischer, Michael: *Eine Theorie des Kabaretts*, Bochum 1989.

Hakel, Hermann(Hrsg.): *Mein Kollege Der Affe. Ein Kabarett mit Fritz Grünbaum, Peter Hammerschlag, Erich Müsam, Fritz Kalmar, Anton Kuh, Mynona*, Wien 1959.

Henningsen, Jürgen: *Theorie des Kabaretts*, Düsseldorf 1967.

Hildebrandt, Dieter : *Was bleibt mir übrig*, München 1986.

Hippen, Reinhard: *Das Kabarett-Chanson. Typen-Themen-Temperamente*, Zürich 1986.

Hippen, Reinhard (Hrsg.): *Satire gegen Hitler. Kabarett im Exil*, Zürich 1986.

Jonas, Bruno: Auf Nummer sicher. In: Volker Kühn(Hrsg.): *Kleinkunststücke in 5 Bden, Bd. 5, Hierzulande. Kabarett in dieser Zeit ab 1970*, Berlin 1994, S. 99-100.

Keiser-Hayne, Helga: *Erika Mann und ihr politisches Kabarett <Die Pfeffermühle> 1933-1937*, Hamburg 1995.

Krainer, Lore: *Im Guglhupf 16 Jahre Zeit im Ton. Eine Satire*, Wien 1994, S. 68-69.

Kreisler, Georg : Das Kabarett ist nicht tot, in: Volker Kühn(Hrsg.): *Kleinkunststücke in 5 Bden, Bd. 5, Hierzulande. Kabarett in dieser Zeit ab 1970*, Berlin 1994, S. 72-73.

Küchler, Verena: *Die zehnte Muse. Zeitgemäßes Kabarett. Form, Funktion und Wirkung einer Kommunikationsart*, Diss., Wien 1995.

Lareau, Alan: Nummernprogramm, Ensemblekabarett, Kabarettrevue. Zur

Dramaturgie der "Bunten Platte". In: Johanne McNally, Peter Sprengel

(Hrsg.): *Hundert Jahre Kabarett*, Würzburg 2003, S. 12-28.

Loriot: *Loriot' s Dramatische Werke*, Zürich 1981.

Lühe, Irmela von der: Kabarett gegen Hitler - Kabarett im Exil. Erika Manns

Pfeffermühle 1933-1937. In: Sigrid Bauschinger(Hrsg.): *Literarisches und*

politisches Kabarett von 1901 bis 1999, Tübingen 2000, S. 131-143.

Lukas, Leo ; Beziehungstango 타이핑 원고 사본 (오스트리아 카바레 자료보관소

제공)

Neuss, Wolfgang: Wir wissen zu viel. In: Volker Kühn(Hrsg.): *Kleinkunststücke*

in 5 Bden, Bd. 5, Hierzulande. Kabarett in dieser Zeit ab 1970, Berlin 1994,

S. 115-116.

Niederle, Helmut A. (Hrsg.): *Café Plem Plem. 15 Jahre Kabarett 1974-1989.*

Erwin Steinhauer, Wien 1989.

Pschibl, Kerstin: *Das Interaktionssystem des Kabaretts. Versuch einer Soziologie*

des Kabaretts, Diss., Regensburg 1999,

Qualtinger, Helmut : *"Brettl vor dem Kopf" und andere Texte fürs Kabarett*, Wien

1996.

Reallexikon der deutschen Literaturgeschichte, 2. Aufl., Bd. 1, 3, Berlin 1958f.

Resetarits, Lukas : *Rekapituliere. 10 Programme und 1*, Wien 1987.

Robb, David: Clowneske Kabarett-Ästhetik am Beispiel Karl Valentins und

Wenzel & Menschings. In: Johanne McNally, Peter Sprengel(Hrsg.):

Hundert Jahre Kabarett, Würzburg 2003, S. 127-140.

Rösler, Walter(Hrsg.): *Gehn ma halt a bisserl unter. Kabarett in Wien von den Anfängen bis heute*, Berlin 1993.

Schneyder, Werner : *Wut und Liebe*, München 1985.

Schulte, Michael: *Karl Valentin*, Hamburg 2000.

Surmann, Volker: *Neue Tendenzen im deutschen Kabarett der 90er Jahre*, Bielefeld 1999.

Townsend, Mary Lee: Humor und Öffentlichkeit im Deutschland des 19. Jahrhunderts. In: Jan Bremmer und Herman Roodenburg(Hrsg.): *Kulturgeschichte des Humors. Von der Antike bis heute*, Darmstadt 1999, S. 149-166.

Valentin, Karl: *Karl Valentin' s Gesammelte Werke*, München 1961.

Veigl, Hans: Karl Kraus, die Wiener Moderne und das Wiener Kabarett nach der Jahrhundertwende. In: Johanne McNally, Peter Sprengel(Hrsg.): *Hundert Jahre Kabarett*, Würzburg 2003, S. 39-50.

Veigl, Hans (Hrsg.) : *Karl Farkas ins eigene Nest*, Wien 1991.

Vogel, Benedikt: *Fiktionskulisse. Politik und Geschichte des Kabaretts*, Diss., Paderborn 1993.

Wiener, Hugo: *Das Beste aus dem Simpl*, Wien 1973.

Zivier, Georg u. a. : *Kabarett mit K: 70 Jahre große Kleinkunst*, 3. Aufl., Berlin 1989.

김광선: 세기 전환기의 카바렛: 공연예술의 새로운 변화 - 프랑크 베데킨트 경우를 예로, 『뷔히너와 현대문학』, 7집, 1994, 53-79쪽.

류종영: 『웃음의 미학』, 유로서적, 2005.

류종영: 『위트로 읽는 위트』, 유로서적, 2007.

리사 아피냐네시, 강수정 옮김 : 『카바레. 새로운 예술공간의 탄생』, 에코리브르, 2007,

송윤엽 외 역: 『브레히트의 연극이론』, 연극과인간, 2005.

임우영 외 편역: 『미학연습 - 미학적 생산, 질서, 수용』, 동문선, 2004.

인터넷 자료

http://www.kabarettarchiv.de/Entwicklung.html

http://www.kabarettarchiv.at/Ordner/institution.htm

http://www.kabarettarchiv.at/Ordner/Geschichte.htm

http://www.simpl.at/geschichte.php

http://www.chuck-fotografik.de/valentin-karlstadt/frame_set_start.htm